星火

中共第一个农村支部台城特支的百年历程

高宏然　李建抓　著

中国言实出版社

图书在版编目(CIP)数据

星火:中共第一个农村支部台城特支的百年历程 /
高宏然, 李建抓著. -- 北京:中国言实出版社,
2022.10

ISBN 978-7-5171-4297-3

Ⅰ.①星… Ⅱ.①高… ②李… Ⅲ.①报告文学 – 中
国 – 当代 Ⅳ.①I25

中国版本图书馆 CIP 数据核字(2022)第 163100 号

星火——中共第一个农村支部台城特支的百年历程

责任编辑:王战星
责任校对:张　丽

出版发行:中国言实出版社
　　　　　地　址:北京市朝阳区北苑路180号加利大厦5号楼105室
　　　　　邮　编:100101
　　　　　编辑部:北京市海淀区花园路6号院B座6层
　　　　　邮　编:100088
　　　　　电　话:010-64924853(总编室)　010-64924716(发行部)
　　　　　网　址:www.zgyscbs.cn　电子邮箱:zgyscbs@263.net

经　　销:新华书店
印　　刷:徐州绪权印刷有限公司
版　　次:2022年10月第1版　　2022年10月第1次印刷
规　　格:710毫米×1000毫米　1/16　16.75印张
字　　数:179千字

定　　价:45.00元
书　　号:ISBN 978-7-5171-4297-3

序

黄修荣

欣闻由高宏然、李建抓撰写的《星火——中共第一个农村支部台城特支的百年历程》即将出版，我非常高兴，同时又感慨万千。

为了中共第一个农村支部台城特别支部，我曾两赴河北省安平县调研、参加活动。所以当看到这部全景式反映台城特支创立和发展历程的书稿，感到既亲切又激动。我有两个没想到。第一个没想到，是书稿内容如此翔实丰富、真实又生动。众所周知，因为年代久远，关于早期农村党组织及早期党员的文字资料奇缺，而作者克服了这个困难。为了尽可能多地还原历史真相，他们下了大功夫，除了翻阅档案，采访专家、老党员和革命前辈后人以及老区群众等，还另辟蹊径，从纪实性的文学作品尤其是安平籍著名作家孙犁的文章中，寻找蛛丝马迹，再结合史料记载和采访内容，形成集思想性、真实性和可读性为一体的作品。第二个没想到，是两位作者并非党史专家，他们利用业余时间研究党史，并高质量地完成创作任务，凭的是对中国共产党的真挚情感、对"讲好中国故事，传承红色基因"的执着和热情，令人钦佩。他们不辞辛苦，多次来北京找我，虚心请教，就一些具体问题进行核实和咨询，这种严谨认真的创作态度亦让我很感动。

这部作品真实感人，是一部可读性很强的爱国主义教育读本，亦是对广大党员干部进行"不忘初心、牢记使命"主题教育的生动教材，对于教育和引导广大党员干部深入了解党的历史，"知史爱党、知史爱国"，把党史学习教育扎实推进，具有很强的现实意义。

习近平总书记强调："一切向前走，都不能忘记走过的路；走得再远、走到再光辉的未来，也不能忘记走过的过去，不能忘记为什么出发。"值此党的二十大召开之际，我们通过此书追忆老一辈革命家的伟大精神，讴歌伟大的中国共产党，以及在党的坚强领导下不断创造新辉煌的老区人民，可谓正当其时，意义深远。

（黄修荣，党史专家，曾任中共中央党史研究室室务委员、第一研究部主任。）

目 录

回望百年觅星火

发现全国最早的农村党支部

"安平县是直隶农村最早建党的地方。安平县最早的党员弓仲韬、李锡九都是李大钊亲自介绍入党的。1919 年，弓仲韬在北京沙滩的一所小学任教。其间，他经常到北京大学图书馆阅读进步报刊，因而结识了李大钊。1923 年 4 月，经李大钊介绍，弓仲韬加入中国共产党。同年暑期，受李大钊派遣，弓仲韬回原籍安平县传播马克思主义，建立党的组织。弓仲韬在安平县台城村，创办了'平民夜校'，宣传马克思主义，发展弓凤州、弓成山等人入党，并于1923 年 8 月建立了中共安平县台城特别支部（简称台城特支）。弓仲韬任书记，弓凤州任组织委员，弓成山任宣传委员。党支部设在弓仲韬家，直接受中共北京区委领导。台城特支是全国第一个农村党支部。"

这段话出自 2021 年由河北人民出版社出版、中共河北省委党史研究室所著的最新版本《中国共产党河北历史》第一卷的第三十八页。经咨询党史专家确认，将"台城特支是全国第一个农村党支部"正式写进河北党史，尚属首次。

"台城特支是全国第一个农村党支部"，这看似简单的十五个字后面，凝聚着一段鲜为人知的悲壮历史、一曲荡气回肠的铁血壮歌。

这个"全国第一"，确有很多不同寻常之处。不同于其他革命圣地、红色景区。台城，这个位于冀中腹地、隶属于河北省安平县的小村庄，长期以来一直默默无闻。

1986 年，衡水市安平县工作人员在搜集整理基层党的组织史资料过程中，发现台城特支成立时间比较早，这引起了组织部门和党史研究部门的注意。

这里有必要先交代一下开展这项工作的背景。在 2000 年出版的《中国共产党组织史资料》一书的序言中，有这样的表述：

> 中国共产党在 20 世纪可歌可泣有声有色的活动，构成了中国历史乃至世界历史最引人注目的篇章之一。

不论当今和后世，要了解 20 世纪的中国和世界，就不能不研究中国共产党的历史。因此，系统地提供准确可信的有关史料，就是一件极其重要而迫切之事。这方面，有关部门已经做了不少有意义的工作，如中共中央原党史资料征集委员会及各级党委党史工作部门，多年来征集整理并出版了许多党史资料，特别是中央文献研究室、中央党史研究室、中央档案馆，以及中央和地方有关部门编辑出版的大量文件选集、法规汇编、档案资料汇编以及个人文集等，都是极为珍贵的资料。党的组织机构沿革和人事更迭情况，是党史的一个重要组成部分，过去有过一些局部的或专题的散篇叙述，但缺乏全面的系统资料。1984年12月，全国第三次党史资料征集工作会议召开，正式提出编纂中国共产党组织史资料的任务，并下达了《征集、整理和编纂方案》，开始在全国范围内进行此项工作，以填补这方面的空白。

1986年3月，中共中央党史资料征集委员会牵头，中共中央党史资料征集委员会、中共中央组织部、中央档案室共同组成中共组织史资料中央编纂领导小组（组长冯文彬，1988年6月后为李锐），召开中国共产党组织史资料全国编纂工作座谈会，各省、自治区、直辖市组织部门，党史征集研究部门，档案部门，中央国家机关各部委、中国人民解放军总政治部和中华全国总工会、中国共产主义青年团中央委员会、中华全国妇女联合会等团体的有关同志参加了会议。会议提出了"广征、核准、精编"（1990年3月又增加"严审"）的指导方针，"统一规划，中央、省、地、县四级负责"的编纂原则。会议确定本次编纂党的组织史资料包括三部分：有关文件、决议和党章等文献资料；中央及中央派出机关的组织机构沿革及其领导成员，干部、党员统计数字；地方组织机构沿革及其领导成员，党员分布状况。会议讨论通过中共组织史资料的《征集、整理和编纂修订方案》，以及《各省、自治区、直辖市上报中央资料的说明》。资料时限从 1921 年 7 月党的创建开始，到 1987 年 10 月党的十三次代表大会为止。会后，省、地、县三级普遍建立由党委有关负责人任组长的各级编纂领导小组和工作班子，人民解放军也在总政治部领导下组建编纂机构。据粗略统计，全国先后从事过组织史资料编纂工作的专职人员有 2 万多人，兼职人员有 8 万多人。

1988 年，中共中央党史资料征集委员会、中共中央党史研究室撤销，此项工作改由中共中央组织部牵头统管。省、地、县三级除自行编纂出版本地区资料（自编本）外，还为上一级和中央卷提供有关资料（上报本）。

编纂中国共产党组织史资料是一项浩繁的系统工程。自建党以来，经历长期的战争环境、不断的政治运动和社会变革，党的组织在曲折中不断发展壮大。现存的历史档案资料或残缺不全，或割裂分散，或难以核实，甚至存在矛盾和争议。回顾党的组织机构沿革变化，从中央到地方，从根据地到国民党统治区、沦陷区，从"秘密党"到公开党再到执政党，时移境迁，事易人非，欲追本寻源，首尾呼应，编纂完整、准确的资料，其难度及所需投入的人力、精力，均非始料所及。如新民主主义革命时期的中央直属地方组织即达数百个，其分合变迁，极为复杂。此项工作无先例可援，无前规可循。编纂人员开创探索，边做边学，不断研究，发现问题，解决问题，逐步完善，提高质量。多年来，为交流情况、总结经验、指导各地和有关单位编纂好自编与上报资料，中央编纂领导小组除了经常编印《简报》和专题通报外，还召开过十多次全国性和地方性的会议，逐步解决了一些重要问题，如："分期划块、纵横结合"

的编纂体例；自编资料同上报资料之间的联系与区别；收录范围的宽严适度；党、政、军、统、群系统；中华人民共和国成立前后的合编与分编；文字叙述的内容、层次、规范化，以及同名录、图表的有机结合；人事政治情况的注释；等等，形成了一系列可遵循、可操作的文件。

到 1999 年，中央、省、地、县四级编纂的 3067 部组织史资料大多已经出版。这套大型资料丛书的形成，首先是广泛征集相关史料的结果。征集到尽可能完整的资料，是做好编纂工作的基础。许多省、自治区、直辖市普遍建立了地、县、乡、村四级征集网络，开展中国共产党组织史资料"普征、普查、普访"活动，从历史资料、文献档案、干部履历表、当事人回忆及群众中搜集大量的资料，尤其从老同志处"抢救"了大批珍贵的活资料。据 23 个省、区、市不完全统计，共查阅历史文献和干部档案 736 万多卷，走访老同志 170 万人次，发出调查信函 119 万封，开座谈会近 4 万次，征集的资料约百亿字。全国各级编辑组织普遍建立了资料依据、文献索引等方面的档案卡片，做了大量艰巨细致的资料搜集与整理工作。

在广征的基础上还必须核准。整个编纂过程中，各地都在核准环节上下过苦功。在档案原件与其他文献资料之间、档案文献与回忆资料之间、不同的个人回忆之间，分清主次，相互补充，综合考证，以档案为主又不唯档案。对有争议、有分歧的问题，更是不怕麻烦，深入调查研究，从历史事实出发，力求做到核实无误。战争年代，各省、区、县跨边越界的大小"边区"众多，弄清其来龙去脉，难度很大。

正是在这次大规模的组织史资料征集、整理和编纂过程中，有人提出 1923 年 8 月创建的台城特支，可能是全国最早的农村党支部。

为确定中共台城特支的组建时间和历史地位，在河北省委、衡水市委和安平县委的领导及指示下，县委组织部干部及党史办研究人员从 1988 年开始，通过电话、信函和走访等方式，组织了三次大范围的调研小组，奔赴全国农村支部建立较早的安徽、湖南等七个省市，还先后到与安平县有关联的北京、哈尔滨、银川、长春、大连、石家庄、天津、衡水等四十九个地市调研，查阅了李大钊、李锡九、弓仲韬、弓凤洲、弓乃如、李子寿、陆治国等早期党员以及和台城特支有关联人员的书籍、历史文献资料、干部档案和个人自传共三百七十九卷。

在查找早期共产党员的档案时，也经历了一些波折。当时县委组织部李建抓等人来到河北省档案馆，想查看弓仲韬最早发展的党员弓凤洲的生平资料，但馆员说没这个人。李建抓不甘心，他又给时任河北省委组织部办公室主任（后任副部长）的谢振学打电话咨询，得到的回答是：

"弓凤洲这个级别，档案应该在省档案馆，你让他们再找找。"

难道是档案馆搞错了？还是自己的工作有失误？再或者弓凤洲的档案根本没在档案馆，而是已经遗失或放置别处？当然还有一种可能，就是弓凤洲这个名字是化名，或存档时写错了名字。

于是，他们又请求馆员，帮忙找找姓弓的还有谁。经过一番认真查询，终于找到了弓凤洲的档案，原来是把"凤"字写成了"风"字。档案有一百多页，有"本人简介""自传"等材料。1997年3月，他们又马不停蹄地去天津找由弓仲韬介绍入党的老党员张志宏了解情况。不巧的是，张志宏出门了，只见到了他的女儿。女儿给张志宏的单位打了电话，李建抓他们急忙跑到张志宏的单位——北宁公园。公园领导介绍了张志宏的情况，并说他的档案不在天津，而是在北京，因为天津北宁公园是北京铁路局的下属单位，张志宏的档案可能在北京铁路局。

就这样，几经周折，一行人终于在北京铁路局找到了张志宏的档案。

在张志宏的档案中，记载了1925年弓仲韬介绍他加入中国共产党的过程，以及他跟随时任县委书记弓仲韬在农村开展减租增资等革命活动的细节。这份档案证明了早在1925年以前，安平县就已经有了农村党支部和中共县委。

1997年6月，从北京回来后李建抓等人丰富了文章《河北省安平县发现最早的中共农村支部》的内容，并在手写稿后边附上了弓乃如、弓凤洲和张志宏的档案复印件。为了尽快交稿，他们又借了辆桑塔纳轿车，直奔北京中组部。分管组工信息的中组部领导签发《河北省安平县发现中共最早的农村支部》信息，中组部的刊物《组工信息》很快刊发，但当时只提"最早"，没说"第一"。

当时，按照衡水市委领导意见和安平县委安排，县委办公室和信息中心的工作人员就这个问题，通过电话、传真等方式，对全国较早建立农村党支部的安徽、河北、湖南、上海、广东、北京、浙江等 26 个省市有关县（市）委办公室进行询问查证。

通过比对发现，其他地区没有比台城特支更早建立农村党支部的档案记载；同时查阅了《中共安平县党史大事记（1923—1945）》等有关党史文献资料。他们还专程到北京，请教中共中央党史研究室的专家，得到了时任中共中央党史研究室第一研究部主任黄修荣的大力支持。当时黄修荣找到一本书，说："虽然之前也有台城特支 1923 年 8 月组建的记载，不过这本书是最权威的，最有说服力的。"

这本书正是由中共中央组织部、中共中央党史研究室、中央档案馆三家联合编纂出版的《中国共产党组织史资料》。

调研组成员闻之大喜，他们用一个晚上的时间就把 700 多页的《中国共产党组织史资料》阅览了一遍，排列出了中共农村支部建立时间较早的全国前十名名单：

1923 年 8 月直隶省安平县台城村特别党支部

1923 年冬安徽省寿县小甸集特别党支部

1924 年 3 月直隶省安平县敬思村党支部

1924 年山东省齐河县后里仁庄党支部

1925 年 4 月广东省惠阳县秋溪党支部

1925 年 6 月湖南省湘潭县韶山党支部

1925 年夏湖北省黄陂县三合店党支部

1925 年秋河南省石固县南寨党支部

1926 年 3 月四川省巴县铜罐驿党支部

1926 年 11 月江苏省如皋县下漫灶党支部

1926 年 12 月江苏省新建县杨子洲党支部

1927 年 3 月辽宁省旅顺胡家村党支部

1927 年 5 月陕西省龙驹寨特别党支部

就此初步确定，台城特别支部为全国建立时间最早的农村党支部。

2001 年 6 月，安平县委办公室信息中心工作人员整理撰写了《建议将安平县"台城特支"确定为全国第一个农村党支部》的报告，上报市委信息中心。市委信息中心立即呈阅给时任市委书记刘德忠等领导同志，时任市委书记刘德忠、副书记郭华等领导同志做出批示，并由市委办公室和党史研究室按程序进一步呈报省委和中央有关部门，引起各级领导的关注和重视。

2001 年 9 月，中共中央组织部原部长、时任中央党建研究会会长张全景专程来到安平县调研指导工作，时任中共中央党史研究室第一研究部主任、研究员黄修荣，时任衡水市委副书记郭华等人陪同调研。张全景询问了台城特别支部建立时间、纪念馆布展设计理念思路等问题，在随后召开的党史座谈会上，充分肯定了安平县的这项工作，认为很有意义、很有价值，要认真研究、深入挖掘、广泛宣传，充分利用好全国最早的农村党支部这一独特党史资源。

2002 年 9 月，张全景到南方调研时，某省的一位省委副书记呈报上一本《党建知识之最》的书稿，请中组部领导审阅，并请张全景作序。张全景翻看后，对书中关于第一个农村党支部在南方某县的说法提出质疑，说：

"从时间上来看，从各地的情况来看，河北省安平县的台城特别支

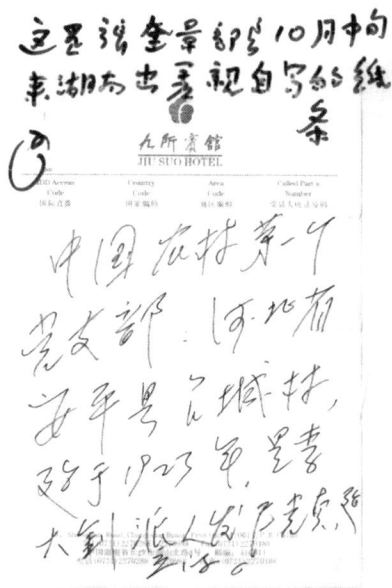

张全景在便笺上的笔迹

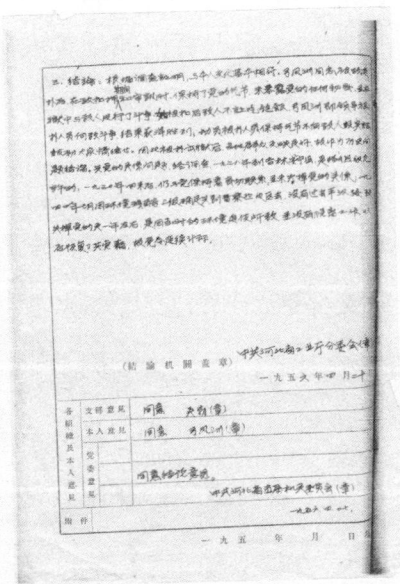

弓凤洲档案部分内容

部成立是最早的。"

他一边说，一边在宾馆的便笺上写下这段文字。那位副书记觉得这很重要，就收藏起来，后经多方辗转，这张字条传到了安平县委组织部，如今放置在全国第一个农村党支部纪念馆的展柜里。

长期以来，关于中共第一个农村支部的诞生地，一直有争议。对此，河北省委党史研究室副主任宋学民认为，第一个农村党支部的成立，受当时农村条件、环境的局限，确实没有留下直接的文字资料，但弓凤洲的档案中，他把入党的时间、弓仲韬介绍他入党的过程都写得很清楚。这些档案记载应该是目前最重要、最真实的原始资料。

据宋学民介绍，河北省委党史研究室对中共第一个农村支部的研究和认定一直在跟踪进行。十多年前，他和有关同志研讨时提出，台城特支是否称为全国第一个农村党支部，关键取决于以下因素：一是支部是不建立在农村；二是时间是否最早；三是参加支部的党员是不是农民；四是支部建立后，是否带领农民从事反封建斗争。综合以上因素，宋学民等专家认为，台城特支具备这些条件。后来，宋学民又将这些情况向上级党史部门做了说明。

宋学民认为，党史研究是十分严谨的，必须要有依据。这与媒体报道和文学创作不太一样。党史研究者可以将媒体报道作为线索，但不能作为依据。2021年新修订的《中国共产党河北历史》第一卷之所以增加了"台城特支是全国第一个农村党支部"的内容，主要是因为那几个关键因素都得到了确认，尤其是弓凤洲的档案内容，这是重要依据，否则就无从说起。

虽然安平县在2002年就建成了全国第一个农村党支部纪念馆，后在2004年、2008年又进行了充实、扩建，但在全国反响并不太大。一直到2017年，中宣部组织包括人民日报、新华社、中央电视台等央媒及河北日报、河北电视台等省级几十家媒体来到安平县，采访报道了台城村和第一个农村党支部，台城这个普通的小村庄才广为人知。

一波三折的《台城星火》

说到中共第一个农村支部台城特支的考证过程，就不得不提一部电教片。

电教片《台城星火》，由张全景题写片名

2008 年，为了向党的生日献礼，同时也为了参加中央组织部组织的两年一度的"红星奖"党员电教片的评比评选活动，河北省委组织部党员电化教育中心决定拍摄一批向党的生日献礼的电教专题片。据时任党员电教处处长李冠熙介绍，在全省一百七十多个县市推荐的众多选题当中，他们发现了安平县提供的有关第一个农村党支部台城特支的素材，觉得这是一个非常好的选题，他们会同衡水市委组织部、安平县委组织部计划一起把它拍成一部有分量的重大题材专题片。

可是在该片的立项阶段就遇到了非常大的困难，因为在专家论证过程当中，有领导提出质疑：

"'台城特支是中国共产党历史上的第一个农村党支部'这个说法，中央有没有定论？如果中央没有定论，你们为什么就敢说这是中国共产党历史上的第一个农村党支部呢？如果没有定论，我们不同意立项，也不同意拍摄！"

怎么办？面对这个绕不过去的问题，电教片的策划小组进行了多次会商。最终，大家决定还是尊重历史，在已有又翔实资料的基础上，再通过深入采访，搜集更多证据，按照党史探索片的路子来拍摄。

谈到当年拍摄电教片的经历，李冠熙至今记忆犹新。

"说句实话，当时我作为省委组织部电教处的处长，也是拍摄领导小组的主要负责人，对这种定位的专题片能不能拍好、怎么拍好心里是没底的，把握也不太大。好在我们有一个团结协作、业务素质出众的团队。当时与我搭班子的王永固同志，来组织部工作之前曾是河北大学的教师，是专门讲授电视片拍摄制作的，业务能力非常强，而且过去也拍摄了多部党员教育专题片，许多作品在全国行业评比中都获过奖。团队中的李琳媛曾在沧州电视台工作，也是这方面的专业人才。这部历史专题片的拍摄制作，历经了近一年的时间，应该讲是非常漫长和曲折的，因为我们要查找相关的历史资料。王永固和安平县委组织部的李建抓一起几次上北京、哈尔滨、西安实地考察调研，寻找当事人。在大方向确定下来之后，王永固加班加点、废寝忘食地用了半个月的时间，写出了脚本的第一稿。经过大家共同讨论修改，确定就按照这个拍摄方向。有了这一个拍摄的大纲，我们下一步就可以组织去采访当事人，查阅相关资料，拍摄故事发生的原址、旧址。这个过程也是非常漫长和复杂曲折的。"

为了拍好这部专题片，主创人员奔赴北京，在中央组织部党员电教中心的大力帮助和支持下，拜访了中共中央组织部原部长、全国党建研究会原会长张全景。张全景对这部党史探索专题片给予了极大关注和支持。他耐心细致地听取了摄制小组的拍摄思路及设想，观看了前期拍摄素材和影像资料，对大家的工作态度非常认可。在听完李冠熙他们的工作汇报后，张全景激动地说："你们做了非常有成效的探索，从现有的资料和情况来看，台城特别支部是我们党历史上的第一个农村党支部，这是确定无疑的。"

应摄制组之邀，张全景欣然提笔为该片题写了片名。张全景对摄制组工作的认可，特别是对台城特支历史地位的肯定，给了摄制组成员非常大的信心和勇气。

大家回来后，进行了热烈讨论。在接下来的日子里，摄制组的同志们不辞辛苦，奔赴辗转于天南地北，行程数千里，采访当事人数百人，查阅各种资料数千份，拍摄了大量的影像素材，加班加点进行后期制作。

2009 年，这部党史探索专题片参加了全国"红星奖"党员电教专题片评选，获得特等奖。

张全景为电教片《台城星火》写了片名，并在片中出镜时肯定地说：

"从目前的史料来看，台城村是中国共产党在农村建立的最早的一个党组织，为了弄清这个问题，安平县委做了大量的调查研究，经过和一些建党较早省市联系、比较来看，这是最早的一个党支部，是确定无疑的。台城村党支部的建立不仅在安平县产生了重大影响，而且对整个河北乃至全国也有重大影响。"

主任评委、中央文献研究室原副主任陈晋对这部片子给予了高度评价，他说："这部片子拍得好。这部片子对我们从事文献研究的同志是一个触动，真没想到，组织部门的电教人能对党史进行这么深入地挖掘了解，占有资料这么翔实，这种研究探索的精神值得我们做文献研究、党史研究的同志好好学习。更为可贵的是，你们研究的成果非常珍贵，它纠正了我们长期以来的一个错误，使我们党第一个农村党支部的创建时间提前了两年。"

评委、中组部委员、组织局局长傅思和当场明确表态，《台城星火》应该给特别奖。

2011 年，安平县委、县政府和中国广电总局联合拍摄的电影《台城1923》，经过有关部门的严格审查后，在中央电视台和部分省市电视台进行了播放。该片获河北省精神文明建设"五个一工程"奖。

岁月遮掩不住光芒

年代久远，资料奇缺，见证人大都已作古，如何从浩如烟海的百年往事中打捞那段峥嵘岁月，再现革命先辈的风骨和精神，对于创作者来说是个不小的难题。而随着采访的深入、素材的积累，我们忽然有一个意外的发现，那就是，我们苦苦寻找的、以为沉积在岁月长河里难以发现的人物和故事，其实很多并未走远，依然有迹可循。在许多重大历史事件的背景枝蔓中，在大家耳熟能详的文学作品里，在散落民间的故事传说中，在施工工地挖出的锈迹斑斑的枪支弹药上，以及在荒烟蔓草的原野中那些被风雨侵蚀数十年的有名或无名的墓碑上……都能依稀看到弓仲韬等早期共产党人以及第一个农村党支部台城特支的影子。

2022年春天，当五月的鲜花再次开遍原野，我们来到位于安平县大子文乡孙辽城村的孙犁故居。午后的阳光穿过老旧的窗棂，散落在农家土炕上，炕上的方桌，桌上的信笺、钢笔、木质笔筒，仿佛都有了温度，亮白刺眼的阳光也一下子变得柔和含蓄起来。

正如孙犁和他的文章，即使面对最残酷的战场、最锋利的刀枪，他也总能以柔韧之笔，淡定行文，于最艰难困苦中鼓舞士气，传递希望，恰如阳光的非凡力量。

如今，这阳光穿过七十多年的风雨，洒落在我们身上，依然生动美好，充满力量，而孙犁的文章，早已成为影响几代中国人的精神食粮。

为了创作这本书，笔者认真研读了孙犁的重要作品，发现他笔下的很多人物和故事都来源于抗战期间他在冀中生活和战斗的真实经历——当然，这是众所周知的，并不稀奇，真正带给我们意外和惊喜的是那篇《种谷的人》。如果你在网上搜索这篇文章，会看到下面的留言评论中，很多读者对文中那个叫"树人"的年轻人感兴趣，纷纷猜测是不是鲁迅"周树人"。其实，"树人"的原型是冀中九分区地委书记兼九分区游击纵队政治委员吴立人。关于这点，吴立人生前讲过，其儿子吴淳也证实过。而文中描写的那位"从大破落户中"走出来的瞎眼老人，却少有人关注和深究。在文中，"瞎眼老人"曾担任过小学的校长，他的大女儿在北京参加爱国学生运动中牺牲。这位"瞎眼老人"原本出身于生活条件优渥的大户之家，曾是组建早期农村党组织的老党员，为了革命，他倾家荡产，家破人亡，不仅牺牲了女儿，自己也被捕入狱，被敌人害瞎双眼。虽然命运多舛，身体残疾，但他积极乐观，关心战事，甚至关心远在陕北的毛泽东的身体健康。这位令人敬佩的老人，与台城特支的创建者弓仲韬的人生经历何其相似！

这个意外的发现，从一个侧面也证明了弓仲韬历经坎坷的悲壮人生以及他为革命敢于奉献和牺牲、"虽九死其犹未悔"的伟大

弓仲韬（中）和外孙子、外孙女

精神。

说到弓仲韬，目前我们能看到的，只有几张他双目失明的老年时的照片，他年轻时究竟是啥样的人？他曾说过，共产党人就要舍得了家财，豁得出性命。那么当年，他的家境究竟是怎样的呢？

从他的两个弟弟分别在上海和法兰西求学、工作这点来说，他的父亲弓堪应该是开明和富庶的。在 20 世纪 20 年代以前的北方农村，即使是高门大户，像这样有胸怀有眼界的当家人也是凤毛麟角。而年轻时身为富家大少爷、自幼饱读诗书的弓仲韬，想必也是一表人才。否则，饶阳县的商贾大户李家也不会把千金小姐李俊阁嫁给他。

2022 年 3 月，位于北京崇文门外的西花市街入选"首都功能核心区传统地名保护名录（街巷胡同类第一批）"。在西花市街上，有一家历史上非常有名的布店，叫"协成生布店"。今天，如果我们在搜索引擎上查询，会看到这样一段话：协成生布店，位于崇文门外西花市大街，是由河北饶阳人李姓出资 8000 银圆，于民国初年（1912—1914 年）开办的。当时有职工 20 多人，后增至近百人。最初主要经营装粮食的口袋、被套和马褡子（放在马背上用来装东西的布口袋）及土白布等商品。后来，发展成为花素布匹、洋布土布、丝织绸缎等商品齐全的有名的大布店……协成生经营有方，货色齐全，质量上等。既有河北高阳的白布、市布、标布、双葛丝，山东昌邑的蓝白布、塞子布和大庄布，北京的爱国布，湖南和江西的夏布等，还有日本和欧洲各国进口的花素洋布。既有苏州、杭州的丝绸纱罗，还有进口的呢绒等洋货……

那么，这个李姓大老板是谁呢？经我们多方考证，确认正是弓仲韬妻子李俊阁的爷爷李第莱。

2022年5月下旬，我们去河北省饶阳县大官厅采访抗战时期的冀中修械所旧址，竟意外发现有一户人家竟是弓仲韬岳丈家族的后人。

这是一座寻常的农家小院，小院内的人是当地最普通的农民打扮，粗糙的双手，红黑的面庞，质朴的话语。

当年，弓仲韬为躲避反动派的追捕，在这里住了一年多。这里不仅是他相濡以沫的妻子李俊阁出生和成长的地方，亦是曾护佑他一次次躲过反动军警抓捕的避风港。

受弓仲韬革命思想的影响，其岳丈一家思想进步，保护了很多地下党员。抗战期间，他们利用自家的工厂做掩护，为八路军修复枪械、子弹和生产炸药提供场所，是当时八路军在冀中规模较大的修械所。在1942年日本五一"大扫荡"前夕，修械所被迫转移到山区，李家遭到敌人报复，所有宅院和工厂被一把火烧光。

"大火烧了七天七夜，烟尘飘到了20里地以外……"至今在饶阳县大官厅，还有一些老人清晰地记得当时惨烈的画面。

很多人可能都知道，全面抗战时期，大名鼎鼎的于权伸、常德善曾任冀中军区军分区司令员。但鲜为人知的是，他们两位竟然是安平的女婿。

于权伸的妻子叫张子辉，是弓仲韬的外甥女。张子辉从小就住在台城村，跟着姥姥弓贵珍生活，曾上过弓仲韬办的女子小学，很早就接受了进步思想的教育，为之后走上革命道路打下了基础。

常德善的妻子叫弓彤轩，是弓仲韬的堂妹。当年，她受弓仲韬影响，很早就加入了中国共产党，也是台城村第一个报名参加抗日队伍的女青年。

2015 年，河北人民出版社出版了严镜波的个人传记《我的一百年》。严镜波生前曾任河北省政协副主席、中共保定地位副书记等职，抗战期间曾任中共河北省武强县委书记、饶阳县县长、深县县长。在《我的一百年》的一一七一页，有这样一段描写：

　　眼见得敌人已经包抄过来，四处奔逃的乡亲们大呼小叫，乱作一团。此时我俩撤退已经不可能了，我咬紧牙关，叹了口气，握紧手枪。我知道这把橹子里有一颗留给自己的"红屁股"保险子弹。我镇定地告诉警卫员："我们已陷入敌人的重重包围，情况十分危急。我们只有手枪，射程近、子弹少。鬼子马队速度快，冲上来后，咱们先打马后打人。注意节约子弹，把最后一粒子弹留给自己，誓死不当俘虏！"最后一句话，是一字一字从咬紧的牙缝中挤出来的，我清楚地知道自己如被俘意味着什么，子弹打光时，即使不能与敌人同归于尽，自己打死自己也不能落在敌人手里，我随时都准备着这最后的一刻。

这位机智勇敢、带领根据地人民与日军浴血奋战、随时准备牺牲的优秀共产党员，是抗战时期冀中平原的第一位女县委书记、抗日女县长。严镜波于 1914 年出生在饶阳县，十三岁那年，她来到临县安平的台城女子小学上学，学校就设在弓仲韬家里，也是当时的饶安深中心县委机关所在地。弓仲韬兼着学校校长，他的大女儿弓浦是数学教员，妹妹弓慧瞻是语文教员。

在《我的一百年》的第三十三页，严镜波详细记录下了这段难忘的经历。正是在弓仲韬家，很早就接受革命思想教育的严镜波成了一名共青团员，进而成为一名共产党员。

你一定看过或听说过老电影《野火春风斗古城》，可能也知道这部曾风靡全国的电影改编自作家李英儒的同名小说，但你未必知道女主角银环的原型正是李英儒的妻子张淑文。当年，出生于安平县贫苦农家的张淑文，自幼丧母，少人看管，是个顽皮胆大的假小子。弓仲韬的女儿弓乃如到她们村开办女子学校后，手把手教她写字，把她培养成为机智勇敢的儿童团长，多次为我地下党传送秘密情报，后又经弓乃如介绍加入了中国共产党，在革命工作中成长为有思想、有文化、有胆识的优秀侦察员，受组织委派与李英儒假扮夫妻潜入古城保定做情报工作，两人日久生情，结为革命伉俪。这段难忘的战斗生活经历，为作家提供了创作灵感，构成了小说《野火春风斗古城》的重要素材。

有人曾分析，正是因为安平县党组织成立得早，弓仲韬、李锡九等早期革命家才率先在农村开办平民夜校、女子小学，开展反帝反封建活动，使得这些安平的青年女子不同于旧年代很多目不识丁的农村妇女，她们识文断字、思想进步、有胆有识，积极投身革命事业，这无疑为她们今后成长为党的优秀干部奠定了坚实基础。正是基于共同的革命理想，她们才有了能与八路军高级将领相识相知、患难与共的缘分，才有了与军旅作家互相欣赏、共同进步的基础。细细想来，不无道理。

台城特支为革命培养和输出了大批人才。第一个农村党支部书记弓仲韬不仅把自己的一生献给了党和人民的事业，而且他的妹妹弓慧瞻、女儿弓浦、弓乃如以及三个堂妹弓惠诚、弓缊武、弓彤轩、外甥女张子辉、侄女弓润等均在弓仲韬影响下投身革命。她们在长期的残酷斗争中历经艰险，九死一生而意志坚定，为革命作出了巨大牺牲和贡献。

妹妹弓慧瞻当年协助哥哥弓仲韬办平民夜校和台城女子小学，并在女子小学担任教师，教育和培养了很多农村女孩。这些受过教育的女孩很多都成长为我党的优秀干部。

1926 年，弓仲韬的大女儿弓浦在北京三一八惨案中被反动军警打伤，回家后不到半年，不治而亡。

弓仲韬的大堂妹弓惠诚和丈夫王子益都是早期共产党员，在农村积极开展党的活动，发展了很多党员。在革命最低潮时，他们夫妻俩颠沛流离，几经波折终于找到党组织，后王子益到八路军一二九师工作。

弓仲韬的二堂妹弓缊武在家乡参加革命并入党，后参加了冀中的抗日斗争。她的丈夫是位参加过长征的老红军。在一次战斗后，由于音信不通，双方都被告知对方已经牺牲，二人万分悲痛。若干年后，才知道对方还活在世上，却已物是人非，空余嗟叹。在血雨腥风的战争年代，这种"活不见人、死不见尸"、"一别音容两渺茫"的夫妻并不罕见，为了民族的自由和解放，太多人牺牲了个人的小家和幸福，甚至留下了终身难以弥补的遗憾。

弓仲韬的三堂妹弓彤轩不仅上过台城小学，而且上过党领导的安平县女子师范学校，从小就追随弓仲韬闹革命，是台城村第一个报名参军抗日的女子。抗战时期，弓彤轩在冀中区党委工作时与冀中八分区司令员常德善相识并结为革命伴侣。常德善是 1939 年 1 月随贺龙、关向应率部从晋绥到达冀中的，120 师离开冀中时，冀中军区领导向贺龙师长要求留下一批有经验的红军干部，以提高冀中抗日武装的政治素质和战斗力，常德善遂被留在了冀中，任三分区（后为八分区）司令员。1942 年，在日寇进行"五一大扫荡"时，常德善率部转移到肃宁县雪村一带，遭敌人层层包围。他负伤后，用机枪掩护同志们突围，最终身中二十多弹，壮烈牺牲。凶残的敌人将常德善的头颅砍下，挂在河间县城的城楼上。此时，弓彤轩刚刚生下儿子常根，还没有满月，闻听丈夫牺牲的噩耗她悲痛欲绝。

贺龙对常德善的牺牲十分痛惜，曾题词："常德善同志是中国共产党的优秀党员，人民军队的坚强干部""功勋卓著，业绩永存"。

弓仲韬的外甥女、张根生的姐姐张子辉也是从小上的台城女子小学，有文化、有胆识，很早就参加了革命队伍。抗战时期，因工作关系结识了冀中七分区司令员于权伸，两人互生爱慕，结为革命伉俪。"冀中子弟兵的母亲"李杏阁曾经在回忆中说，于权伸受伤后，曾和妻子张子辉在她家的地道里休养过一段时间。在战火纷飞的年代，张子辉与丈夫出生入死，留下一段佳话。

弓仲韬的侄女弓润在革命工作中，结识了早期党员李子逊（李锡九侄子）。二人志同道合，结为夫妇，共同为早期农村党组织的发展壮大而奔波。李子逊和弟弟李子寿分别于 1929 年、1930 年到高阳县布里村，以小学员的身份发展党员，为"高蠡暴动"培养了骨干。遗憾的是，李子逊在抗战时期壮烈牺牲，年仅三十七岁。

受弓仲韬的影响，弓家子弟以及曾上过平民夜校或女子小学的村民，很多都走上了革命道路，甚至献出了宝贵的生命。仅台城村的革命烈士就有五十多人。据台城村的弓大栓生前回忆，抗日战争爆发后，他们八个上过平民夜校的穷学生先后都参了军，有三个在战场上牺牲了。他们分别是：弓乃纯，一二〇师战士，1938 年参军不久牺牲在河间；弓秋恒，抗二团侦察排长，1945 年牺牲在郑州市；刘秋本，三纵八旅排长，1948 年牺牲在密云县古北口镇。

1946 年，冀中区党委为粉碎国民党反动派的进攻，要求安平县在年底前扩军五百人。县里刚一动员，就有两千多人踊跃参军，组建了"安平县农民保家独立团"。

1947 年，因为刚扩建成立的炮兵旅需要文化教员，安平县七十多名小学教师投笔从戎，占全县教师总数的四分之一（当时安平县没有初中，全县小学教师共约三百人）。

是什么样的信念，支撑着这样一群普通百姓甘愿做出这样的选择？

是中国共产党一经成立就确立的"为中国人民谋幸福、为中华民族谋复兴"的初心和使命；是第一个农村党支部的星星之火，最早点燃了冀中人民反压迫的革命热情；是多年来党的宣传教育使老区人民群众有了更高的思想觉悟。

正是在一次次血与火的考验中建立起来的牢不可破的鱼水深

情，使广大人民群众确立了对共产党的真心拥护和革命必胜的坚定信念。

从中共台城特别支部的星星之火，到河北省第一个中共县委的成立，再到安（平）饶（阳）联合县委、安（平）饶（阳）深（泽）中心县委的建立，直至抗战期间和解放战争时期，一代又一代安平的共产党员和广大人民群众披肝沥胆，不怕牺牲，涌现出无数可歌可泣的英雄事迹。弓仲韬等老一辈革命家敢为人先、勇于奉献的精神，早已成为安平党员群众不屈不挠、团结一心、奋勇向前的不竭动力。

在中国共产党的坚强领导下，台城星火，始终照亮着人民前行的路。

风雨如磐暗夜天

安平县的历史和人文

安平县地处京津冀腹地，今雄安新区正南五十公里，自汉高祖时置县，迄今有两千两百多年，历史悠久，人文厚重，民风淳朴，人才辈出，涌现出李百药、崔护等众多文化名人。

安平古迹众多，其中最为著名的当数圣姑庙。圣姑庙位于县城的为民街 243 号，坐落于四五米高的台基之上。台基由青砖砌就，台基上四周砌筑了女儿墙，气势恢宏。台基上的古庙建筑红墙青瓦，古风古韵。古庙群由牌楼、碑亭、磴道、门屋、工字殿、寝宫殿、观稼亭六个主体建筑组成，布置在一条中轴线上，与台基最前侧的钟鼓楼左右对称，形成了典型的中国传统寺庙的布局。

相传圣姑庙是汉光武帝修建，乃方圆百里最大的庙宇建筑。

据康熙二十六年（1687 年）《安平县志》记载，"每逢清明佳节，桑妇更夫，虽千百之遥，致香火者如织"。相传圣姑字女君，为周代末的安平县会沃村人氏，后以其吮疮救父、智救汉光武帝刘秀等义行善举被传颂为忠孝双全的女圣人，所以安平又有"孝德之乡"的美誉。

圣姑庙在历朝历代都有修缮。元大德十年（1306年）在原庙东侧筑高台重建，明、清两代又多次扩建，形成现在的雏形。可惜在1945年被日军烧毁，不过幸运的是，1935年梁思成慕名来到这里

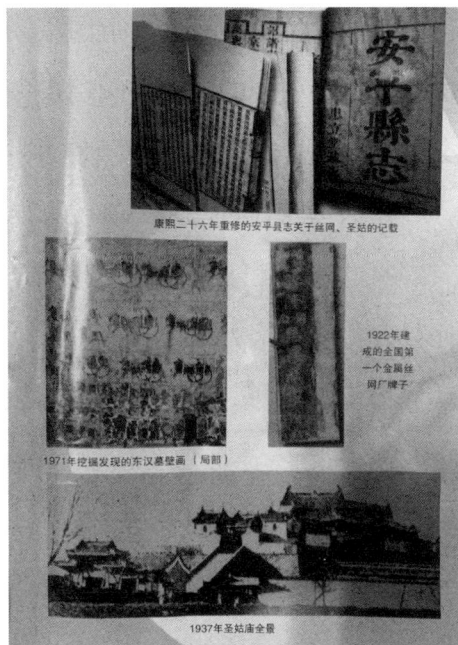

照片选自中共安平县委、县政府于2006年编纂的《魅力安平》一书

并绘制了结构图。在2010年重修圣姑庙时，就是根据他所绘的图纸复建而成。如今这里是河北省文物保护单位，来此参观的游客络绎不绝。

古之安平，南有漳、滏、滹沱之险，北有沙、唐、滋河之卫，势为历代用兵者攻防所关。

压在安平县人民身上的三座大山

自1840年鸦片战争以后，由于帝国主义列强的入侵，中国逐渐成为半殖民地半封建社会。进入20世纪时，统治中国的清王朝已十分腐朽，中华民族陷入空前的危机之中。

第一次世界大战后，帝国主义进一步加紧了对中国的侵略。他们操纵和支持中国的各派军阀以扩大侵略势力，各派系军阀投靠帝国主义以扩充地盘、争权夺利，使中国陷入了军阀割据和连年混战的乱局。

在祸国殃民的军阀统治下，安平县人民不得半安，受尽帝国主义、封建主义和官僚买办阶级的欺凌和压榨，灾难更加深重了。历任县知事倚仗各系军阀的势力，凭借手中的权力，与地主豪绅等反动势力串通一气，鱼肉人民。地主豪绅则助纣为虐，勾结官府，横行乡里。县公署是地主阶级统治人民的全县最高机关，下设警察局、警察所，村设村正、村副，地主豪绅设民团。这些机关既是反动政府的政权支柱，也是地主豪绅欺压劳动人民的工具。劳动人民常因莫须有的罪名被送官问罪，蹲监坐牢。

劳动人民在政治上受压迫，经济上受剥削。地主阶级对农民的压榨和剥削手段极端毒辣和残酷，如出租土地"八顶十"（八亩顶十亩）、"四六分"（地六劳四）、"上交租"（先交一部分租）等。佃户辛劳一年，所得无几，每年还要给地主做各种无偿的劳役。向地主借贷要春借秋还，借一还三，"驴打滚""现扣利""出门利"……农民借下这些债，就等于欠下了还不清的阎王债，常常被逼得以田地、房产抵债，甚至卖儿卖女。

"法如虎，税如刀，高利贷压折穷人的腰""节好过，年好过，日子难过；出有门，进有门，择借无门"这些广为流传的民间俗语，从一个侧面反映了剥削阶级对贫苦百姓的压榨。

随着阶级分化的日趋严重，贫雇农的生活更加艰难，土地等生产资料越来越集中在地主豪绅手里。全县地主富农占农村人口不到

10%，却占有近 80% 的土地。而占农村人口 90% 以上的劳动人民，仅占有全部土地的 20% 多。

地方政府横征暴敛，苛捐杂税层出不穷，更加重了劳动人民的负担。反动当局为了弥补财政开支不足，充塞自己的腰包，向人民敲诈勒索兵款、战费，巧立各种名目，以摊派等形式，把"地契税""屠宰税""督察捐""民团捐"等三十多种捐税，强加在劳动人民头上。逢遇战时，便以武力抢粮抓丁，甚至预征几十年上百年以后的钱粮，逼得农民典田当物，卖儿卖女，苦不堪言。台城村的弓春台，当年就因生活所迫，不得不卖掉了自己的两个儿子。

买办资产阶级充当帝国主义的奴才和帮凶，大肆推销洋货，低价收购农产品。加上滹沱河十年九患，一到雨季，河水长驱直下，全县一片汪洋。捐税、战祸、天灾，逼得劳动人民倾家荡产，生活无着，妻离子散，流落异乡。

1922 年，安平县大旱，农作物仅收二三成，农民多以树皮、草根、野菜充饥。据说，那年"吃得野菜绝了种、剥得榆树没法活"。

一首流传很广的《逃荒歌》，真实反映了当时农村的惨状。歌中唱道："滹沱河，水滔滔，逃荒的人们好心焦；老的老，少的少，无亲无友无着落！"

除了天灾人祸，男尊女卑、"女子无才便是德"等封建意识以及裹小脚等摧残身心的恶俗也成为束缚人民的枷锁。

李杏彩出生在安平县一个贫苦农家，一直到晚年时，她都清晰地记得五六岁时裹脚的痛苦。当娘抖开六条长长的蓝色裹布，手法娴熟地把她的小趾骨用劲向下推，再将四个脚趾顺着向脚掌内缘使劲压挤时，她听见了咯吱吱仿佛骨节断裂的声音。那种钻心刺骨的疼痛，如同她无从选择、无处逃避的命运，除了咬紧牙关，默默忍耐，别无他法，她甚至连哭都不敢哭出声来。比饥饿更痛苦的，是身体的疼痛；比身体更痛苦的，是精神的摧残。

1917年，俄国十月革命一声炮响，给中国送来了马克思列宁主义。1919年5月4日，在俄国十月革命的巨大影响下，中国爆发了划时代的五四运动。五四运动是近代中国革命史上具有划时代意义的事件，标志着新民主主义革命的伟大开端。

为了改变中华民族悲惨屈辱的命运，中国人民和无数仁人志士进行了千辛万苦的探索和不屈不挠的斗争。封建统治阶级发起洋务运动，农民阶级发动太平天国起义和义和团运动，资产阶级改良派、革命派先后发动戊戌变法、辛亥革命，但都最终归于失败。中国共产党就是在这样的历史背景下登上中国政治舞台的。中国共产党是在近代中国社会矛盾的剧烈冲突中、在中国人民反抗封建统治和外来侵略的激烈斗争中、在马克思列宁主义同中国工人运动的紧密结合过程中应运而生的。

奉命返乡传火种

认识李大钊

中共早期组织最先是由陈独秀、李大钊分别在上海和北京先后建立的，史称"南陈北李，相约建党"。1921 年，党的一大正式宣告中国共产党成立，陈独秀担负起了中共中央局书记领导全国党的工作的重任，李大钊则负责指导北方地区党的工作。

李大钊认识到农民是中国革命的依靠力量，明确提出"中国的浩大的农民群众，如果能够组织起来，参加国民革命，中国国民革命的成功就不远了"。他重视农民、农村，号召先进知识分子去做"开发农村的事"。安平籍的弓仲韬就是经由李大钊介绍加入中国共产党后，又被派遣回家乡发展党员，建立了中共第一个农村支部——安平县台城特别支部。

弓仲韬出身于安平县台城村一个富庶之家。从明朝初年到清朝末年，说起安平县台城村的大户人家，首屈一指的就是弓家。到清朝后期，弓家家族最鼎盛时曾拥有土地四千多亩，常年雇佣的管家、长工、仆役数十人。清光绪十二年，即公元1886年，弓仲韬就出生在这样一个大户人家。

在弓仲韬的次女弓乃如的档案中，有如下记载："弓仲韬的祖父有八套四合大院，内外装修讲究，吃穿排场，想吃狗不理包子，立马到天津去买……"

弓仲韬的父亲弓堪曾是清朝拔贡，知书达理，思想开明。他年轻时参加科举屡试不第，对封建科举制度极为不满，憎恨腐败没落的清政府，赞成维新主张。

弓仲韬按家族辈分取名为弓钤，仲韬是他的字，有同父异母的两个弟弟，分别叫书耕、季耘，还有一个妹妹，叫弓慧瞻。弓仲韬从六岁开始上弓家私塾，学的是《三字经》《百家姓》《千家诗》《增广贤文》等启蒙读物，后热衷于看《三国演义》等历史小说。他聪颖好学，十分得父母喜爱。因为家境殷实，父亲开明，弓仲韬和两个弟弟一个妹妹都进入新式学堂读书。后来，二弟弓书耕赴法国勤工俭学，回国后从事兵工制造。三弟弓季耘也学有所成，就职于铁路部门，担任山西榆次火车站副站长。妹妹弓慧瞻从新式学堂毕业后，曾在弓仲韬办的台城女子小学当教员。

再说弓仲韬，虽然他生在富贵人家，从小衣食无忧，又是被父亲看重的"接班人"，但他厌倦封建大家庭的等级森严，更无意沉溺于家庭的烦琐事务。加上耳闻目睹官府的腐败、社会的黑暗、农民的疾苦，他的心中就充满了无法排遣的苦闷。

1911 年，弓仲韬考入天津北洋法政专门学堂。

前面提过，李大钊是 1907 年考入天津北洋法政专门学堂的，那么李大钊与弓仲韬应为校友，但两人当时是否相识，有过什么交往，目前还没有找到明确的证据。

李大钊在北洋法政专门学堂就读六年，不仅才智过人，而且思想活跃，热心政治，早已在同龄人中脱颖而出。而且，弓仲韬和李大钊在同一年加入北洋法政学会。所以，按照常理猜测，即使两人当时未正式结交，弓仲韬应该也是知道李大钊的。

在天津的这段求学经历，可以视为弓仲韬此后投身革命的思想动因和精神动力。

北洋法政专门学校位于天津新开河北岸，于 1907 年建成开学，全称为"北洋官立法政专门学堂"。当年李大钊考入北洋法政专门学堂，先在该学堂专门科的预科英文甲班学习三年，1910 年升入该学堂正科的政治经济科本科学习三年，1913 年 6 月毕业离津。弓仲韬时为该学堂中学班学生。1913 年 6 月编修的《北洋法政专门学校同学录》（直隶教育图书局印书处印刷）载有弓仲韬履历，上面写着：中学第三班学生，弓钤，号仲韬，籍贯为直隶安平县。

北洋法政学会设在北洋法政专门学校内，以研究法政学术为宗旨，努力传播爱国进步思想，不仅编译书籍，还出版杂志《言治》。李大钊是该学会编辑部部长之一。根据目前已掌握的资料判断，北洋法政学会 1912 年已存在。据 1913 年 5 月 1 日出版的《言治》月刊第二期所载《北洋法政学会会员名单》统计，北洋法政学会第一年入会者计有李大钊（时名李钊）、弓仲韬（时名弓钤）等 169 人，第二年入会者计有 93 人。"第一年入会"当指 1912 年入会;"第二年入会"当指 1913 年入会。据 1913 年 4 月 15 日《内务部批(第二百七十一号)》所载,官方承认该会,予以立案,北洋法政专门学校校长张恩绶已兼任北洋法政学会会长。但是,弓仲韬在该学会的具体活动不详。

经以上征引的史料判断,弓仲韬认识李大钊的时间,应不晚于 1912 年。而李大钊在津就读六年期间,积极投身爱国运动,参与社会变革实践,在北洋法政学会会员中产生了很大影响。由此推断,李大钊的思想影响及北洋法政学会的活动,对于弓仲韬的思想启蒙应有所帮助。这也是他后来毅然追随李大钊,并树立革命意志,进而参加中国共产党的重要动因。

从北洋法政专门学校毕业后,弓仲韬回到故乡安平县台城村。但他并不满足于当一个养尊处优的大少爷,已经接触过新思想、依然有很多困惑的他立志探索振兴国家之良策,追求更有意义的人生价值。

走上革命之路

1916 年,弓仲韬考上北洋法政专门学校(后改为北京法政大学)。在校期间,他积极参与各种进步社团,对于李大钊的文章更是爱不释手,多次倾听李大钊的演讲,并参与了轰轰烈烈的五四运动。

1920 年 3 月,李大钊在北京大学发起组织马克思学说研究会。

姓　名	行	号	年岁	籍　贯	通信处
荣鉴轩		鹤皋	二十二	直隶霸县	堂二里瑞祥裕
彭升堂		让三	二十二	直隶晋县	小樵镇东德兴花店
许焕章		文轩	二十二	直隶完县	北关合兴号
缪连荣		紫绶	二十二	直隶丰润县	老庄镇源隆号
叶家传		振声	二十二	山东聊城县	城内石马街叶宅
弓铃		仲韬	二十二	直隶安平县	本县高等小学堂
王玉振		金声	二十二	直隶故城县	城内夏裕昌转
杜心培		养之	二十一	直隶宁河县	城内北街存想堂
孙发华		立斋	二十一	河南安阳县	水冶镇北鸿顺
刘焕章		协华	二十一	直隶遵化县	韩堞镇永成利转
王钧		大钧	二十一	直隶丰润县	劳容庄绣隆涛
陈绍龄		延寿	二十一	直隶	

弓仲韬在北洋法政专门学堂的学生登记表
（摘自《李大钊与北洋法政专门学堂》一书）

10 月，在李大钊的发起下，共产党小组在北京建立。

1921 年中国共产党成立后，李大钊代表党中央指导北方地区党的工作。在党的三大和四大上，他都当选为中央委员。

1922 年夏天，毕业后就留在北京沙滩小学当教员的弓仲韬，因为常去北大图书馆看书，终于有机会认识了他无比敬佩、早已在心中视为精神导师的李大钊。

在李大钊的启发和引导下，弓仲韬认真学习研究马列主义，经常抽时间到天桥附近了解民情，向工人群众宣传马列主义和革命思想。

通过一段时间的观察和考验，李大钊认为弓仲韬不仅博学多才，有思想、有抱负，而且有能力、有担当，充满革命的热情，遂发展他正式加入了中国共产党。

党史资料记载，从 1921 年中国共产党成立到 1927 年大革命失败前，中共没有规定入党誓词，也没有把入党誓词作为发展的必经程序，加入中共组织，没有固定和统一的誓词，只要承认党的纲领，并有一人介绍，经过审查即可入党，主要是通过表决心等方式，表达自己对加入共产党的志愿。

从 1923 年初正式加入中国共产党，弓仲韬便开始走上了职业革命家的道路。

此时，共产党领导的学生运动和工人运动此起彼伏。1921 年 8 月，公开做职工运动的总机关——中国劳动组合书记部成立。从 1922 年 1 月到 1923 年 2 月，掀起了中国工人运动的第一次高潮。在持续 13 个月的时间里，全国发生大小罢工 100 余次，参加人数达到了 30 万以上。其中，京汉铁路工人大罢工上演了最为壮烈的一幕。

1923 年 2 月 7 日，在吴佩孚的命令下，湖北督军萧耀南借口调解工潮，诱骗工会代表到江岸工会会所"谈判"。工会代表在去工会办事处途中，遭到反动军队的枪击。赤手空拳的工人纠察队当场被打死 30 多人、打伤 200 多人，造成了震惊中外的二七惨案。

京汉铁路工人大罢工是中国共产党领导的第一次工人运动高潮的顶点。它进一步显示了中国工人阶级的力量，扩大了中国共产党在全国人民中的影响，沉重打击了北洋军阀政府和帝国主义势力，但共产党和工人队伍也付出了惨痛的代价。在残酷的斗争中，中国共产党深刻地认识到：中国革命的敌人异常强大，单靠无产阶级赤手空拳，匹马单枪，是不能战胜强敌的，必须建立广泛的统一战线。

二七惨案发生后，各地的工会组织除广东、湖南外都遭封闭，全国工人运动暂时转入了低潮。

1923年6月，党的第三次全国代表大会正式确定了建立国共合作统一战线的策略方针，决定共产党员以个人身份加入国民党，为实现国共合作创造了重要条件。

正是在这种大背景下，同年6月，李大钊决定委派一个信仰坚定、不怕吃苦、有能力又有魄力的党员，去农村建立党组织，传播马克思主义，团结和发动更广泛的农民参与到革命队伍。这个人就是弓仲韬。

正是受李大钊坚定的革命信仰和无私奉献、两袖清风的高尚人格影响，弓仲韬义无反顾地投入革命的滚滚洪流中。在以后漫长的风雨岁月中，无论顺境逆境，富裕贫穷，甚至在痛失父母妻儿的情况下，弓仲韬都始终初心不改，信仰坚定。

开办平民夜校

"当年，他要是不从北京回来，可能后来就不会那么惨……"

说起弓仲韬，至今台城村的一些老人还这般唏嘘感慨。

1923年夏初，穿戴讲究、戴着礼帽、外貌俊雅的弓仲韬辞去北京的教员工作，乘着一辆马车奔走在返回故乡的路上。

马车刚行驶到安平境内，迎面就走来一群破衣烂衫、面黄肌瘦的难民。

人群中，七岁的王仁庆一脸沮丧，他刚刚告别瞎眼的母亲，即将跟父亲奔赴遥远的鸭绿江边。他舍不得母亲，舍不得家乡，但是没办法，跟着父亲去"闯关东"，是他唯一的活路。

十四岁的王东沧也是因为生活所迫背井离乡的。他生在贫苦农家，自幼喜欢练武。他准备去天津打工挣钱，听说那里有十里洋场，商铺多，码头多，自然需要卖苦力的人也多。

此时，台城村的弓春台刚刚卖了自己年仅三岁的小儿子弓二锅。卖的时候，他还担心买家嫌孩子太瘦弱，不好养活而反悔，可是真卖出去了，他的心却开始一下下地揪着疼。忍了一路，直到大儿子弓深造怒气冲冲地跑过来，带着哭腔冲他大声嘶吼"你还我弟弟！我要二锅！"时，弓春台的眼泪才哗哗地落下来。

看着眼前的一幕幕人间惨剧，弓仲韬内心翻江倒海，痛苦万分。

他从马车上下来，将随身携带的吃食和钱物都分发给难民。

此时，在安平县台城村弓家大院内，弓仲韬的妻子李俊阁正给公婆请安。

李俊阁出生在饶阳县大官厅村，她娘家是方圆几百里有名的地主兼商人家庭，在大官厅村拥有一片豪宅。李俊阁的爷爷和父亲在辽宁赤峰开商号，经营饶阳的土布、口袋、褡裢等棉线类制品，生意兴隆。1915年，李家又到北京西花市大街开办了协生成布匹店。因为善于经营，恪守诚信，布店很快发展成为西花市大街数一数二的大店。

李俊阁读过几年私塾，知书达理。自嫁入弓家，上孝敬公婆，下照顾儿女，对丈夫更是关怀体贴，深得弓家上下的敬重和喜爱。

不过，丈夫弓仲韬这次一走就是小半年，连个信儿都没有，她不免有些担心。正想和公婆说去看看，公爹弓堪就先开口了：

"老大媳妇，韬儿有快半年没回来了，不然你去北京看看他吧。"

李俊阁闻之暗喜，连忙说：

"好的，爹。正好我娘家在北京西花市大街的布匹店要扩店，想让仲韬帮着打点，我过去和他商议下。"

弓堪点点头，说：

"韬儿以后总要挑起弓家的担子，让他先练练手也好。"

弓闫氏附和道：

"是啊，他当那个小学教员，能有什么前途，又累又不挣钱，不如到生意场上锤炼锤炼。老大媳妇，你也别着急回来，多陪陪他，孩子有我们照看着。"

李俊阁内心欢喜，柔声说道：

"谢谢爹，谢谢娘。还有件事跟二老商量，昨天我父母捎话来，说他们在北京又置办了两处大宅子，想让咱们全家都搬过去住，说那边生意好做，孩子们也能上新式学堂。"

弓堪看看夫人弓闫氏，说：

"我们俩就算了，安平虽小，却也是故土难离，再说家里还这一大摊子事呢。你就安心去吧，替我谢谢你父母，事事都替弓家着想。"

李俊阁说：

"好的，那我今天收拾收拾，明天就去北京。"

话音刚落，提着两个大行李箱的弓仲韬便风尘仆仆地走进来，屋内的三人大吃一惊。

弓闫氏一脸惊喜地从椅子上站起来：

"韬儿回来了，怎么也没提前捎个信儿？"

李俊阁含情脉脉地看着丈夫，心里暗想：

"一定是爷爷跟他说了，他专门回家接我的。"

而弓堪却有所警觉地问：

"这也没到暑假呢，你是有什么事吧？"

弓仲韬说：

"爹、娘，我已经辞了沙滩小学的工作，这次回来就不走了！"

两位老人面面相觑，李俊阁更是一脸不解。

李俊阁提醒道：

"我爷爷还等着你去北京打理布匹店的生意呢，咱孩子上的新式学堂都给联系好了。"

弓仲韬摇摇头说：

"我不是做生意的材料，别再耽误了爷爷的买卖。孩子也不必非去北京上学，我这次回村，就是要开夜校，办新式学堂！"

弓堪眉头皱起来："办学堂？亏你想得出来，这几年洪灾、旱灾连着蝗灾，乡下人的日子不好过，有的饭都吃不饱，谁还舍得花钱上学？"

弓仲韬说："爹，您放心吧，我心里有数。"

弓堪有点担忧地说：

"我可提醒你啊，现在是多事之秋，你可别给我惹出什么麻烦来。"

弓闫氏看见大儿子只顾着高兴了：

"回来就好，一家人在一起比啥都强。赶快去洗把脸，换身衣服！"

女儿弓浦、弓乃如，儿子小宝跑进屋，突然看到父亲，又惊又喜，一下子都扑过来，争相喊着：

"爹！爹！可想死我们了！"

弓仲韬一把搂过三个孩子，高兴地说：

"爹也想你们呀，几个月不见，又长高了！"

说完，他从提包里拿出几本画书和糖果。孩子们一见，兴奋地欢呼起来。

此时，弓家的厨房内，两个大厨和十来个帮佣正手脚不停地忙碌着。有杀鸡宰鹅的，有收拾鱼虾的，有泡发海参、山货的，还有炖大肉、炸四喜丸子的……

弓闫氏来到厨房，一边仔细检查一边询问厨师老坎：

"准备得怎么样了？"

老坎答：

"没问题，都是按照太太的吩咐准备的，十荤八素，外加每人一份佛跳墙。"

弓闫氏又接着问：

"去天津的回来了吗？"

老坎答：

"回来了，大少爷爱吃的狗不理包子、风干鸭，还有塔嘛鱼都买回来了，您放一百个心，一样儿都差不了！"

弓闫氏四下里巡视一圈，满意地点点头，面露喜色。

那是一顿特别丰盛的晚餐，弓家上下人人脸上都洋溢着幸福的微笑。

那天全家人在一起其乐融融、和谐美好的画面，一直铭刻在弓仲韬的脑海里。

在以后漫长而残酷的岁月里，尤其是先后经历了大女儿牺牲、儿子被毒杀、妻子客死他乡，自己也双目失明后，弓仲韬无数次地回忆起那顿丰盛的晚餐和孩子们的笑脸。那温馨美好的画面慰藉着他千疮百孔的心灵，也让他对家人充满了深深的愧疚。但他对党和人民的赤胆忠心，对共产主义信仰的执着追求，一直到生命的终点，都没有丝毫改变。

弓仲韬受李大钊的派遣回台城村后，看到穷苦乡亲们饥寒交迫甚至卖儿卖女的惨状，深感痛心。他做的第一件事是说服父亲弓堪给穷困户放粮，在村口搭粥棚，为路过的难民舍粥。

据台城村九十多岁的老党员白秀君回忆，她小时候家里穷，弓仲韬回来后经常照顾她家，让她爹到弓家地里搬"高粱头（收割下来的成捆高粱穗）"。

为了创办平民夜校，弓仲韬腾出自己家放农具的三间东屋，购买了桌椅板凳。为了吸引家境困难的农民过来上课，弓仲韬不收取学费。为了不耽误大家的农活儿，他选在晚上上课。夜校规定农忙时三六九上课，冬春农闲时每晚开课，但即使这样，报名者依然寥寥。

一天深夜，弓仲韬看到弓凤洲还在喂马，就走了过去。

弓凤洲一边干活儿一边问：

"大少爷，这么晚了您怎么还不睡？"

弓仲韬叹气道：

"唉，可能晚饭吃多了，睡不着，出来走走。凤洲，你怎么这么晚还干活儿？"

弓凤洲回答道：

"喂完马就睡，大少爷没听过那句话吗，马无夜草不肥！"

弓仲韬又叹了口气，说：

"唉，马肥了，你却瘦了！"

弓凤洲说：

"给东家干活儿，就得尽心尽力，再说大少爷又对我这么好。"

弓仲韬说：

"明天夜校开学，你也去吧。"

弓凤洲听了一惊：

"夜校？就是学堂呗？不去，不去，不去，我不爱学，也没钱上。"

弓仲韬问：

"要是不要钱呢？"

弓凤洲说：

"那也不去，种地、喂马、做木工活儿，甚至打把式卖艺，我都行，学认字，还是算了吧。"

弓仲韬劝说道：

"你认了字，才能看书，才能知道更多的道理，长更多的见识，你才能活成你想要的样子。还有，我再说一遍，以后不许叫我大少爷，人生而平等，没有谁天生就是主子，谁天生就是奴才。"

弓凤洲疑惑地问：

"大少爷，你这次回来怎么不一样了？说的尽是新词儿，人生而平等，这怎么可能？大少爷生在富贵人家，天生金贵，您把我和成山当兄弟，那是您心眼儿好，我们可不敢造次。"

弓仲韬无奈地说：

"你呀，我走了这几年，你不仅没进步，反而是'罐儿养王八，越养越抽抽了'。堂堂男子汉，活着不能只是为了一口吃食，要眼界宽广，胸怀天下，要有忧国忧民之心。"

弓凤洲挠着头，一脸不解地问：

"大少爷又不愁吃穿，为啥要为天下人操心？天下我没见过，只说咱台城村，去年外出逃荒的就有二十来户，卖儿卖女的有四户，你就是好心想帮他们，也帮不过来呀！"

弓仲韬说：

"所以凤洲，你得帮我，我们一起做这件大事，同时发动更多的人来做，那么一个人人平等的、没有剥削和压迫的社会，就一定会到来！"

弓仲韬说得抑扬顿挫，弓凤洲听得似懂非懂，但他相信弓仲韬的为人，弓仲韬让他做的事，肯定不是坏事，就回答说：

"我听大少爷的，大少爷人好心善，又有学问，你说的话，准没错！可是我能做啥呢？"

弓仲韬笑着说：

"明天带头去夜校上课！"

弓凤洲说：

"行，可不能太晚，不能耽误我喂马！"

见弓凤洲答应了，弓仲韬满意地返回自己的房间。

妻子李俊阁还没有睡，弓仲韬就凑过去说：

"明天平民夜校第一天开课，你能过去帮帮忙吗？"

李俊阁说：

"我能帮你干什么？再说明天宝儿就从姥姥家回来了，我得在家等他。"

弓仲韬笑道：

"家里有爹娘呢，还能没人管你宝贝儿子？你过来帮我煮粥吧。"

李俊阁转过身来，佯装生气道：

"什么？你不会是让我在学堂门口卖粥吧？"

弓仲韬嘿嘿笑了两声：

"那不能，你是大家主儿的千金小姐，又是我弓家的少奶奶，怎么能去卖粥呢？不卖！刚才不是说了吗，是煮粥，你只管煮就行。"

李俊阁看出了丈夫的心思，长叹一声：

"你教村里的穷人认字读书就算了，还要管饭吗？"

弓仲韬赔笑道："

这不是赶上刚过了灾年嘛，总不能叫父老乡亲们饿着肚子上课吧？"

李俊阁皱了下眉，有点儿担忧地问：

"你这么做，爹知道不？"

弓仲韬说：

"先把夜校开起来，回头我找机会再跟爹娘解释。"

李俊阁长叹一声：

"你呀！"

次日晚上七点，在弓家闲院内的一间屋子内，几盏油灯，几排简易的桌椅板凳上，坐着二十多个衣衫褴褛的农民，他们都在呼噜呼噜地喝粥。

一个农民将碗送到弓凤洲面前：

"凤洲兄弟，能不能再给盛一碗？"

弓凤洲笑笑，又盛了一碗。

李俊阁抓住饭勺，守着粥锅：

"大家吃完，都把饭碗放到盆里，轻拿轻放，不要摔碎了。"

农民们喝完粥，挨个地将饭碗送过来，屋子里响起一阵叮当声。

大家终于坐到了桌子前，朝讲台上看去。

弓仲韬穿着一件灰色长袍，微笑着站在讲台上，环视了下教室后说："父老乡亲们，今儿咱们这个平民夜校就开课了。大家可以叫我先生，也可以叫我仲韬。"

门被撞开，弓成山匆匆赶来：

"大少爷，我来晚了！"

弓仲韬指着一处空座位：

"你快坐下吧，我刚说了，以后大家叫我先生或仲韬，谁也不许叫大少爷，再叫，就没粥喝！"

底下哄堂大笑起来，弓成山急忙改口：

"那个弓先生，我还没吃饭呢，还有粥不？"

教室内再次传来一阵哄笑。

李俊阁扑哧一声也笑了。她用勺子刮了刮锅底，凑了小半碗米粥递过去：

"成山兄弟，给你！"

弓成山接过饭碗，说了句"谢谢嫂子"，就开始狼吞虎咽起来，几口就喝光了。

弓仲韬微笑着说：

"慢点儿，没人跟你抢。"

弓凤洲拽了弓成山一把：

"赶快坐下，马上开课了！"

弓成山急忙坐到弓凤洲身边。

弓仲韬把一个个小册子发给大家，然后回到讲台说道：

"刚才我把《平民千字文》发给大家了，咱们学认字，就按照这个千字文的顺序学。今天，我们学的第一个字是：人。"

弓仲韬用粉笔在黑板上写了一个大大的"人"字。

他指着黑板上的字说：

"这个人字，看起来很简单，其实最不容易。有句老话，不知你们听说过没有：'人生天地间，庄农最为先。'还有句老话你们肯定知道，叫'民以食为天'。什么意思呢？就是无论是谁，都得吃饭，所以食物就是人的'天'，而我们吃的主食是从哪儿来的？当然是我们农民种的。所以说，掌握农时，种好庄稼，是天地间最最要紧的事情！"

弓仲韬话音未落，教室内就响起了叽叽喳喳的议论声。

弓成山说：

"理儿是这么个理儿，可实际上呢？这天地间，数农民最低贱、最不值钱！"

杨老石接着说：

"是啊！最累最穷的永远都是咱庄稼人！"

这时，有一个长工竟激动地站起来，挥着胳膊大声说：

"俺们雇农一年到头汗珠子摔八瓣地干活儿，到头来还是吃不饱饭，连财主家的猫狗都不如！"

另一个人接茬道：

"这年头，只要是有钱，兔子王八大三辈儿！"

这时，弓仲韬继续说道：

"你们有没有想过，为什么有的人四体不勤，五谷不分，却享尽荣华富贵，而有的人累死累活，却食不果腹、衣不蔽体？"

弓凤洲说：

"都是命呗！人的命，天注定！"

杨老石说：

"是啊！不是有那么句老话吗，'生死有命，富贵在天！'"

弓仲韬摇摇头，语重心长地说：

"不！人生来是平等的，我们人人都有一双眼、一张嘴，都有手有脚，没有人天生就是老爷，也没有人天生就是奴才。我泱泱中华，是五千年的文明古国，有着悠久的历史、灿烂的文化，就连我们这个小小的安平，在春秋战国时就出现过以孝德享誉天下的郝女圣姑，还有崔护、李百药等历史名人。而如今，军阀与外国列强相互勾结，使我中华内忧外患，民不聊生，农民不仅要承受官府名目繁多的苛捐杂税，还要受地主资本家的盘剥压榨！多少年来，我们农民为了过上好日子，跪天，跪地，跪神，跪佛，跪圣贤，跪祖宗，跪得腰都直不起来了，可还是免不了要国破家亡！乡亲们，我们只有先站起来，挺起腰杆做人，才能强起来，进而联起手来改变这个不平等的社会，过上有尊严的人的生活！"

弓仲韬慷慨激昂的一番话语，令教室内变得鸦雀无声。大家虽然似懂非懂，但是已经开始思索，开始期盼。

于是，弓仲韬利用自编教材《平民千字文》，从简单的"人、口、手、大、小、多、少"讲起，再讲台城村、直隶省、整个中国的现状，以及穷人为什么穷等革命道理，还有辛亥革命、北洋军阀以及在南方爆发的工人运动和农民运动等，由浅入深、循循善诱，吸引了越来越多的农民到校学习，一度达到五六十人。平民夜校如一盏明灯，照亮了穷苦农民闭塞苦难的心田。

成立台城特别支部

8月的一个夜晚，平民夜校下课后，农民们陆续回家了，教室内只剩弓仲韬、弓凤洲和弓成山还在热烈地讨论着。

弓凤洲认真地说：

"仲韬哥，你说的改变这个社会，就是革命的意思吗？像孙中山大总统推翻大清朝那样？"

弓仲韬说：

"辛亥革命虽然推翻了清王朝，可是政权落到了军阀手里，军阀与帝国主义相互勾结，祸国殃民，老百姓依然摆脱不了受苦受难的命运！所以，只有天下的受苦人团结起来，打倒剥削人民的反动军阀、地主、资本家，穷人才能真正翻身得解放！"

弓成山接着问：

"可是天下这么大，穷人这么多，怎么团结起来？"

弓仲韬循循善诱道：

"群羊走路看头羊。干革命也一样。我们需要一个带头的组织，一个服务工农大众、为穷人谋幸福的组织，那就是——中国共产党！"

弓凤洲和弓成山同时重复道：

"中国共产党？"

弓仲韬说：

"是的，中国共产党。李大钊先生曾说，试看将来的环球，必是赤旗的世界！"

弓成山接着问：

"大少爷，穷人闹革命我能理解，可是你又是为啥？你就不怕弓老爷和族亲长辈说你大逆不道？"

弓仲韬目光明亮，他坚定地说：

"为了真理，为了信念，为了中华民族的明天，从我加入中国共产党的那天起，我就做好了牺牲一切的准备！"

弓凤洲和弓成山闻听，深受感动。两人几乎同时说道：

"我要加入中国共产党！"

弓仲韬和弓凤洲、弓成山三人的手紧紧握在一起。

几天后，经弓仲韬介绍，弓凤洲和弓成山正式加入了中国共产党。

1923年8月，在冀中腹地的安平县台城村诞生了早期的农村党支部。因当时尚未建立省委、县委，所以命名为台城特别支部，直属北京区委领导，弓仲韬任支部书记。

冀中平原上的中共台城特别支部虽然只有三名党员，却有着非同寻常的意义。根据中共北京区委的指示，刚刚成立的台城特支明确了两大主要任务：一是带领农民开展各种对敌斗争，二是继续壮大党的队伍。

滹沱河畔尽燎原

任庄的秘密党员李锡九

其实，弓仲韬并不是安平县第一个中国共产党党员。1922 年，李大钊已经发展了一名安平籍人士加入了中国共产党，他就是大名鼎鼎的李锡九。

李锡九是安平县任庄村人，生于 1872 年。原名李永声，曾起字"立三"，后因与湖南李立三（1930 年任中共政治局委员）同名，故

李锡九

登报声明，易名"李锡九"。

李锡九自幼酷爱读书，善于思考，有正义感，对当时腐败的政府极端不满，有志于改造社会，振兴国家。他不满足于中国的旧式传统教育，渴望学习新知识。1905 年赴日本留学，结识孙中山先生，同年加入了孙中山创建的中国同盟会。

1907 年李锡九回国后，在直隶巡警学堂任职。他广泛传播孙中山的民族、民主、民生主义思想，积极发展同盟会会员进行反清活动。1911 年 10 月，为支援武昌起义，他在北方奔走呼号，组织声援。1912 年，李锡九当选为中华民国临时政府众议院议员。在国会中，他坚决反对窃国大盗袁世凯和仇视革命的冯国璋。在袁世凯解散国会、篡改约法、大肆捕杀革命党人时，李锡九不畏艰险，矢志不移，继续与封建复辟势力进行斗争。

1917 年，李锡九赴广州，和孙中山等共商革命大计。为了推翻皖系军阀段祺瑞的北洋政府，打倒假共和、建立真共和、维护《临时约法》，李锡九积极参加了威震一时的护法运动，担任了非常国会护法委员。

俄国十月革命后，马列主义传入中国，李锡九开始研究马克思主义，学习十月革命经验，由一个激进的民主主义者开始向共产主义者转变。

1922 年，国会在北平复会，李锡九离穗北上。不久，在北京结识了中国共产党的主要创始人之一李大钊，并由李大钊介绍加入了中国共产党。他仍保留国民党籍，以国民党党员的面目出现，秘密开展共产党的工作。

1923 年，曹锟为当选总统，在天津成立了专为其筹集贿选经费的特务机构，答应投他一票的议员，每人可得五千银圆。因李锡九在议会影响甚大，曹锟便想用两万银圆的高价收买他，遭到李锡九严词拒绝。李锡九还在《晨报》上刊登启事，声明拒绝参加贿选，并揭发曹锟扣留国会经费、非法贿买两院议员的无耻行径，痛斥"猪仔议员"趋炎附势的卑鄙行为。

在 1984 年河北人民出版社出版的《河北文史资料选辑·第十三辑》中，有一篇韩子木的儿子韩经武写的文章。韩子木是李锡九在饶阳发展的第一个共产党员，两人是同志又是挚友。据韩经武回忆，当时李锡九经常去他家，差不多每次都给他带点食物。在韩经武的这篇《忆李锡九》中，有这样一段生动的描述：

"李锡九老伯义愤填膺，当场拒绝了这宗政治交易，对这种卑鄙肮脏的行为，进行了毫不调和的斗争。当然，接受曹锟贿款的颇不乏其人。其中一个就是保定育德中学学监张继武。他接受了贿款，不以为耻，反以为荣，并大肆宣扬。一次，他在李老伯（李锡九）哥哥李俊声家恬不知耻地说：两个字五千块钱，真他妈便宜！"

同年 10 月 10 日，曹锟通过贿选当上总统。李锡九愤而回乡。在李大钊的指导和支持下，他回到故乡安平县任庄村开展农民斗争，发展共产党员。

1923 年，他在任庄村带领农民拆毁旧庙，自筹资金建校舍，购置了黑板、桌椅板凳、灯油炭火等用具，创办了农民夜校和女校，并以此作为宣传马列主义、组织革命斗争的阵地。

同时，李锡九发动进步知识分子李洛擎、李子逊、李纪元等担任教员。他们边教农民文化知识，边宣传革命道理，宣讲的内容多取自于《社会科学概论》《莫斯科印象记》《苏俄考察记》《北京晨报》等宣传新文化、传播马列主义的书籍和报刊。

为丰富学员的文化生活，同时以寓教于乐的方式进行革命宣传，夜校还组织过别开生面的音乐会。

为了动员贫苦农民参与学习，李锡九首先让自家的长工和女儿带头入校，并给贫苦学员一定的生活补助。很快，夜校学生就达四十多人，女校学生三十多人。

后来，因工作需要李锡九离开家乡后，仍十分关心两校情况，每年秋季总要给家里和村里写信，询问"收成如何"，并嘱咐："如收成不好，可用我家的粮食周济贫苦农民，也可把我的地卖掉，供两校费用，无论如何也要把两校办好。"

在李锡九的关心、支持下，两校后来有二三十人加入了中国共产党，不少人成了党的外围组织中的骨干，为第一、二次国内革命战争和抗日战争培养输送了骨干力量。

中共安平县委成立

随着弓仲韬、李锡九分别回到安平县开办夜校、宣传革命思想，尤其是台城特支的建立，点燃了冀中农村革命的星星之火。

在李大钊的关怀指导下，刚成立不久的台城特支及时研究分析地方社会状况，决定在工农群众和知识分子中同时开展党的工作，并做了具体分工。弓仲韬负责在知识分子中活动，弓凤洲负责在农民中活动。

到 1923 年底，台城村的弓振明、弓结流、弓偶气等人也加入了中国共产党。

1924 年初，李锡九介绍李少楼、李振庭和李汉辉加入了中国共产党。

李少楼在安平颇有名望，是北关高级小学的校长。在李锡九的帮助下，李少楼组织成立了北关高小党支部。

弓仲韬在上级党组织的帮助下，于 1924 年二三月间与李少楼秘密取得了联系。

自此，李大钊在安平播下的两颗火种——任庄的李锡九和台城的弓仲韬，开始有了交集，并合为一股，共同发展党的组织。

1924 年 3 月的一天，弓仲韬又来到北关高小李少楼的住处。他俩同时介绍教育界知名人士敬思村的张麟阁加入了中国共产党。

敬思村与台城村毗邻，相隔三里之遥。张麟阁出身地主家庭，在本村小学任教，当时思想进步，向往革命。

之后，张麟阁又先后发展了本村农民阮大楞、李更加入了中国共产党。

1924 年 6 月，张麟阁创建了敬思村党支部，并担任党支部书记。

此时，安平县经弓仲韬、李锡九发展的两股革命力量汇集到了一起，已有台城村、北关高小、敬思村三个党支部，有党员十四名。

1924年8月，安平县党员发展到近二十人。李大钊得知此消息，非常高兴。为加强党的统一领导，进一步组织农民群众进行斗争，根据中国共产党第三次全国代表大会制定的《中国共产党第一次修正党章程》关于"一地方有十人以上，经中央执行委员会之许可，区执行委员会得派员至该地方召集全体党员大会或代表会由该会推举三人组织该地方执行委员会"的规定，李大钊指示弓仲韬建立安平县委。

接到李大钊的指示，弓仲韬更加坚定了革命的信心。

1924年8月15日晚，在敬思村张麟阁家里，安平县第一次共产党员代表会议召开。前来参加会议的有弓仲韬、李少楼、张麟阁、弓凤洲、李春耀等九名代表。

会议由弓仲韬主持。他首先回顾了一年多来党组织建立的情况，然后宣布了中共北京区委和李大钊同志关于建立中共安平县委的指示。会上，九名共产党员代表经过充分的讨论酝酿，对弓仲韬、李少楼、张麟阁三名候选人进行了举手表决，由弓仲韬任县委书记，张麟阁为组织委员，李少楼为宣传委员。会议明确了今后的工作任务：发展党的组织，壮大革命力量，启发群众觉悟，开展反帝反封建斗争。

中共安平县执行委员会（简称安平县委）诞生了，直属中共北京区委领导。县委机关暂驻台城村弓仲韬家。

县委成立后，台城特支改名为台城党支部，党支部书记由弓凤洲担任。到1925年11月，北黄城村的王荣耀、唐贝村的张志宏等也加入了中国共产党；台城村的弓濯之、建赵庄的赵魁昌等加入了社会主义青年团。

在县委的领导下，薛各庄村的李霞远在本村办起了农民夜校，组织了"老人互助会""禁赌会"等群众组织。不久，任庄、彪塚、齐侯疃、唐贝、北黄城、石干、赵庄等村也先后建起了农民协会，马店、齐侯疃等村建起了农民夜校，野营、北王宋等许多村庄成立了"老人互助会""戒烟戒酒会""戒赌会"，还有"哥八会""抗债团"等群众组织。

这一时期创办的平民夜校，是安平党组织领导各村农民，以"平教会"的名义作为公开合法的形式，建立起来的业余教育组织。夜校的学生大多是贫雇农，教员多是共产党员或进步知识分子。党利用这一组织形式向广大贫雇农宣传革命道理，教授文化知识，提高贫雇农的思想觉悟，增强反帝反封建的意识。

台城、任庄等村的平民夜校办得尤为出色，学员多达四五十人。后来，弓仲韬卖掉了自家的二十亩地，办起了台城村女子小学，引导妇女学习文化知识和革命道理。弓仲韬在这些学员中物色、培养积极分子，发展党员，其中很多人成长为革命骨干。

弓仲韬的堂妹弓彤轩正是受弓仲韬影响走上革命道路的。她曾自述："在小学我是儿童团，高小是青年团，初中就成为共产党员了。"抗战期间，弓彤轩也是台城村第一个报名参加抗日队伍的女青年。

中共保定地方委员会成立后，为适应革命斗争形势的需要，中共安平县委由原属北京区委领导改为属保定地方委员会领导。

安平县基层党团组织的发展

1925 年初，安平县在京、津、保大中学校读书的党团员，如台城村的弓浦，任庄村的李子逊、李纪元、张焕墀，谷家左村的孟庆章，赵院村的张志良等人，在寒假期间回到家乡，与安平县党组织取得了联系，并在教育界的知识分子、青年学生和农村贫雇农中进行革命宣传，发展了一些党团员。此后，每年寒暑假他们都回乡活动，有力地配合了安平县党的工作，推动了党团组织的发展。

1925 年下半年，共产党员齐景林（铁路工人，中共天津地委交通员）从唐山回到家乡齐侯疃村，与县委书记弓仲韬取得了组织联系。之后，齐景林积极在本村开展党的工作，到 1926 年秋，先后发展齐老师等七人加入中国共产党，建立了齐侯疃村党支部，并任党支部书记。

1925 年 10 月，中共保定支部特派员张鹤亭到台城村弓仲韬家，传达贯彻中国共产党第四次全国代表大会决议，指导安平、饶阳一带党的工作。1925 年秋，李少楼在北关高级小学发展了几名团员，建立了北关高小团支部，支部书记由李少楼兼任。1926 年春，发展任庄村的李子寿、李芝瑞和彪塚村的韩振坤等加入共青团。秋后，又发展李庆长、徐振树、李宗周、徐庆西等十多名团员，团支部书记改由李庆长担任，副书记由徐振树担任，团支部常在圣姑庙开会，学习上级文件，讨论当前形势。

1925 年冬至 1926 年初，台城村列宁小学的学生弓乃如、严素芬、韩秀巧、刘金兰、严淑芳等十几人先后加入共青团。1926 年春，任庄村先后建立党团支部，党支部书记由李幸增担任，团支部书记由李静庭担任。同时，台城村的弓润由弓仲韬、张鹤亭介绍加入中国共产党，弓浦由团员转为党员，弓淑惠、弓蕊、弓林香、弓河等加入共青团，建立了台城女团支部，支部书记由弓乃如担任。之后又发展弓沔、安菊等为团员。1926年夏，毕改、马庆足加入共青团，弓淑惠、弓蕊由团员转为党员，建立了台城女党支部，简称"台城女支"，支部书记由弓浦担任。弓浦到北京读书后，由弓润担任支部书记。同年，台城列宁小学的学生多数发展为共青团员。薛各庄村的李霞远在上海入党后，回乡开展党的工作，进行党的宣传，发展党的组织。1927年，彪塚村建立了党支部，支部书记由张老杰担任。县立女子小学建立了团支部，新发展的党团员有北侯疃村的齐亚南，任庄村的李练达，西侯疃村的翟纪鑫，大寨村的翟韵锋，北关高小的刘其恒、徐庆彬、杨九经（杨光）等人。到1927年底，全县有台城、任庄、彪塚、齐侯疃、敬思、北关高小和台城女支等七个党支部；台城任庄、徐召赵庄、北关高小和县立女子小学五个团支部，党团员共一百多人。

滹沱河水蜿蜒穿行深泽县、安平县、饶阳县，三县接壤毗邻，人民一衣带水，交往甚多。来自安平的革命星火很快燎原至深泽、饶阳等周边县，乃至整个冀中地区。

饶阳、深泽县委的建立

1924年春，李锡九受李大钊指派来到饶阳县城，介绍好友韩子木参加了中国共产党。在李锡九的指导帮助下，韩子木又在知识分子中发展了一批共产党员，成了饶阳共产党组织的中坚力量。发展的第一个党员翟少痴是小学教员，十九岁。后又发展了王春辉、李永昌、刘金玉、张来欣、罗云甫、罗介甫等。李锡九和韩子木与中共北方区委有直接关系，他们把《新青年》《向导》等刊物介绍给党员和青年们阅读，对大家影响很大，随后成立了饶阳县第一个党支部——城内支部。刘金玉任书记，韩子木任组织委员，张来欣任宣传委员，直属中央北方区委领导。党的机关设在韩子慕家，活动经费由韩家负担。

深泽县河疃村的王子益和南营村的许卜五先后考入保定育德中学。在进步思想的熏陶下，他们开始学习和研究马克思列宁主义。1923 年 3 月，王子益经育德中学的张廷瑞和宁桂馨二人介绍，加入了中国社会主义青年团，并于 1925 年春转为中共党员。1924 年，许卜五经育德中学的武述文和韩永录介绍，加入中国社会主义青年团，并于 1925 年上半年转为中共党员。他们利用学校放假的机会，秘密携带《新青年》《向导》等进步书刊回到家乡，向同学和亲友宣传俄国十月革命和马克思列宁主义，宣传穷苦人要翻身就必须团结起来闹革命的道理。弓仲韬的堂妹弓惠诚也在保定育德中学上学，后嫁给王子益。1925 年下半年，王子益从保定育德中学毕业后回原籍深泽县发展党组织，是深泽县党组织创始人之一。

弓惠诚在保定育德中学毕业后随夫王子益在深泽县开展党的活动。弓仲韬、王子益两人既是同志又是亲戚，经常就两县党的活动交流沟通。

王子益回到老家后，在河疃高小任教，以教员身份为掩护秘密开展党的工作。这时许卜五也回到老家南营村，并在本村完小民德小学担任科任教员。与此同时，侯文质从保定第二师范毕业后也来到深泽县，在深泽师范讲习所担任教员。之后，他们三人经常碰头进行联系，并经过一段时间的准备以后，决定先成立一个建党三人核心小组，小组设在南营民德小学，由许卜五任召集人，不定期开会研究工作。

1925 年 10 月，王子益、许卜五、侯文质经过秘密商议，在南营民德小学成立了中共深泽县小组，由王子益任组长，许卜五负责组织工作，侯文质负责宣传工作，隶属于中共保定支部。1926 年初，中共深泽县小组改属于刚刚成立的中共保定地委。

当时，北冶庄头村的宋志毅（原名宋又彬）在县立高级师范学校毕业后在马铺村小学任教，由于受王、许二人革命思想的熏陶和影响，思想进步很快。他与许卜五是高小读书时的同班同学，交情很好。王子益、许卜五经过考察和培养，于 1925 年冬发展宋志毅加入中国共产党，这是深泽县党组织发展的第一个党员。随后，王子益、许卜五又分别在本村及周围村庄陆续发展了一批共产党员。同期被发展入党的还有王子益的哥哥王鹤田。1927 年 7 月中共深泽县委员会成立后，宋志毅担任县委委员，1929 年底任中共深泽县委书记。先后组织发动群众开展拾秋、增资和庙会大宣传等斗争，并通过举办"农民运动讲习所"和农民夜校，培养了大批革命干部。这些革命干部分布在全县秘密开展党的工作。

王子益、许卜五、宋志毅先后发展北冶庄头村宋志毅的四哥宋老伴（宋半绩）、何福林、孙超，马铺村的段振奎、杜锡章、陆更山，河疃村的王友治等人入党。

安饶联合县委和安饶深中心县委的建立

1925年冬，负责指导安平、饶阳一带党的工作的张鹤亭，根据保定地方委员会的指示，把中共安平县委与饶阳县党组织合组为中共安饶联合县委，负责安平、饶阳两县党的工作。弓仲韬任书记，王春辉、韩子慕、刘金玉、张鹤亭、张来欣、李少楼任委员，联合县委机关设在弓仲韬家中，联合县委隶属中共保定支部，中共保定地委成立后，改属保定地委。

联合县委建立后，党的领导进一步加强，党团组织迅速扩大，工作更加活跃，来往于弓仲韬家的党团员越来越多。联合县委在弓仲韬家前院，成立了台城女子小学。其学生大多是党员亲属，有安平县的弓乃如、刘金兰、弓淑惠、弓蕊、安菊，饶阳县的韩惠波、韩秀巧、严镜波、阳芳、严玉环、罗梅君等近二十人。教员由张鹤亭、弓浦、弓慧瞻担任。办学不仅是为了教授文化知识和革命道理，传播马列主义，培养后备力量，也是为了掩护党的县委机关。办学的一切费用由弓仲韬负责。

1926年4月，深泽县建立党组织后，为了进一步推动工农革命运动高潮的到来，保定地委决定，成立安（平）饶（阳）深（泽）三县中心县委，中心县委书记仍由弓仲韬担任。

1926年8月的一天下午，来自饶阳、深泽两县的党组织负责人，冒着酷暑风尘仆仆赶到弓仲韬家中，参加由保定地委特派员张鹤亭主持的三县中心县委成立会议。原定出席会议的每县两个人，加上张鹤亭共七个人，安平县有弓仲韬、弓浦，饶阳县有王春辉、张来欣，深泽县原确定王子益、许卜五两人，因许卜五临时去广州参加农民运动讲习所的培训，所以只来了王子益一个人。

这是一次重要的会议，会议由张鹤亭主持召开。会上，张鹤亭传达了保定地委领导的指示：成立中心县委，将安平县的好经验好做法迅速推广到其他两县，让革命的火种在三县一并燃烧，越烧越旺。

弓仲韬表示，自返乡以来，他感受最深的是开展革命斗争必须精诚团结，一方面是共产党员的团结，另一方面是民众的团结，只有全力促成这两方面的团结，我们的局面才会改观。

会上，三县代表选举弓仲韬为中心县委书记、王春辉为组织委员、王子益为宣传委员、张来欣为农运委员、张鹤亭为青年委员、弓仲韬大女儿弓浦为妇女委员。中心县委机关设在弓仲韬家中。

从台城特支到安平县委，再到安饶深中心县委，弓仲韬肩上的担子不断加重，但他始终坚定信念，不惧艰险，勇往直前。

安饶深中心县委的成立，使得革命力量更加强大，设在弓仲韬家中的中心县委机关，比以往更加忙碌。弓仲韬和保定地委特派员兼青年委员张鹤亭，负责处理各项大事，根据上级指示制定发展党员、组织民众开展斗争的方案，各个委员们各负其责，农民运动、妇女运动、青年工作都有了专人具体抓。而王春辉在饶阳县，王子益在深泽县，则要相对独立地组织开展工作，他们经常来安平县台城村请示汇报。中心县委将三个县的工农革命斗争紧紧连接在了一起，在弓仲韬的精心运筹和委员们的积极努力下，三县的革命斗争逐渐拓宽深入，党组织的发展更加迅猛。

由于县委机关设在弓仲韬家，往来于此的人日渐增多，为隐蔽起见，弓仲韬斥资五百元建起了毛巾厂。在毛巾厂上班的、往来谈生意的，基本都是农会成员和党员。毛巾厂的设备、原料则是来自饶阳县大官厅。因为弓仲韬的岳丈是那儿的，家里有纺织工厂，北京、天津也都有销售门店。

为了发展党的事业，弓仲韬不仅自己卖地散财，还捎带着岳丈家搭了不少钱。因为他的心思不在毛巾厂，更不善于做生意，这个"冒牌"的毛巾厂基本上是入不敷出。为此，弓仲韬没少挨父亲弓堪的斥责。家族长辈也纷纷说他是"败家子"。

从弓仲韬在台城村建立中共第一个农村支部开始，不到四年的时间，革命的星火就沿着滹沱河畔，在冀中大地迅速散播开来。

早期安平县党领导的农村革命斗争

地主阶级长期剥削农民，长工们一年辛苦劳作，累死累活年薪只有三十元，大多数农民靠这微薄的收入难以养家糊口，生活苦不堪言。1924年临近秋收时节，安平县党组织决定趁秋季地主大批用人之际，发动长工进行增资斗争。

增资斗争是有组织、有计划进行的。斗争起点选在台城村。台城村党支部首先启发贫雇农民的阶级觉悟，激发他们的斗争精神，然后组织长工向比较开明的地主提出增资要求。为打开斗争局面，促进斗争迅速发展，县委书记弓仲韬首先给自己家的长工、共产党员何老正增资，然后让何老正在长工中宣传鼓动增资。斗争很快开展起来，长工们以怠工、辞职、说理等多种形式同地主进行斗争。地主因秋收在即、农活儿很忙，地里的庄稼耽误不得，被迫答应了长工们的要求，斗争取得了胜利。到年底，台城村的长工工资普遍有所提高，年薪由三十元增加到了三十五元以上，多的达到五十元。

台城长工增资斗争胜利后，斗争的浪潮很快波及黄城、敬思、任庄等有党员的村庄。到1925年底，长工的增资斗争形成了全县的群众运动，并且都获得了胜利。

县委为进一步改善雇农长工的生活待遇，提高雇农地位，又发动雇农向地主提出每年过节（春节、端午节、中秋节）要放假并给点儿过节费，因忙不放假的除给过节费外发双倍工资。此外，长工除年薪外，每年给两匹土布、两双布鞋，以补生活之不足。由于这些要求符合广大雇农利益，又合情合理，受到广大农民的热烈拥护。大家纷纷加入斗争行列，斗争迅速蔓延到全县。经过两三个月的斗争，雇农最终取得了胜利。

1925年麦收时，县委又领导了短工的罢市增资斗争。地主剥削农民，除雇佣长工外，每逢夏秋农活儿繁忙季节，还要临时雇佣短工，一些没地或少地的农民这时便去打短工。于是，一些地主多的大村镇便日渐有了短工市，每到农忙季节，便有贫苦农民前去"上市"。短工的工资也很低，每集（五天）才七角钱。

为确保斗争取得成效，党组织进行了周密的安排，决定首先在台城村、敬思村等有党组织的地方开展，然后以此为中心，向附近村庄乃至全县发展。台城村由支部书记弓凤洲负责领导，敬思村由张麟阁负责组织。各支部把党员分为三个部分：一部分党员带领积极分子，分别到台城、黄城、满正、大良、河漕等村的短工市场进行鼓动宣传，提出"不增资、不下地"的口号；一部分由有斗争经验的党员组成，深入各短工市场，在地主被迫答应增资的情况下，相机出面调停，保证斗争有理、有利、有节地开展；还有部分由家有土地、有雇工的党员组成，在短工提出要求时，雇工的党员首先答应增资，以便突破缺口迅速打开局面。

经过斗争，地主、富农怕耽误农时，只好答应短工们的要求。这场斗争很快在全县蓬勃开展起来，并取得了胜利。短工工资由原来的每集（五天）七角增到一元以上，有的增到两元左右。

党组织领导贫苦农民进行的增资罢市斗争，在全县两百多名小学教员中产生了强烈反响，他们要求政治自由、提高社会地位和经济待遇的呼声越来越强烈。于是，安饶深中心县委决定：以小学教员中的党员和党的积极分子为骨干，成立一个群众组织——小学教员联合会，把全县小学教员组织起来，团结到党的周围，发动小学教员进行增资斗争。

为了保证斗争有组织地进行，县委派张麟阁领导这场斗争，由共产党员李子逊和进步教师阎子元起草《小学教员联合会章程（草案）》，并具体负责联合会的组织和筹建工作。

经过半年多的组织串联，于 1926 年 7 月 7 日，趁安平庙会之机，组织 100 多名小学教员在城内高级小学召开了小学教员联合会成立大会，通过了《小学教员联合会简章》；选举王席征、李光甲、阎子元、乔式模、崔兰亭、刘宗甫、张国发等七人为教联会常务委员，王席征为主席；并通过了立即向县政府教育局要求增资的决议。

大会闭幕后，以王席征、阎子元等七名委员为代表，以小学教员联合会的名义到县政府教育局提出增资要求并进行交涉，提出"如不答应增资，全县教员即行罢课"。

慑于全县小学教员组织起来的力量，县政府答应将小学教师的年薪增加四十元，由原来的八十元、九十元、一百元，增至一百二十元、一百三十元、一百四十元。这次增资斗争的胜利，极大地鼓舞了全县小学教员，没有入会的纷纷要求入会。

1928 年 8 月，国民党安平县党部趁暑假开办了一期小学教员训练班，借宣传"三民主义"，加强对教师队伍的控制，进行反共宣传，并从中发展国民党党员。训练班一开始，国民党党部即派杜砥之和段振声等人筹备成立了一个所谓的"学友会"，企图以此取代小学教员联合会。安饶深中心县委为保住小学教员联合会这一阵地，分析了时局，研究了对策，指示小学教员联合会要抓住时机，揭露国民党反动派投靠帝国主义叛变革命的罪行，动员教员们抵制参加学友会，牢牢掌握群众组织的领导权。当杜砥之、段振声抛出学友会章程和九名委员名单叫大家讨论时，党员教师首先提出反驳意见，坚持以十五人为委员。杜、段二人以势压人，强迫教员同意他们的提案，小学教员们都非常气愤，大家一哄而起，拍桌子、打板凳，纷纷质问杜、段，是强迫还是让大家讨论。

双方互相争吵，致使会议无法进行下去，结果反动的学友会没有组成。小学教员更加紧密地团结在小学教员联合会的周围，对国民党反动派的嘴脸有了更清楚的认识。当杜、段二人让大家填写"是否赞成国民党，是否想参加国民党"的表格时，大家都挥笔写上"不赞成""不想参加"的字样，使国民党拉拢小学教员加入国民党的阴谋未能得逞。

小学教员的革命斗争情绪越来越高，斗争也越来越活跃。共产党员李洪振、乔式模、乔志亭等和暑假回家的平、津、保的进步学生一起编排揭露国民党反动派叛变革命、投降帝国主义的讽刺话剧《打倒投机分子》《夫妻对话》《假革命真叛变》等节目，在安平县"天足会"成立庆祝大会上进行了演出。其中有这样一个场面：

　　一个身穿礼服的国民党官员，胸前挂着一个牌子，上写"革命尚未成功，同志仍需努力"，背过一段冠冕堂皇的台词之后，一回身，背上画着个大乌龟，上写"贪污腐化，祸国殃民"。

这些节目将平时国民党棍包揽诉讼、敲诈民财、为非作歹的丑态活现于舞台上，使反动派原形毕露。台下群众无不拍手称快。反动当局垂头丧气，恨得咬牙切齿，却故作不知，甚至连面都不敢露。

在训练班即将结束之时，县委乘势发动了第二次小学教员的增资斗争。由李洪振、阎子元、刘宗甫、崔兰亭、乔式模、王席征、张国发等在城内公立小学召开会议，向全县教师进行阶级斗争教育，使教师深刻认识到自己在政治上受压迫、生活上无保障，产生了强烈的增资要求，一致通过了要求增资的请愿书，并递交到国民党县党部。然后，组织发动全体集训的二百多名教师整队游行示威，最后聚集于县政府大门口，高呼口号，要求增加工资，改善生活待遇，并纷纷表示"不达目的决不罢休"。

大家推选李洪振、阎子元、刘宗甫、崔兰亭、乔式模、王席征、张国发七人为代表，与国民党县长交涉，迫使县长张树楷答应"教师有言论自由，年薪由原来的一百二十元、一百三十元、一百四十元，分别增到一百五十元、一百六十元和一百八十元"，从而获得了第二次增资斗争的胜利。

自此，全县小学教师更加紧密地团结在党的周围，成为反帝反封建的重要力量。

20世纪30年代初期，滹沱河连年发大水，庄稼被淹，粮食歉收，广大农民生活极端贫困。为了养家糊口，不少农民便以刮盐土淋烧小盐或贩运小盐维持生计。县城以及黄城、唐贝、油子、武营、段左等村庄是安平县淋烧小盐的主要地区，仅油子一个村，每天产盐就达万斤以上。这些小盐小部分自己食用，大部分则通过贩运小盐的盐民运往安国、深泽、束座等地销售。小盐的大量生产和外运，使封建统治者出售的高价官盐滞销。反动政府为了限制农民运烧小盐，成立了盐务缉私队，豢养了一大批盐巡，规定了罚款章程。盐巡们时常结队骑马到各村搜查，见到盐锅、盐具就砸，找到小盐就抢走，见熬盐的人就抓起来罚款。

1930年，中共保属特委根据形势需要，指示各县党组织要维护盐民的利益，发动盐民进行斗争。按照这一指示，县委作出决议：淋烧小盐的村庄要组织群众进行联防，不让盐巡糟蹋东西和逮捕人；贩盐的人要成帮搭伙、互相照顾，遇上盐巡就打，不叫盐巡捉住人，不损失东西；加强宣传，让盐民充分认识到，盐巡人少，有枪不敢打人，盐民有几千人，联合起来就能搞好自卫。在党组织的领导下，淋浇贩运小盐的村庄相继建立起了自己的自卫组织——齐心会、运盐队等。周刘庄村组织的齐心会，制定了章程，明确了联络信号等。齐心会规定：以户为单位参加，全村人互相帮助，有事大家挡；盐兵来了不叫他砸锅、抢东西、捉人，若是打起来大家齐动手；盐民受公伤全村养活，死了大家出钱买棺材；打伤或打死盐巡后打官司由周老宏出面，费用全村负担；发现盐巡就放两响炮，全村合伙打盐巡；等等。后来，段左、东刘店、寺店等附近五六个村庄也加入齐心会，组成了村村联防。1932年秋后，东刘店的陈老更在扫盐土时与盐巡打起来，把盐巡狠狠揍了一顿。盐巡逃回安平城里，到盐务缉私队告了一状。盐务缉私队出动十五个人，荷枪实弹骑马到东刘店来抓人。他们刚到村东不远的地方，村里就响起了两响炮，涌出几十个手持棍棒、镰刀、扁担的人准备与盐巡搏斗。同时周围各村也有手持棍棒的人群向盐巡拥来，盐巡见势不妙，扭转马头灰溜溜地逃跑了。

东黄城与店子头两村组织的运盐队有五十多人，是北黄城村共产党员李大运、李中兴、祝延年等人在党的领导下，联合东黄城和店子头两村的盐民组成的。盐民们成帮同行，互相照应，共同对付盐巡，保护了盐民的财产和人身安全。一次，运盐队走到安平城东北角，遇到十四五个盐巡挡路。四五十个运盐的盐民立即把盐袋放在一起，留一半人看守，一半人去对付盐巡，把盐巡全部吓跑了。

1933 年冬季，付各庄庙会期间，安平、饶阳、博野、蠡县四个县的五十个盐巡，骑马尾追三辆贩运小盐的车。盐巡进村后，钻进一家茶馆休息。庙会上的群众看到盐巡非常愤怒，成百上千的人拥到茶馆来。盐巡吓得心惊胆战，想跑又跑不出去，只好哀求掌柜找来村长，请求群众放他们回去。在说了很多好话后，群众才放他们走了。

党领导盐民进行反禁烧、禁运小盐的斗争，狠狠地打击了反动统治者的嚣张气焰，保护了盐民的利益，鼓舞了广大农民反抗统治者的勇气，同时团结了群众，扩大了党的影响。

历尽坎坷终无悔

白色恐怖下的农村党组织

1927 年 4 月和 7 月，蒋介石、汪精卫先后在上海和武汉发动了震惊中外的四一二反革命政变和七一五反革命政变。1927 年 7 月 15 日，汪精卫召开国民党中央常务委员会扩大会议，以"分共"的名义，正式同共产党决裂，对共产党员和革命群众实行逮捕、大屠杀。国共合作全面破裂，大革命宣告失败，大批优秀儿女倒在了反革命的血雨腥风之中。据不完全统计，从 1927 年 3 月到 1928 年上半年，全国被杀害的共产党员和革命群众达三十一万多人。

在四一二反革命政变前，国共尚处于合作时期，安平、饶阳、深泽三县有些共产党员还能以国民党党员的身份出现。政变发生后，国民党反动派背叛孙中山，破坏国共合作，屠杀共产党人，白色恐怖笼罩全国。

1927 年 4 月 28 日。李大钊被张作霖杀害。此后的一天，弓仲韬正在家中召集党员开会，弓凤洲急匆匆地进来，将手上的一张报纸递给弓仲韬说：

"你看！"

弓仲韬接过报纸，念道："军法会审昨日开庭，判决党人二十名死刑，一律在看守所绞决，李大钊首登绞刑台。"

念至此，弓仲韬手颤抖着，报纸掉在地上。他眼含热泪对在场的党员说：

"李大钊先生不幸罹难，天地同悲，日月变色，吾辈将秉承先生遗志，坚持斗争，不怕牺牲，为实现共产主义而奋斗。为表哀悼，大家向东北方向三鞠躬：一鞠躬，再鞠躬，三鞠躬！"

党员们跟随弓仲韬一起三鞠躬。

弓仲韬擦去泪水，仰天长叹：

"先生落难，我力不能搭救，亦不能诀别，岂不痛杀我也！先生生前节俭，大部分工资都用于革命事业和资助贫苦学生，凤洲，成山，明天你们跟我去趟北京，看望师母，并送点儿生活用品和银圆，聊表心意。"

弓凤洲、弓成山同时回答：

"好！"

毕业于台城女子小学、抗战期间曾担任武强县委书记的严镜波在她的自传《我的一百年》中回忆道：

"之前听到大哥严瑞生和台城女子小学老师张鹤亭一次次

讲到牺牲，还未经历过生死考验、年仅十三岁的我并不觉得害怕，只觉得为革命牺牲光荣。李大钊同志的牺牲，让我真正感到了斗争的残酷。当时教室里沉闷了很久，师生们都流下了眼泪。义愤中的张鹤亭突然提高嗓音，坚定地说：'同志们，不要难过，为革命牺牲光荣！我们每个人都可能被捕、牺牲，被捕后就是被杀头也不能泄露党的机密，泄密就是叛党，怕死就不要入党！'看着张鹤亭严厉的目光，我懂得了牺牲的真正含义，也更加真切地认识到革命斗争的严峻。"

这一年，安平县党组织在县委书记弓仲韬的领导下，克服重重困难，坚持开展工作。到1927年底，全县已有台城、任庄、彪冢、敬思村、北关高小和台城女支等七个党支部，又有台城、任庄、北关高小等五个团支部。全县的党员、团员总数已达百余人。

在台城村，弓仲韬和弓凤洲等曾几次遭反动政府抓捕。随着白色恐怖形势的严峻，弓仲韬和时任台城村党支部书记的弓凤洲等已经暴露身份的党员不得不到外地隐蔽，弓凤洲被迫和几个同村人去了东北。

1927年3月至5月，杨丰年担任台城村党支部书记，不久他的身份也暴露了。1927年6月以后由李国安接任书记，继续领导台城人民进行斗争。

1927年夏，闫怀骋改组联合县委，建立中心县委。此时革命形势处于低潮，党组织活动更加隐蔽，工作以发展党团组织、保存力量为主。

1928年，深泽、安平、饶阳各县相继建立的国民党县党部对中共地方组织大肆破坏。弓仲韬遭到军阀政权与国民党当局的多次搜捕，中心县委机关转移到王子益家。

1929年，上级调张鹤亭离开中心县委工作。同年，国民党破坏群众组织、解散夜校、搜查农会和捕捉共产党人等活动日益频繁。国共两党斗争更趋尖锐。在这种情况下，上级决定撤销中心县委，分设安平、饶阳、深泽县委。

在残酷环境下坚持斗争

1930年春，国民党政府在全县张贴通缉令，捉拿弓仲韬。通缉令上写着：

> 缉拿共产党首领弓仲韬。查弓仲韬为共产党派遣来安平之首领，妖言惑众，宣传赤化，于城乡间聚众犯科滋事，乡民池鱼受害，不胜其扰，今特奉上峰指示缉拿，望各方志士协助捕获叛亡。有窝藏者，知情不报者，一律同罪。

为使党的工作不受损失，弓仲韬便委托弓濯之负责召开安平县党员代表大会。参加会议的有弓彤轩、弓凤书等人。会议主要研究改选县委和布置县委工作。弓濯之转达了弓仲韬的意见，不再担任县委书记。经过反复讨论，大家同意了弓仲韬的意见，由李洪振、韩振坤等同志负责党的工作，但一致要求遇有重大问题，由李洪振商请弓仲韬同意。县委还决定：当前党的工作仍是巩固发展党团组织，对党员、团员进行教育。

1931 年 9 月，日本发动九一八事变，挑起侵华战争，并于 4 个多月的时间里占领中国东北广大地区。九一八事变后，全国人民掀起了抗日救亡热潮，而国民党反动派却顽固坚持"攘外必先安内"的政策，在南方加紧"围剿"红色根据地，在北方进一步加大对共产党人的镇压，加上受到"左"倾错误的影响，党的活动遇到极大困难，发展党团工作一度处于停滞状态。1931 年这一年中，中共河北省委就遭到三次大破坏。1933 年，遭到连续破坏。1933 年秋至 1934 年春，保属特委因叛徒出卖连续遭到五次破坏。保属特委李洪振等七人被捕。

最为严重的是，保属特委巡视员范克明的叛变。1933 年秋，范克明不顾革命正值低潮、国民党反动政府大肆抓捕共产党的严峻形势，违犯组织纪律，擅自回家结婚而被捕叛变，致使保属机关和保南各县党组织遭到严重破坏。因为范克明经常在安平、饶阳、深县等地活动，熟悉各村党员及活动情况，他叛变后向反动当局供出了党员名单和地下活动情况，并带领敌人到处抓捕共产党员。

当时深县有八个党支部、五十名党员，身为直接上级的范克明对深县的家底了如指掌。他带领国民党保卫团疯狂抓人，深县几个党支部均遭破坏，有十几名党员被捕。县委工作中断，县委书记张敬在束鹿县旧城村建立地下交通站，还先后在支李庄、丁家庵小学隐蔽作战，其间秘密发展吴健民（吴振铎）、孟继光（孟繁国）等人为党员。因是主要缉捕对象，张敬又被迫转移到平山县从事地下工作。韩复光、侯玉田等先期党员也背井离乡，秘密转战他地。深县周边县的党组织和保属特委也同样遭到毁灭性破坏。

弓仲韬和弓乃如由于提前得到县委的通知，加上群众的掩护，得以脱险。

1933 年春，国民党中央军事委员会在保定设立行营。它是专门镇压共产党人革命活动的特务机构，保定形势更加恶化。6 月，保属特委书记刘铁牛、特委委员李洪震被捕并被解往武汉杀害。河北省委又派贝仲选任特委书记，陆治国、范克敏等为特委委员。鉴于保定的白色恐怖严重，特委转移到安平、深县一带开展工作，并派巡视员到各地视察工作，发展组织。安平县是共产党人开展活动较早的地方之一。这一带党的基层组织比较多，革命形势发展很好，因此选择了安平作为保属特委的办公地。

保属特委书记贝仲选初到安平时，住在安平县边上的陈屯窑厂。这里窑工较多，容易隐蔽，并且都是穷苦人，容易开展工作。然而，由于范克敏的叛变，安平党组织和保属特委受到极大破坏。

马金生生前回忆，20 世纪 30 年代初期，国民党反动派大肆屠杀共产党人。当时的安平县委机关遭到严重破坏，很多县级领导被抓，有的暂时躲避。时任安平县区委书记、四县中心团县委书记、宣传委员的马金生，因为与最早的农村党支部创始人弓仲韬来往密切，且弓仲韬小女儿、县女子师范党支部书记弓乃如在马金生家乡的野营村教书，秘密配合马金生开展党的活动、组织革命斗争，早就被国民党盯上了，多次遭受追捕。

张振芳、安贵普被抓捕到天津第三监狱后，威武不屈，坚决斗争。安贵普在狱中领导狱友开展绝食斗争五天。因为监狱看守虐待狱友、侮辱女犯，他挺身而出狠揍看守，因此被锁进木笼。

1934年1月19日，范克敏带侦缉队到安平县南两合程村抓捕陆治国。由于在侦缉队任副队长的我地下党员马成瑞做了侦缉队长的工作，故意拖延时间，才使得陆治国得以逃脱。陆治国连夜通知了博野、正定、深泽等党组织，党组织得以迅速转移隐蔽。1月下旬，敌人到野营村抓捕马金生，到台城抓捕弓仲韬，到南张沃抓捕刘国生，到薛各庄抓捕李霞远，由于我党已有所准备，致使敌人抓捕落空。由于敌人的活动猖獗，保属特委和河北省委失去了联系。特委书记贝仲选回老家联系党组织，一去不复返。安平县委书记刘国生去了石家庄，马金生受陆治国派遣外出找上级党组织。至此，保属特委就只剩陆治国一个人。

一天，陆治国找到深县的共产党员侯玉田说：

"老侯，现在特委和上级失去了联系，但是我们的活动不能停，现在我任命你为保属特委委员，我们继续工作。"

二人决定一边发展组织，一边发展武装，文武并用。陆治国负责发展党的组织，并兼任深泽、饶阳、安平中心县委书记；侯玉田管军事，负责打击叛徒，筹集活动经费。陆治国曾对侯玉田说，咱们一定要保住这一片红区，即使牺牲了也要留下革命的火种。

范克敏叛变后不久，贝仲选和陆治国想办法搞到了十二支枪，成立了"打狗队"，队长正是侯玉田。二人决定继续扩大原有的武装。陆治国瞒着父亲，把家中的一百块大洋拿出来，购买了两把撸子、一支六轮子、一支独一撅，在原打狗队的基础上成立了有二十四支枪的特务队。赵小麦任队长，徐国兴任副队长，队员有周兴、赵砘子以及饶阳、深县等周边县的共产党员和穷苦百姓。

组织有了，队伍有了，这么多人得有隐蔽的地方。陆治国和侯玉田商定后决定，以陆治国的家为秘密办公地点。侯玉田以长工的身份住进陆治国的家，并认陆治国的婶母为干娘。其他队员则以短工、月工的名义来陆治国家吃住，他们经常隐蔽在陆家的梨树林里、打谷场上，昼伏夜出，开展革命活动。

陆治国家的中院成了开会办公的地点，房顶上设了流动哨卡，从里屋挖通了直通墙外的地道，夹道墙上也开了一扇隐门，以防敌人突然袭击。陆治国的家人也里里外外忙活起来，站岗放哨，洗衣做饭，照顾伤病员，等等。后来，共产党员李子寿来到南两合程村小学教书，和陆治国接上了关系。陆治国任命李子寿为保属特委的联络员，以南两合村小学为联络站，外来人员接头必须先到该小学找到李子寿才能和特委人员见面。

从此，以陆治国、侯玉田为首的保属特委在安平、深县、深泽、饶阳、正定、博野、安新一带又扎扎实实地活动起来了。他们一方面发展党员，恢复重建党的组织；另一方面利用自己的武装打击叛徒，打击恶霸地主，打击盐巡，保护盐民，保护劳苦百姓。

1935年9月，中共河北省委在任丘成立了以李菁玉为书记的新的保属特委。1936年初，新保属特委的军委书记牛文仓等六人在高阳孟仲峰村被敌人杀害，保属特委遭到重创。这时，李菁玉听说在安平一带还活动着一个保属特委，并且革命工作开展得有声有色，李菁玉喜出望外，当即决定寻找陆治国、侯玉田这个保属特委。李子寿见到了李菁玉派来的联络员，并向陆治国、侯玉田汇报了情况。二人又喜又忧，喜的是终于找到了组织，忧的是不知这是不是敌人诱捕的圈套。

陆治国、侯玉田二人几经争论，几经协商，最后决定让侯玉田前去接头，并且选择在白洋淀的一只船上见面，因为这只船是陆治国他们发展的一个联络点。后来的事情就简单了，李菁玉请示河北省委，任命陆治国为特委委员、侯玉田为特委委员兼军事部长，从此两个保属特委合并在了一起。不久，侯玉田化装成卖葡萄的小贩，单枪匹马，处决了告密牛文仓的叛徒。特委活动顺利了，特务队也壮大起来了，后来这支队伍足足有一个连的兵员。他们继续活跃在冀中一带。七七事变后，他们又投入了伟大的全民族抗日斗争中。陆治国、侯玉田组成的保属特委坚持在安平活动，使得革命的火种得以保存，为后来孟庆山来冀中组织抗日队伍、吕正操在冀中起义抗日以及组织号称"十万大军"的河北游击军打下了良好的群众基础，作出了不可磨灭的贡献。

1935 年，油子村共产党员王根生在马金生的安排下，在安平城内西街开办恒久书局，以此做掩护刻印发宣传品，开展党的工作，后改到北街办利友书报社，仍利用到各村卖书之机为党工作。保属特委委员李洪振被捕后，在汉口军人监狱中受尽酷刑，仍不屈不挠地坚持斗争。

保属特委书记贝仲选、特委委员陆治国在保属特委遭破坏后，来到安平开展活动。经过一段时间，贝仲选回了深县，陆治国则吸收深县的侯玉田参加了特委。在保属特委的领导下，台城、任庄、向屯、陈屯、南两合程、北赵瞳等党支部仍坚持活动。

1935年秋，由于保属特委委员陆治国经常到韩村铺张福林家活动，被村里反动分子告密。反动当局派警察去抓人。侯玉田听说后，带领"打狗队"将被包围的同志解救出来。在战斗中一个警察被打死，"打狗队"伤一人。

采访中，陆治国的重孙陆旭辉给我们提供了一份他爷爷生前亲笔写的一段经历，真实再现了白色恐怖时期我地下党在极其残酷的环境下坚持斗争的故事。

陆治国出生于1910年8月19日，是河北省安平县人。因为家乡党组织建得早，1925年他就加入了中国共产党。白色恐怖时期，国民党对共产党采取"宁可错杀一千，不可放过一个"的政策，迫使我党转入地下。地下党员一旦暴露，情况就会非常严峻，或是党组织遭到破坏，或是党员同志们被追捕，坐监牢，受酷刑，乃至惨遭杀害；其间也有极少数不坚定分子，经不住考验，变节叛党。因此，为了党的生存、发展和胜利，党员，特别是担负领导职务者，往往以公开的职业身份做掩护。可是那时候寻找合适的公开职业，又谈何容易？第一，要考虑到有利于党组织和自身的安全；第二，在行动上要有自由，以便进行党的工作；第三，还得能挣钱，除了养活自己，还要为党筹集活动经费……

自加入中国共产党后，陆治国很少在本乡本土活动，也记不清改过多少名字了。直到新中国成立后，仍有不少老同志叫他"小徐""李老四"等化名。

陆治国（中）与侯玉田（左）、马金生（右）合影

1933 年至 1935 年，陆治国担任保属特委委员时，党内出现了叛徒，就是那个"小范"范克明。他叛变后，陆治国遭到敌人追捕，不能待在家里，只好跟侯玉田换家住。侯玉田是深县周龙华村人，本姓田，改名侯玉田，因他眼睛大，故绰号"大眼侯"。他们换家，是互以长工身份做掩护，暗中进行党的领导工作。20 世纪60 年代，"造反派"调查陆治国的家庭成分时，有的群众反映：他家雇过长工、月工、短工，是富农成分。其实所谓的"长工""月工""短工"等，正是当时任保属特委委员、负责党的武装工作的侯玉田及其领导下的武工队员。

20 世纪 30 年代初，在白洋淀一带工作时，陆治国曾买下一只渔船，以捕虾为掩护。夜间怕被敌人发现，陆治国常把船开到淀中心，在船上研究布置工作，甚至在船上过夜。

在白色恐怖中，陆治国摸索试探过很多种公开职业，力求能更好地掩护党的秘密工作。为此，他学过很多种技能，经历过很多坎坷。他学过箍桶，还当过货郎卖针线、绑腿带子。虽然行动倒是自由，可是接触的多是妇女，她们买几根针、几团线或一副绑腿带子，总是挑来选去，讨价还价，既耽误时间，又赚不了几个钱，他就不干了。剩下的货底子——几包针、几副绑腿带子至今仍被完县寨子村老党员张来顺的儿子张光保存着。

陆治国曾选择当"搭脉先生"（中医坐堂）作为公开职业，既满足群众的需要，又方便掩护党的工作。而且在这方面，他有着得天独厚的优势：他父亲就是位老中医，经常给乡亲们看病，他从小耳濡目染，懂得一些医药常识和诊脉"望、闻、问、切"的道理，平时就留心搜集些"偏方""验方"，以及所谓的"祖传秘方"。当初只是为了自家人方便，没料到后来竟真当了坐堂先生。

1936年，陆治国在白洋淀一带活动时，突然接到特委调令，调他去保西（完、易、唐、满城等县一带）接替刘秀峰、侯玉田两位同志的工作。因为他们行将暴露，急需转移，党组织要求陆治国以公开合法身份做掩护，务必站稳脚跟，以便长期开展党的工作。于是，陆治国便开始在店内当坐堂先生，不仅使党的工作得以顺利开展，而且党的经费也有了着落。

叛徒势必会遭到严惩。1937年冬，我党根据情报得知范克明藏在肃宁老家，河北游击军第一路军派刘俊生率部包围范克明藏身之地，最终将其抓获。饶阳党组织负责人焦守健、路铁岭把范克明从肃宁带到饶阳。广大党员群众群情激愤，强烈要求严惩叛徒。经审讯后，范克明在饶阳西关被处决。布告张贴出来后，人民群众拍手称快。

白色恐怖下，众多党员和革命群众被杀害，弓仲韬因身份暴露也不得不躲避起来。后来的县委书记刘国生暴露后，也转移到了石家庄。当时的安平县党组织基本处于停滞状态，不再公开活动。

1936年1月，弓仲韬接受吴立人的委派，让女儿弓乃如坚持革命活动，恢复和壮大安平、饶阳、深县等县的党组织。

吴立人，1915年生，河北行唐县人，1930年在保定育德中学读书时参加革命。1931年入党。1932年参加高蠡暴动，任保属特委反帝同盟委员。1933年，任保属特委西南地区巡视员。1934年秋，考入蔡元培创办的华北大学，继续做党的地下组织工作。至1935年秋，参加一二九学生爱国运动，担任北平西安门地区学运负责人。

1936年1月，也就是一二·九运动后不久，吴立人持李子逊的介绍信来到安平县，冒着随时被逮捕的危险，开展党的组织建设。

吴立人到安平后，选定弓乃如家为秘密联络点。当时一项非常重要的工作，就是找到与组织失联的党员，并对其身份进行认定。根据上级党组织的指示，吴立人很快与一部分党员取得了联系并发展了新的农村党组织。吴立人当时采取的主要方法：一是依靠老党员提供线索，按区村范围进行分工，把失去联系的党员寻找出来；二是由当事人将自己失去联系后的表现向党组织陈述，并经其他党员或可靠人员做证，再经组织研究决定是否恢复党员身份。这种方法，既积极又慎重。

这期间，安平台城村党支部得以恢复工作，李国安任书记。支部恢复后采取秘密单线联系方式，弓乃如的活动始终处于极其秘密的状态下，对上只与吴立人单线联系。

两个月后，吴立人奉调去了北平开展地下工作。不久，弓乃如收到了吴立人的来信，随即她告别父母，匆匆赶往北平，住在前门外的万福客栈里，与吴立人接上头。按照吴立人的安排，弓乃如的主要工作是为他收转上级党组织和各地的来信，公开身份是北方小学的国文老师。不久，弓乃如搬到了北方小学居住。每次与吴立人接头，弓乃如都按照严格的规定提前约好，地点选择在公园、商店或舞厅，交付信件后就匆匆离去。

一天，弓乃如按照约定与吴立人接头时，等了好久却不见人影。她悄悄赶往吴立人的住处，也没有找到人，暗中打听，才得知吴立人已经被捕。

在这种情况下，根据组织规定，弓乃如马上辞去了北方小学的工作。在客栈里等了几天，仍没有吴立人的消息，也找不到上级党组织，弓乃如无奈先回了安平县，想跟父亲商议下一步的工作。

吴立人被捕后，由于国民党反动当局没有抓住什么实际的把柄，经过打入敌人内部的我地下党员营救，吴立人得以脱身。

回乡后的弓乃如好不容易才找到父亲弓仲韬。为了躲避国民党反动当局的抓捕，弓仲韬平时很少回家，祖父弓堪和祖母弓闫氏也早已去世，此时弓家大院一片寂静，再也没了往日的欢声笑语。

弓仲韬家破人亡

作为中共台城特别支部和安平县委的主要创建人，弓仲韬一生对党忠心耿耿。从 1923 年奉李大钊之命返回台城村办夜校、发展农会、建立党支部、成立安平县委，领导农民与恶霸地主反动势力做斗争，他为革命变卖家财土地，殚精竭虑，初心不悔。弓仲韬屡次遭到反动当局的通缉，虽在群众的掩护和帮助下安全脱险，却长期不能在家居住。他历经艰险而意志坚定，唯有两次，差点儿被残酷的命运压垮，那就是懂事的大女儿和可爱的儿子的遇难。

那是 1926 年 3 月 12 日，冯玉祥的国民军与奉系军阀作战期间，日本军舰掩护奉军军舰驶进天津大沽口，炮击国民军，守军死伤十余名。国民军坚决还击，将日舰驱逐出大沽口。日本竟联合英美等八国于 16 日向段祺瑞政府发出最后通牒，提出撤除大沽口国防设施的无理要求。

3 月 18 日，北京群众五千余人，在天安门集会抗议，反对八国通牒，保卫国家主权，其中就包括弓浦等学生们。游行遭到段祺瑞政府的镇压。据统计，三一八惨案当场打死四十七人，伤两百余人。

受伤的弓浦被送回老家后，身体一直没好。1930 年，年仅 21 岁的弓浦离世了。大女儿的牺牲令弓仲韬备受打击，痛心不已。

而此时，敌人又把魔爪伸向了他最疼爱的小儿子。

那天，弓仲韬在外奔波数日后回家。刚走到弓家大院门口，就听到屋内传来妻子李俊阁凄惨的哭声："宝儿，都怨娘，娘没看好你，是娘对不起你，我的宝儿啊……"

原来，头天一早，宝儿正在院里玩，门口有个卖煎饼的招呼他出去，还给了他一块儿煎饼。宝儿没吃两口，就口吐白沫，不省人事了。郎中说是中毒，全家人急忙出去找那卖煎饼的，可是早没了人影……

宝儿出事后，弓堪和弓闫氏悲愤交加，双双病倒，李俊阁不吃不喝，哭了一天一夜。

面对眼前突如其来的惨状，弓仲韬如五雷轰顶，悲痛欲绝。他踉踉跄跄，神情恍惚，嘴里不停念叨着："宝儿，爹对不起你；小浦，爹对不起你呀……"

弓仲韬的女儿弓浦参加北京三一八学生运动，受重伤后不治身亡，这在弓乃如的档案资料及相关史料中，均有明确记载。关于其小儿子之死，具体细节不详。因为吃毒煎饼而身亡，是其中的一个说法，而更多的资料中，只有"被敌人毒死"这样一句话。

自参加革命以来，弓仲韬一直无所畏惧，哪怕他为办学校变卖家中的良田，被弓家长辈训斥为"败家子儿"；哪怕他多次为穷人放粮，开粥棚周济灾民，鼓动贫雇农减租增薪，得罪了地主阶层，弓氏族亲联合宣布不认他为弓家子孙，死后不许进祠堂；哪怕多年被反动军警通缉，长年颠沛流离，甚至夜宿坟地……也都没有让他有丝毫退却，唯有这次，他听到了自己心碎的声音。

他太爱孩子了！

据弓仲韬内侄女李纪珍回忆：

"弓仲韬对孩子特别好，特别有耐心。他在我们家躲避时，住在西厢房，我和娘住在北正房。那时我小，晚上有时爱哭，他每次都要起来看看，问孩子为什么哭，是不是有什么不舒服。有时白天他也领着我们上街买糖人儿和切糕等好吃的，孩子们都喜欢和他在一起。"

对别人的孩子尚且如此，何况是自己的孩子？多么懂事又可爱的小儿子，就这么凄惨地死了，怎能不令他肝肠寸断！

虽然信仰没变，但是极度的痛苦令弓仲韬无法静心工作。他把自己关在屋里，不说话也不见人，甚至从不抽烟的他，也开始拿起了烟斗，想在吞云吐雾中得到片刻解脱。

直到第六天，那天快中午时，妻子李俊阁过来敲门。

"当家的，你把门开开吧，咱家大门口跪着一个抱着孩子的女人，非要见你，说不见你就不起来，你出去看看吧。"

弓仲韬推开窗子，看到门口果然有个衣衫褴褛的妇女。那女人眼含泪水高声喊着：

"大少爷，你发发慈悲，救救我们一家吧！"

弓仲韬认出来了，这是他前两年救济过的一个雇农，因为三岁的女儿生病，昏迷不醒，而家徒四壁的她又拿不出钱来请郎中，情急之下，想到曾帮助过她的弓仲韬，便再次上门求他帮忙救救孩子。

得知事情原委，弓仲韬心里五味杂陈，那一瞬间，他陡然意识到自己肩上的重任。他披了件衣服，抄起一袋小米就出了家门。

因为救助及时，孩子转危为安。这袋小米，也救了她们一家人的命。

弓仲韬把悲痛压在心里，又重新打起精神，继续马不停蹄地为党工作。

1937年七七事变后，弓仲韬因与上级党组织失去联系，非常苦恼，他拉上妻子和小女儿离开家乡，踏上了奔赴延安的征程。

至于弓仲韬父女俩为什么选择去延安，应该跟当时的大背景有关。抗战初期，"到延安去"成为最时髦与自豪的时代口号。丁玲1936年10月到达中共中央所在地延安，1937年发表了长诗《七月的延安》。诗中写道："大伙儿来吧，自己的事，我们自己管。找不到赌场。百事乐业，耕者有田。八小时工作，有各种保险""街衢清洁，植满槐桑；没有乞丐，也没有卖笑的女郎""四方八面来了学生几千，活泼，聪明""七月的延安太好了，青春的心燃烧着"。

数万爱国青年跋山涉水，冲破各种阻力奔赴延安，原因是多种多样的。有学者从抗战初期的形势、中国共产党方针政策及边区建设的成效、左翼文化影响、个人因素等角度做了分析；也有学者从抗日的理想信念力量、党的知识分子政策的吸引、边区生活供给制度的保障、媒体宣传等视角予以探讨。当然最令广大爱国青年憧憬的，还是中国共产党明确提出了"新中国"的宏伟构想。

革命圣地延安吸引了众多知识分子和爱国志士，当时安平县奔赴延安的青年学生、知识分子就有十七人。

可是走到西安时，弓仲韬一家随身携带的行李被偷，妻子病情又突然恶化。无奈之下，弓仲韬只能留在西安照顾妻子，让女儿弓乃如一个人先行去延安。

一天，病卧在床的李俊阁竟然坐了起来，开始对着镜子梳妆。

看着镜中这个面色苍白的病妇，弓仲韬有点心酸。想当年，他十七岁迎娶李俊阁时，只听说是门当户对，后来才知道，岳父家的家业比他们弓家大得多。

1923 年，他放弃北京的工作，拒绝岳丈家扶持他负责绸缎庄的好意，返回台城开办学校，给饥民舍粥放粮，给长工们加薪，把弓家最好的那二十亩水田给卖了，差点儿把他爹气死。可是贤惠的妻子啥也不说，不仅不埋怨他，还事事帮他兜着，经常偷偷跟娘家拆借。当时有多少人羡慕他呀，说他命好，娶了一个漂亮贤惠又能干的好媳妇。可是今天，妻子却跟着他落到这般凄惨境地，让他既愧疚又心疼！为了革命事业，为了不辜负李大钊先生的嘱托，他拼尽全力，筚路蓝缕，成功点燃了冀中农村的革命之火，可是却失去了父母及一儿一女。如今，眼看着自己深爱的妻子也病入膏肓，他的心中似有一把钢刀插入，痛苦而无奈。

看到妻子梳好头扭过身来，弓仲韬忍不住说了一句："小阁，对不起！跟着我，你受苦了！"

李俊阁把头靠在弓仲韬肩头，疲倦的脸上竟露出一丝笑意，她凝视着丈夫深情地说：

"有你在我身边，再苦的日子我也不觉得苦。倒是我拖累了你，要不是我的病耽搁了行程，没准儿你和乃如一起都到延安了。唉！"

弓仲韬闻之感动，紧紧拥抱着李俊阁，泪如雨下。

1939 年冬，妻子李俊阁病逝，一贫如洗的弓仲韬含悲忍痛，用草席裹尸将妻草草埋葬。为了筹集路费，他根据报上刊登的招工启事，来到一家工厂当了伙夫。

弓仲韬过去没有学过厨艺，所以只能给大厨打个下手，干点杂活儿。因为有文化，会讲故事，很多工人愿意接近他。他在讲故事的同时，也会穿插着讲革命道理，讲剥削和压迫，抨击不合理的社会制度，这引起了资本家的警觉。

关于弓仲韬的眼睛是怎么瞎的，笔者调查了三年，采访了数十位老人，翻了很多资料，都没有找到明确记载。包括全国第一个农村党支部纪念馆，以及有关专家写的涉及弓仲韬的文章，都是只有一句："被敌人害瞎的。"

有的说是被敌人生生扎瞎的，但时间、地点又无人能说清。也有的说是他在西安看眼疾时，因得罪了资本家，被人偷偷在中草药里做了手脚。为此，笔者专门查阅了相关中医药学方面的知识，发现确实有一种叫"瞎眼花"的植物能导致眼睛失明。但这种猜测显然是牵强附会，不足为据。

就在此书即将截稿的时候，笔者在偶然翻看安平籍作家孙犁的作品时，竟有了一个重大发现，那就是孙犁在《种谷的人》中描写的那位可敬的瞎眼老人。他的所有特点、经历，和弓仲韬几乎一模一样，而瞎眼的原因，写的是"被捕入狱，受酷刑，双目失明，差点死在狱里"。

孙犁的这篇文章写于 1947 年 6 月，最早发表于《晋察冀日报》。从时间和内容上看，应该是最接近真实情况的。

行李丢失，身无分文，妻子凄惨地客死他乡，弓仲韬自己又双目失明，这一连串的打击，换了谁也难以承受。但是弓仲韬咬紧牙关，他还有革命工作，还有家乡的父老乡亲。

他自知以自己的身体状况，很难到达延安，即使想方设法到了，人生地不熟的，也只能给组织和女儿添麻烦，不如回老家安平，毕竟那里人熟地熟。

就这样，弓仲韬历经五六年时间，一路风餐露宿，受尽苦难，终于回到了老家台城村。此时，已经是 1943 年。当他走进弓家大院，感受着院内杂草丛生、空无一人的荒凉，脑海中浮现出当年家中的繁华盛景：父母慈爱地坐在太师椅上，女儿弓浦和乃如剪着窗花，儿子宝儿拿着风车撒欢地跑来跑去……

凭着记忆，弓仲韬摸索着走进厨房。房内一片萧条凌乱，破碎的瓷碗散落一地，令他不由得又想起当年厨房内热气腾腾、煎炒烹炸一派忙碌的景象，耳边仿佛又响起母亲叮嘱厨师"大少爷回来了，多加几个菜"的声音。

重回故里，已是物是人非、家破人亡，弓仲韬心中百感交集。经人带领着，他来到台城村村委会。

此时，台城村的五个党员正在开支部会议。弓仲韬推门进来，大家既意外又惊喜。

时任村支部书记弓啄站起来说："老书记回来了，我们又多了一份力量！现在正是八路军征兵的关键时刻，老书记文化水平高，又特别会做思想工作，咱们请他讲讲课，大家欢迎！"

弓仲韬摸索着坐下，克制着自己激动的心情，缓缓地说："仲韬没有完成领导交给的任务，愧对组织。在外奔波数载，虽历经艰险，但一日不敢忘怀故里乡亲。今成残废之人，已难堪大用，就简单说两句心中所想。"

在座党员都凝神静气，认真地听着。

弓仲韬继续说道："我想说的是：第一，弓家大院由组织分给需要的人吧，不用考虑我，我一个孤老头子，有个小厢房就能凑合。但我有个请求，就是留一间当党员活动场所，留两间当教室。现在孩子们在祠堂上课，那里年久失修，怕有危险。第二，我虽然只有一女，远在陕北，但我的表亲兄弟、侄子外甥还有好几个，我动员他们全部报名参军。我建议所有的党员干部也都首先动员自己的亲属参军，这种行动上的表率远远大于口头上的宣讲。第三，虽然目前上级还没有对我的身份进行认定，但我希望能力所能及地做点工作，或者到抗战小学教书也行。我就说这么多吧。"

大家闻之深受感动，屋内响起热烈的掌声。

弓仲韬与安平县委接上关系后，受到县委和冀中区党委的关心和照顾。1951年，女儿弓乃如从工作地哈尔滨回到故乡台城村，见到双目失明的父亲，泪如雨下。自西安一别，父女俩已经分别了整整十三年！弓仲韬亦激动万分，喜极而泣。几年后，他被女儿接到哈尔滨安度晚年。据弓乃如档案记载，按照党的政策，弓仲韬后来恢复了工资，享受老红军待遇，但他常常伤感，有时甚至痛哭流涕。他说："我不能为党工作了，我没有完成党交给的任务。"

土地改革时，弓仲韬分得土地五亩，由村公所派人代为耕种，以供弓仲韬衣食之用。

老家是台城村的安平县公安局退休干部弓子平，至今还记得20

世纪 50 年代初在台城村小学读书时，住在附近的弓仲韬经常给小学生们讲故事。

台城村八十九岁的老人弓文杰曾在乡中学当过校长，弓仲韬是他的堂伯父。弓文杰记得，1943 年弓仲韬回到台城村时，由于双目失明，独自一人生活不方便，父母便安排他与弓仲韬住在一起，以便照顾。

弓文杰说，弓仲韬经常让他搀扶着到安平县城的一处深宅大院。由于年纪小，当时他不知道老人去的是什么地方，去干什么。到了晚上，在家没事时，弓仲韬就给他讲故事，教他认字，教育他要好好学习，要多关心国家大事。后来，在弓仲韬的教育指导下，弓文杰顺利考入安平县师范学校。在假期回家期间，他仍与堂伯父弓仲韬住在一起，那时他才知道当年弓仲韬常去的深宅大院就是原来的安平县委。老人家虽然双目失明，但他从没有怨天尤人过，对乡亲们很热情，很随和，孩子们都愿意围着他听他讲故事。这些都给弓文元留下深刻的印象。

弓仲韬的老宅子归公后，由村公所进行修缮，投入使用，曾经拨出三间北房供一户抗属居住。

后来弓仲韬的老宅子成了村公所驻地，学校也由旧祠堂搬迁过来。新中国成立后，这里成为台城乡、台城公社的办公大院，医院、供销社、信用社等机构也在此处开张经营。现如今的中共第一个农村支部纪念馆所在地，也是在弓家老宅子的原址上建起来的。

1964 年 3 月，中共第一个农村支部创建人弓仲韬病逝于哈尔滨。

在临终前的最后一刻，他心里牵挂的依然是党的事业，他还叮嘱女儿将他多年积攒下的一千元钱，全部交了党费。

2002 年，弓仲韬的骨灰从哈尔滨运回，安葬在他魂牵梦绕、见证了他一生苦难和光荣的故土上。

弓仲韬是坚定的共产主义者，无论是在风起云涌的大革命时期，还是在血雨腥风的土地革命时期，及至后来的抗日战争、解放战争时期，他始终立场坚定，即使在去延安找党组织的途中，不幸流落异乡，双目失明后，他依然没有任何动摇。为建立和发展壮大党组织，弓仲韬披肝沥胆、耗尽心血，即使倾家荡产、家破人亡、双眼失明，仍矢志不渝、赤心向党，为实现共产主义理想献出了一切。正如中组部原部长张全景在《冀中星火》中所说："亦余心之所善兮，虽九死其犹未悔。"这正是弓仲韬一生的真实写照。

英雄儿女耀千秋

冀中抗日根据地

1937 年 7 月 7 日，日本侵略军悍然发动卢沟桥事变（七七事变），中国驻军第二十九军奋起抗战，全民族抗日战争爆发。

卢沟桥事变发生的第二天，中共中央向全国发出通电："平津危急！华北危急！中华民族危急！只有全民族实行抗战，才是我们的出路！"

9 月 23 日，《中共中央为公布国共合作宣言》的发表和蒋介石实际上承认共产党合法地位的谈话发表，标志着国共两党重新合作和抗日民族统一战线形成。

红军改名为国民革命军第八路军（简称"八路军"）后，迅速开赴抗日前线。

卢沟桥事变后，冀中、冀南、冀西各地，日军铁蹄所至，和平居民惨遭血腥屠杀。

河北广大人民，面对日军猖狂进攻、国民党军队向南败退、生命财产横遭涂炭的悲惨情势，没有被征服、被吓倒，而是奋起抗争，迅速掀起了抗日新高潮。战地附近的工人，搜集大量钢材、木材、麻袋等，冒着枪林弹雨到抗战前线抢修防御工事。战地附近的农民搜集粮油、柴草和门板等，帮助军队修道路和防御工事，送饭、送水、送情报、抬伤员、运送弹药物资等。各地青年学生和市民及工商各界人士组织起募捐团、慰劳团、战地服务团、宣传队和抗战后援队，进行广泛的抗日活动。有识之士纷纷揭竿而起，奔赴武装抗日第一线。抗日救国成为河北各阶层民众特别是广大工农群众的紧迫要求。

当时河北各地在国民党旧的统治瓦解、整个社会处于无政府状态的极端混乱中，出现了打着"抗日"旗号的各色武装林立的局面，即所谓"司令遍天下"的景象。据不完全统计，在冀中，有各色武装不下数十股。各色武装，各据一方，招兵买马，称王称霸，任意摊派，征粮征税，打家劫舍，祸害乡里。广大群众在外侮内乱中痛苦煎熬。

为适应抗战爆发后的河北新形势，中共（敌后）河北省委、平汉线省委适时指示城市中的共产党员，脱下长衫，转移到农村开展抗日工作，要求各地党组织广泛宣传群众，放手发动群众、组织武装，开展抗日游击战争。

河北各地抗日火焰的迅猛燃起和中共党组织的调整与发展，在政治上、思想上、组织上为在敌后河北开展抗日游击战争，创建敌后抗日根据地，准备了极其有利的条件。

1937 年，蠡县籍红军团长孟庆山被派往冀中，着手创建冀中抗日根据地。10 月，他来到安平。由于安平党的工作和群众基础好，几天的时间就组建了两个连的抗日武装，共两百多人。

10 月 5 日，国民党的安平县县长携家属、亲信南逃，其政权土崩瓦解，抗日人民自卫军一团团长赵承金率领部队进驻安平。共产党员起主要作用的各界抗日救国组织纷纷成立。

孟庆山按照党中央指示，来到河北组织抗日武装，他和侯玉田、安平县委书记安贵普于 1937 年秋季来到了安平县后赵疃村。由于这里党的力量雄厚，群众基础好，组织武装工作开展得很顺利，开始就有二十多人，后编为一个连，号称"赵疃连"，再后来被编为河北游击军特务连。1940 年，在白沙庄保卫九分区司令部的战斗中，仅后赵疃就牺牲二十多名指战员，他们的名字至今仍镌刻在后赵疃村二郎庙烈士碑上。

1937 年 10 月 14 日，东北军第五十三军第六九一团团长吕正操召集全团官兵在晋县誓师抗日，断绝了同五十三军的一切联系，站到共产党的旗帜下，改称"人民抗日自卫军"，与河北游击军等抗日武装积极开展游击战争。至 1938 年 4 月，河北省相继建立了三十八个县的抗日政权。

1938 年 1 月，保属省委根据上级指示，改为冀中省委。冀中即河北省中部，所辖五十余县，是我党我军在抗日战争时期创造的一个平原抗日根据地。

为了加强对河北游击军的领导工作，冀中省委先后调安平县委书记安贵普、组织部部长可与之、宣传部部长弓濯之充实河北游击军。之后，重新组建了安平县委，阎子元任书记，翟纪鑫任组织部部长，崔子儒任宣传部部长。3 月，冀中省委在安平县城举办了党员训练班，对外称农会训练班，为冀中各县培训了大批干部。

1938 年 4 月 1 日，冀中政治主任（1940 年 2 月改称冀中行政主任公署，简称"冀中行署"）公署成立，李耕涛任主任（不久，吕正操兼任主任，李耕涛改任副主任）。

为了使冀中区形成坚强统一的领导核心，统一军队、统一政权组织和群众组织，在中共北方分局的指示下，冀中省委决定召开中共冀中区第一次党代会。

1938 年 4 月 21 日，冀中区党的第一次代表大会在安平县城召开。地方区以上、部队团以上党员干部 500 多人，代表冀中 12000 多名党员出席了会议。会议由冀中省委书记黄敬主持。大会总结了创造冀中根据地以来的各项工作，指出存在的问题，并根据上级指示，做出如下决定：中共冀中省委改为中共冀中区党委，黄敬任书记，鲁贲任副书记，吕正操、孙志远、王之为委员；建立健全各级政权组织，取消"战地动员委员会"；成立冀中军区和军分区，统编冀中部队为八路军第三纵队，各县建立基干自卫队。

会后，根据大会决议，人民自卫军和河北游击军于 5 月 2 日统编为八路军第三纵队和冀中军区，并建立了四个军分区。冀中政治主任公署成立后，组建了财政、民政、教育、实业、司法等科；召开了冀中政治主任公署第一次行政会议，通过了基本施政纲领。从此，冀中抗日斗争迅速进入黄金时代。党组织大发展，各级抗日民主政权、抗日武装自卫队以及工会、农会、青救会、妇救会、抗联、文联等群众抗日组织也相继成立。

这次党代会，是冀中党组织第一次公开举行的大会，统一和加强了党对冀中区各级政权、军队及群众组织的领导，促进了抗日斗争的迅猛发展。

1938年5月，安平县建立了四个区。在县委的统一领导下，各区区委贯彻党中央关于大量发展党员的决定，以区为单位举办了党员训练班。9月，阎子元调离，由组织部部长李慕泉代理安平县委书记。至1938年底，全县党支部有两百零五个，党员总数由抗战前的两百多名增加到一千九百七十二名，大部分村建立了党支部。抗日烈火在安平大地熊熊燃烧。

艰苦卓绝的反"扫荡"斗争

全国抗战进入相持阶段后，日寇移其主力对付我敌后抗日根据地，安平县城于1939年2月9日陷于敌手。敌人经常出城至各村烧杀抢掠，制造骇人听闻的血案。全县军民同仇敌忾，奋起抗击，配合八路军一二〇师第三纵队等广泛开展游击战，并坚壁清野，开展"打狗""砸冰河"运动，摧毁敌建满正桥，围城挖沟封锁城内之敌，使鬼子伪军一度龟缩城内不敢轻举妄动。在对敌斗争中，人民群众和地方武装，锄奸防特，自制武器，以地雷战、麻雀战、村落战等游击战术神出鬼没地打击敌人，出现了"铁打的河漕村""焦土抗战的南胡林"等英雄抗日村庄。

1941年3月，日寇对我抗日根据地施行囚笼政策，在县与县之间，据点与据点之间架电线、修公路、挖封锁沟，企图封锁和分割我抗日根据地。全县军民在县委领导下，进行了针锋相对的斗争，割电线、锯电杆、挖公路、埋地雷，开展破路挖沟运动，打破了敌人的囚笼政策。

太平洋战争爆发后，日军于1942年5月1日对冀中抗日根据地发动了空前残酷的大"扫荡"。在华北敌首冈村宁次指挥下，日伪军五万余人在飞机、坦克配合下，对冀中一带进行灭绝人性的疯狂"扫荡"，敌人以优势兵力采用拉网、合围等方式清剿，妄图摧毁我民主政权，消灭我党组织，彻底摧毁抗日根据地。

五一大"扫荡"后的抗日战争环境异常残酷，日军强令各村成立政权，推行保甲制度，登记户口，领良民证，扬言："不领良民证就是八路军、共产党，逮住就杀头。"

为了减少不必要的牺牲，保存力量，党支部动员部分党员干部隐蔽转移，留下坚持村工作的群众挖地道，保护青纱帐。入秋后，地里的高秆庄稼没砍秆，村外青纱帐片片相连，村内则挖地道，道道相通。

1942年6月，为了掐断敌人的运输线，削弱和打击日寇对滹沱河北村庄的掠夺，安平县在滹沱河上的唯一桥梁——辛营大桥被我部队烧毁。敌人修复通行后，增派重兵把守。

1944年春节期间，安平县大队和五区游击队在连克几个敌人岗楼的鼓舞下，组织联合行动，再次派人烧桥。烧桥突击组虽曾冲破层层险阻，接近桥底，点燃火种，但因桥柱已被冰封雪锁，不易燃烧，火势很慢，燃着不久即被敌人发觉并扑灭，只烧断了两根桥柱，对桥梁无大伤害。第二次烧辛营桥没有成功。

1944年6月，滹沱河北广大麦区的小麦即将成熟，丰收在望。敌人对滹沱河北广大麦区虎视眈眈，辛营桥仍是他们过河抢麦的咽喉要路。由于此桥已遭到过两次焚烧，敌人变得更加狡猾，更加小心，增加了对桥梁的全面防务，除增派重兵加强防守力量外，还增设了不少防护措施：在桥的西侧埋下了一排粗大的迎水桩；在桥两侧的河面上，分别拦起了三道铁丝网；把靠桥较近的房屋全部拆毁，烧光了桥边的芦苇和庄稼，使桥的两端全都暴露在开阔地里，没有任何可以隐蔽和藏身的地方；在桥的四周布下雷区；两个桥头堡里增加了兵力和火力配备，除机枪、步枪外，又增加了小炮。因此，烧桥的难度非常大。

为了确保第三次烧桥的胜利，八路军游击队在苏村进行了充分的准备，在分析总结前两次烧桥经验的基础上，制定出新的烧桥战斗方案。前两次没有把桥最后烧毁，主要是带去的燃料不足，这次就设法多运燃料。

为完成这一艰巨任务，大队决定动员几位思想觉悟高、作战勇敢，又会游水的战士组成行动小组，去执行这一光荣任务。经过县大队政委张根生、副政委崔志满等领导认真研究，在大队和二区游击队员中，选出二区游击队班长共产党员吴敬亭，二区游击队战士曹振国，大队侦察员张全来、刘永增、刘增荣这五位同志组成烧桥突击组。人选确定之后，县大队政委张根生找五位同志谈话，进行战斗动员。突击组接受任务之后，就积极准备起来。为运去更多的燃料，他们从刘兴庄找到一条木船，用马车把船运到辛营桥上游一里多远的一个村子，又找来了几桶煤油和不少硫黄、火硝等引火物，以及很多干草干柴。

6月19日深夜，天上乌云密布，烧桥勇士在辛营桥上游的村子赤着身子，驾着浸透煤油、拌着硫黄火硝的柴草船，向辛营桥悄悄驶来。潜在水中的吴敬亭顺利剪开两道拦河铁丝网，柴草船安然驶到第三道铁丝网前。在吴敬亭剪断第三道铁丝网时，被敌人哨兵发觉，两个桥头堡的敌人立即向柴草船和突击组这边猛烈射击。突击组的勇士不顾枪林弹雨，奋勇战斗，终于冲破第三道铁丝网，把船开到桥下，按计划用铁链把船牢牢拴在桥桩之上，点燃柴草，然后离开桥底向河边撤退。可是，刚刚燃起的火苗，被敌人一阵密集的火力打灭了。已经要撤出战场的勇士见火被熄灭，毫不犹豫又翻身下水，冒着弹雨，泅到桥底，把火重新点燃。瞬间，火光冲天，大桥陷于火海。但火光也把河底照得通明，敌人发现了桥下的游击队员，立即射去密集的弹雨，勇士们只好艰难地匍匐撤退，不幸的是，吴敬亭、张全来两位同志中弹牺牲，刘增荣负伤。

辛营桥上大火熊熊燃烧。碉堡内敌人被强力炮火压住，不能出来救火。眼看烈焰腾空，桥身塌断，辛营桥在烈火中被烧断了。恰好，火势刚停，一阵沉雷过去，就下起了滂沱大雨，一夜之间，滹沱河水暴涨，咆哮的急流把辛营桥残存的桥桩桥板全部卷走，辛营桥荡然无存了。敌人的南北交通完全中断，去滹沱河北抢麦夺粮的交通要路被切断，大灭了敌人的气焰。

抗战胜利之后，安平县委为吴敬亭、张全来两位烈士建了题有"功在国家"四个大字的纪念碑。

安平县任庄村的支部书记齐瑶听公爹讲过婆家老姑的英勇故事。婆家老姑叫张蕊，1918 年出生，1925 年在本村女子小学上学，受李锡九影响，思想进步，积极参加抗日战争。1936 年参加本村李子寿领导的县武委会。1937 年入党，1938 年参加冀中军区火线剧社并担任指导员，1939 年英勇牺牲。她出去参加革命后曾三过家门而不入。有一次她的母亲和弟弟听说她们部队要从郎仁村经过，一大清早就赶到十余里路远的郎仁村等着看她。部队经过郎仁时，张蕊正值口令员。她母亲和弟弟看见张蕊领着同志们飞速赶路，大声呼喊她，她只向亲人点了点头，一句话也没说。这是她和亲人最后一次见面。

1944 年春，随着国际反法西斯战争的节节胜利和抗日军民的英勇奋战，战斗在滹沱河畔的冀中七分区部队不断发展，已拥有三个地区队；根据地开始恢复，并且开展了向敌占区的全面进攻，相继攻克、逼退点碉九十余座，形势大为好转。但不甘失败的日寇千方百计寻机报复，杨各庄血战就是在这个时候发生的。

1944 年农历正月二十一，冀中军区第七军分区司令员于权伸率领分区机关一部和区连队共计四百来人，转移到滹沱河以北的安平县杨各庄村宿营。拂晓时分，忽闻村子东北角传出枪声，原来是日寇集合了安平、深泽、安国三地兵力从东、西、北三个方向对我宿营部队实施围剿，南面则是水流湍急的滹沱河。在这危急关头，分区首长立即做出指示，全体官兵在村西预定地点集合，然后沿街从村北头东口向东南方向撤退。

撤退命令下达后，部队统一向东南方向撤退，欲经位于郎仁村的一座木桥过滹沱河。当我部队撤到报子营村村南时，据报前方木桥已在几天前被鬼子破坏，无法通过。部队首长马上紧急部署，将部队分为掩护部队和突围部队两部分，掩护部队与敌军交战，突围部队强行渡河。这时我部队已经进入敌军枪炮射程范围之内，掩护部队同敌军进行激烈枪战。由于敌众我寡，力量悬殊，日寇将我部队团团围住，掩护分队成员视死如归，与敌寇开展近距离刺刀肉搏战，英勇顽强地抗击着敌军。

与此同时，突围部队已赶到滹沱河岸边。眼看追击日寇渐渐逼近，在当时敌众我寡、力量悬殊、情况十分危急的情况下，部队选择立即渡河。

但河水的深度超出了他们的预想。原来侦察员说"深不没膝"的河水，此时已涨到了一人多深。

当时正值冬末初春，气候乍暖还寒，大家跳进冰冷刺骨的河水强行渡河，敌人的炮弹不断地在河水中爆炸，溅起簇簇浪花，有的战士被子弹击中当场牺牲；有的战士脱下棉袄跳进水里，勉强游到对岸；有的战士直接跳到水里，水浸湿了棉袄，增加了身体重量，终因体力不支，被湍流的河水冲走；还有的战士被流动的冰凌撞击后身亡……

"枪弹用完了，就跟敌人拼刺刀；刀没了，就改成肉搏战。"一位叫何东升的老人回忆说，在整个战斗中，有的战士战死，有的宁死不屈跳河身亡，还有的在渡河过程中牺牲，战斗异常惨烈。

安平县东北黄城村的王二超介绍说，他的爷爷王玉清曾亲历过这场血战。王玉清生前曾对子女说，他在抗日战争中曾多次遇险，印象最深的是跟随于权伸司令员在安平县杨各庄战斗中突围。1944年正月二十一，他们军分区四百多人的部队被周围县市安国、安平、深泽的几千日伪军包围在滹沱河北边的杨各庄村。枪声密集，炮火猛烈，好多战士都跳河突围。记得那天很冷，河水冰凉刺骨。王玉清把盒子枪别在腰间也准备跳河，这时候于权伸司令员叫住了他，危急时刻，于权伸端着机枪冒着枪林弹雨率领着王玉清等战士突出重围。最后冲出来的就剩大约一个排，大多数战友都牺牲了。

据统计，这次战斗牺牲和失踪人数共计一百二十九人。为纪念此次战斗中牺牲的英烈，冀中七分区于1945年在杨各庄修建了烈士纪念碑，镌刻英雄事迹，弘扬革命精神。此后，安平县委、县政府对烈士陵园进行了修缮和扩建。现陵园占地十亩，总投入两百万元，园内由烈士墓、烈士纪念碑等几部分组成。烈士墓位于陵园北侧，安葬着烈士遗骨。烈士墓南侧石碑镌刻着战役过程和烈士名录等，陵园中央立烈士碑，纪念在杨各庄战役中为国捐躯的革命烈士。

有一个名字是必须得提的，那就是弓凤洲。弓凤洲，又名弓庆成，1905年生于安平县台城村，是弓仲韬介绍入党的第一个农民党员。

弓凤洲曾担任台城村党支部书记，后又担任过冀中七分区农会主任、冀中七分区抗联部长。新中国成立后，历任河北省献县税务局局长、河北省委党校党支部书记、河北省工业厅工会主席等职。

弓凤洲上有兄长，下有一个弟弟和两个妹妹。自小家贫，靠给人扛长活贴补家用。生活的艰辛磨炼了他吃苦耐劳、坚毅果敢的性格。

白色恐怖时期，因为身份暴露，弓凤洲与几个同村人踏上了闯关东之路，开始了三年的流亡生活。

在吉林省宁安县

弓凤洲

杨木林子屯，弓凤洲与同村的弓双才、弓更喜给人家当长工，后来合伙买了几十亩地成了自耕农。这期间，弓凤洲怀着满腔的革命热情，想与当地党组织接上关系，可四处打听都未成功。

苦闷之中，他又给弓仲韬写过三次信，信中用暗语表达了寻找党组织的愿望，但是不知什么原因均未接到回信。几番努力都失败后，他成了一只失群的孤雁。

1930年，弓凤洲带着对家人的思念和对党组织的向往，回到家乡台城村。他终于找到弓仲韬，接上了组织关系。此时，弓仲韬已不再担任县委书记，身份只是普通党员，但是他的名望和影响力仍不小。1932年，反动派到处抓捕共产党员，弓仲韬也在抓捕名单之列。弓凤洲和他紧急外避了一段时间，风声过后才回来。

七七事变后，安平是冀中区党委、冀中行署、冀中军区成立所在地。作为共产党早期活动开展较好的地区，安平县抗日政府成立得也较早。

一天，中共安平县委书记阎子元找到弓凤洲，动员他成立村农会开展抗日斗争，弓凤洲慨然应允。不久，他串联了几十个贫苦农民成立了农会。不久，上级即调弓凤洲到安平县抗日联合会任宣传部部长，之后任安平县委民运部部长、冀中七分区农会主任、冀中十一分区农会改善部长、冀中十一分区促进社主任、冀中七分区抗联组织部部长等职。在艰苦的斗争环境中，弓凤洲领导组织民众开展游击战，为冀中的抗日工作尽心尽力，"模范抗日根据地"的荣誉称号中凝聚着他的智慧和心血。

1941 年秋，时任冀中七分区农会主任的弓凤洲奉命去赵县小留村开展抗日工作。小留村是日军据点，村内汉奸势力猖狂，曾为虎作伥杀害抗日干部八人。弓凤洲和战友们装扮成讨饭的乞丐，进村摸清了情况，然后开会严密部署，调集赵县县大队及民兵两百多人在夜间突袭，一举抓获了恶贯满盈的汉奸九人，次日公开处决四人。

这一次行动震慑了日伪势力，人民群众拍手称快，纷纷奔走相告："想不到几个要饭的，竟然是神八路哩！"

后来，小留村在弓凤洲的领导下成了抗日模范村。

1943 年是冀中敌后抗日最为艰苦的一年，一些人意志消沉退缩了，个别人甚至成了叛徒和鬼子的帮凶。一天，弓凤洲以冀中十一分区促进社主任的身份在安平县察楼（此处有促进社的油坊）开展工作时，突遭伪军包围。弓凤洲他们打倒几个伪军后，钻入地道隐蔽。

可是狡猾的敌人发现了地道，弓凤洲被捕。凶残的敌人使用重刑，将他打昏七次，又用大车将其拉往崔岭据点，关在木笼中长达二十一天。其间，伪军队长软硬兼施，威逼利诱，用尽各种手段，想套出弓凤洲是不是八路军干部。弓凤洲只说自己叫弓庆洲，是外地来买油的，始终没有暴露真实身份。后来经中共安平县委书记张亮等人的大力营救才脱险。原来，伪军头子想把弓凤洲送到县城交给日本人，好邀功请赏，但又担心八路军找他秋后算账。正犹豫间，抗日政府人员委托的中间人找上门来，做了他的思想工作，说都是乡里乡亲的，何必把事情做绝，就不想给自己留个后路吗？话里话外挑明了利害关系，并将一笔钱放到伪军头子面前。就这样，伪军头子下令释放了弓凤洲。弓凤洲在狱中机智勇敢、威武不屈的气节，受到了领导和同志们的赞扬。

弓凤洲还有一件可以载入安平人民抗日斗争史册的壮举：大义灭亲。弓凤洲从关东返家后，发现弟弟弓庆来沾染了二流子的习气，不仅好吃懒做，还偷鸡摸狗。弓凤洲严厉训斥他，让他改邪归正，但弓庆来口头答应，实则并无悔改。后来，他和哥哥闹翻，一气之下跑到西北军旧部庞炳勋的杂牌军去当了兵。当兵后，他依然放荡不羁，不过在部队练就了一手好枪法。日本军队占领县城后，弓庆来竟然投靠日本人，成为民族败类，又因他的枪法准，对抗日军民危害极大。

安平县大队负责人找到弓凤洲，说：

"你弟弟当了汉奸，在日本人那儿还挺红，要抓他恐怕我方损失太大，你有什么法子吗？"

弟弟虽然不争气，但毕竟是自己的亲人，所以一直以来，弓凤洲对他也只是说说气话而已。而如今，他竟然当了无耻的汉奸，弓凤洲既震惊又气愤和心痛。作为一名共产党员，在家国大义面前他别无选择。在与县大队负责人一番合计后，弓凤洲专程回家，摆下酒席，请几个同族中的长者相聚，顺便让他们给县城的弟弟弓庆来捎信，说给他找了份挣钱的好差事，约他到城外面谈。

弓凤洲（右二）与妻子郭卓谋（右一）、儿子弓振宇、外孙女梁临霞合影

　　弓庆来果然上当。当他哼着小曲、酒气冲天地出现在约定地点，立刻被早已埋伏在此的县大队战士当场抓获。三天后，汉奸弓庆来被处决。

　　解放战争期间，弓凤洲任冀中十一分区税务局党总支书记兼副局长、冀中八分区献县税务局局长兼工商科长。

　　新中国成立后，从事多年经济工作的弓凤洲进入河北省工业厅，任支部书记、工会主席。

　　由一个贫苦长工成长为中共最早的农民共产党员，而后久经历练又成长为新中国的高级干部，弓凤洲几十年中出生入死，颠沛流离，却始终坚定信仰。

　　晚年的弓凤洲落叶归根，回到故乡台城村居住，于1972年去世，享年六十七岁。

　　和弓凤洲同时入党的弓成山，后来下落不明，有牺牲说，有脱党说，有变节说，但都只是传说，没有确切的证据，至今依然是个谜。

　　当年的日军"扫荡"有多么残酷、多么疯狂、多么灭绝人性？战争的亲历者、冀中第一个女县委书记严镜波在《我的一百年》的第一百二十三页，写着这样一段话：

　　　"日军把全村青年妇女拉到大街上轮奸，然后让她们赤身跳舞，把男青年捉来投到井里，再往下砸碌碡，活活砸死了许多人。在莱村，日军一次推进井里十八人，又把抓到的老百姓吊在敞棚上，一次吊死了很多人，从堤南村向南望去，每个电线杆上都吊着一颗血淋淋的人头！……眼见着尸横遍野、血流成河的惨景，我的心颤抖了。陷于水深火热中的乡亲们，让我这个二十七岁的女县委书记感到肩上担子的沉重。"

在如此严酷的战争年代，投机变节者，确实也不乏其人。河北籍作家王林所著《王林文集》第五辑第九十五页，是王林写于1939年8月29日的一篇日记，上面就记录了一个变节者的故事：

"昨天谈到农民中的流氓地痞问题，老黄说我只看了一个片面，把农民太抽象化了。每一个农民都是因为他个人的利害为出发点而参加革命的。什么阶级观点、阶级利害，他们最初是认识不到的。不管他们的出发点为何，要紧的是看他是否站在阶级斗争的反地主豪绅的基本立场上。

"安平第一区区长宋士英现已被押解来，这案子有极大的教育意义。二十年代宋曾加入组织，负责人听说他吸白面，即暗中截断关系。七七事变后，又在安平找到关系，全家加入，并一连介绍了六十多（人）。在本村的农会工作也带了这火性和疯性。今年三四月间，升第一区区长。初做工作时，积极得令人传为神话，对于打汉奸更是疯狂，"有八分像就中"。围城附近的工作相当难做，豪绅有活动，他一去就能镇压下去。他又曾化装到西关去催纳钱粮捐差，后来气得日兵以五千元悬赏抓他。七月间，忽然抛下工作跑回家不出来了。热得那种程度，冷得这程度！据老黄估计，他那种工作作风，完全是流氓的根性。

后来他一见这个战争是持久的，一日比一日还要残酷的，不是大闹一下子就可以收复县城的，以为无主力即无法支持工作，于是由极热变为极冷。但是回到家中，日本那边一直来找，抗日县长也追迫，于是暗中和维持会勾通了关系，最终走上了汉奸之路。"

《安平县志》载：1942年秋，大旱，没有收成，11月，安平县政府人员张麟阁、许彦如及县大队马文献、李振华、田欣然、可庆增、杨明玉、李贵池、王益安等先后投降日本，叛变革命。

台城村九十七岁的老党员白秀君至今还清晰地记着当年她参加"女子锄奸小组"的故事。

1939年，冀中各抗日根据地在基层组织中普遍建立了"锄奸保卫委员会""和锄奸小组"。安平县每村基本上都有民兵或是地下党员化装成小商小贩，深入敌区或是据点附近，捉汉奸。台城村则成立了"女子锄奸小组"，由1940年入党的小组长张金梅、1945年入党的白秀君、1945年入党的张贵景和弓丫头四人组成。她们归县游击大队的阎志学直接领导。台城村的"女子锄奸小组"经常利用集市、庙会和过年过节等机会发放传单，威慑汉奸，并以戏曲表演等形式宣传锄奸工作，还负责开展公审大会、锄奸大会及座谈会等，教育民众参与锄奸。最难、最危险的工作是查找到汉奸后的跟踪工作。1942年，张贵景在台城村支书弓雕琢家中，得知县游击大队的可庆增有汉奸嫌疑，几次跟踪他，都被甩掉。一天晚饭后，天色已黑，张贵景跟踪可庆增从台城村出来，走了十来公里路，一直到滹沱河北岸的付各庄村日军岗楼。摸清可庆增的叛变底细后，她在台城村堡垒户张金梅家，把可庆增的情况告诉了在此隐蔽的县游击大队手枪班的阎志学。

可庆增投敌后，在付各庄炮楼当了特务，带着敌人到处抓村干部、共产党员和隐蔽在村里的八路军伤员。由于他对当地情况非常熟悉，抗日政权遭到严重破坏。

可庆增的父亲是个善良本分的庄户人，听闻儿子当了汉奸，痛心而气愤。那天，他抱着一线希望来到付各庄的炮楼下，想劝说儿子迷途知返：

"庆增，快下来吧！你可学点好吧，别给家里和乡亲们丢脸了！只要你改邪归正，我还认你！"

看到亲爹在下面喊，可庆增担心自己在日军跟前丢了面子，竟装不认识。他在炮楼上高声喊道：

"喂！下边那兄弟，你是谁呀？"

可庆增不认自己的亲爹，反而认贼作父的丑恶嘴脸，被当地人编了一段顺口溜：

狗庆增，害人精，不仁不义不孝忠。

当初父母把他养，如今管爹叫弟兄。

放着明路他不走，硬要跟着"蝗虫"蹦。

平日躲进岗楼里，集日出来就闻腥。

出卖同志良心丧，糟践百姓不留情。

天日昭昭终有报，且看汉奸何处逃！

根据可庆增的罪恶，中共安平县委于 1943 年 10 月做出决定，尽快除掉可庆增这个叛徒，此项任务由县大队手枪班完成。

这天正是付各庄集日，一大早，手枪班班长阎志学等人在浓浓雾气的掩护下，来到付各庄一间临街的闲屋，他在窗口观察着街上的动静。"班长，你说可庆增这小子能来吗？"屁股蹲在筐里的队员陈贵恒问。"你就放心吧，这小子是鱼贩子筐里的王八——集集到。"赵义宗抢着回答。阎志学也说："台城村提供的情况，不会有错。"

十点多钟，街上渐渐热闹起来，阎志学等人装扮成商贩模样，先后从闲屋走出。快到晌午时间，从东南方向走来一个身穿长衫、头戴白边黑礼帽、鼻梁上架着一副茶色眼镜的人——此人正是叛徒可庆增！

阎志学等人上前把可庆增死死搂住，有的拧胳膊，有的捂嘴，把他反绑起来，并夺了他的枪。

在孝林村，安平县大队审问了可庆增，当夜把可庆增押回付各庄，在岗楼旁将他处决，并把除奸布告，放在可庆增身上。

第二天，岗楼里的日伪军发现了可庆增的死尸，大惊失

张根生

色，吓得好几天没敢出来。

张勋是当年安平县游击大队政委张根生的孙子。张根生在世时，张勋曾问张根生：

"抗日战争时期，您遇到过最危险的事情是什么？"

张根生就跟他讲起了那段暗无天日的日子。

1942年5月1日，侵华日军纠集日伪军五万余人，由其华北驻屯军司令冈村宁次亲自指挥，对我冀中军民发动了空前残酷和野蛮的"铁壁合围"式的五一"大扫荡"。敌人企图从四面八方将我领导机关和主力部队压缩在深（县）、武（强）、饶（阳）、安（平）四县相接的根据地腹心地带，予以歼灭。在五一"大扫荡"中和其后的几个月内，抗日形势异常残酷，县大队被迫化整为零，转入地下。敌人凭借暂时的优势，整天"合围""清剿"，到处搜捕抗日武装和抗日干部。

一天晚上，张根生偷偷回到张舍村，结果因为有汉奸告密，几百个鬼子伪军很快包围了村子和张根生住的堡垒户乔恒喜家，叫嚣着挖地三尺也要把王东沧和张根生找出来，张根生就躲在后院小仓房内。眼看着几个鬼子和伪军向躲藏地包围过来，在无路可退的情况下，他找准时机，一枪打死了迎面过来的鬼子。但是鬼子人太多，另一个冲上来朝他扣动了扳机。庆幸的是，枪没响，是个臭子，张根生趁机踢开窗户就往外跳。刚跳到院子里，一块砖头就砸了过来，正好砸到他头上，他当即血流满面。忍痛翻墙时，两个鬼子扑上来抱住了他的腿，他拼尽全力挣脱才成功翻墙跑进了庄稼地，鞋子都跑丢了一只。那次真的是与死神擦肩而过，太危险了。

还有一次，张根生在堡垒户深县黄疃村魏海军家，老魏两口子把他藏在秫秸垛里，用玉米秆挡着他。鬼子来了，用刺刀刺秫秸垛，他就左右躲刺刀。万分危急时刻，老魏两口子拿着一只老母鸡过来，跟鬼子说：

"孝敬太君的，有鸡吃，还有半筐子鸡蛋。"鬼子这才收了手，抢了鸡和鸡蛋，打了老魏一枪托，撤走了。

战争的残酷，敌人的凶残，更加激起了广大军民同仇敌忾的抗日热情，而年轻男女真挚火热的心，也在一次次的生死考验中，越走越近。

魏巍夫妇

在《晋察冀日报》上，曾刊登过一首名为《塞外晚歌》的小诗：

如果战友允许

我要寄一支歌

给一个淳朴的乡村的女儿

月亮照着战壕

忍不住将你思念

谁叫我在织布机旁将你碰见

谁叫那琐碎的日子在我们身边留恋

我埋怨

我在千里之外

就看见了你秋收的镰刀

我埋怨

在哗哗的水声里听见你赤着脚

从河那边走到这边

说不清为什么

今夜我特别想你

这首诗是魏巍写给妻子刘秋华的。

魏巍说："她是最爱我的人。"

著名作家魏巍写的《谁是最可爱的人》家喻户晓，感动和激励了几代人，但是很少有人知道，抗日战争期间，他还写过这么深情浪漫的诗歌。

1938 年 5 月 1 日，十八岁的魏巍在延安加入了中国共产党。不久，他从延安抗大毕业，被分配到晋察冀边区工作。1944 年，他来到冀中，一直到抗日战争胜利。

刘秋华是安平县报子营村人，1925 年出生于一户贫民农家。她十四岁就参加了村里的妇救会工作，工作积极，不怕苦累，做军鞋、洗军衣、洗绷带、开办妇女识字班等妇救会工作，她一直走在前面。同时她还帮助同族奶奶李杏阁在家里挖地洞，供八路军伤员隐蔽疗养，给伤员烧水做饭。李杏阁在自家地洞里掩护和护理伤员达七十三名，为抗日战争作出了卓越的贡献，被冀中区党委、冀中区行署及冀中军区授予"冀中子弟兵的母亲"光荣称号。

刘秋华思想进步，工作认真，十六岁时加入了中国共产党，十九岁担任村妇女自卫队指导员。为开展游击战争，她组织发动妇女破路挖交通沟，站岗放哨，锄奸防特，传递书信情报，和男游击队员一起袭扰敌人，参加战斗。在党的教育和残酷斗争的磨炼中，她成长为优秀的青年妇女干部。

1944 年春节，魏巍和两名战友去采访和慰问"子弟兵的母亲"李杏阁。还没进门，远远就听见织布机的响声。他们跨进大门，见织布机旁坐着一位年轻姑娘，正神情专注地织着布。见有客人来，姑娘放下手中的梭子，站起身，又是让座，又是倒水，然后把正在外面发动群众做军鞋的李杏阁找了回来。同去的战友告诉魏巍，这位姑娘叫刘秋华，是李杏阁的堂孙女。刘秋华清秀淳朴的面庞、麻利干练的身影，给魏巍留下深刻而美好的印象。

不久，部队驻地搬家，魏巍恰巧被安排住进了刘秋华家。年轻的心总是敏感的，渐渐地，两人都从对方眼中读到了微妙的情感。

刘秋华是家中的长女。十七岁那年，父亲在鬼子"扫荡"中惨遭杀害，弟妹尚幼，母亲体弱，她便成了家里的顶梁柱，做饭、挑水、洗衣、织布、下田，什么都干，成为里里外外的一把手。后来，魏巍随着部队开赴新的战场。刘秋华也带着弟弟参军了，她被分配到《前线报》做通联工作。之后，魏巍、刘秋华虽然见面机会不是很多，但心中爱情的种子开始破土发芽，渐渐长成思念之树。

1945年8月16日，日本投降的第二天，魏巍突然接到命令，让他火速到晋察冀七分区所在地，那儿正是刘秋华的家乡。恰好刘秋华也要回一次家，于是，两人相约一起上路。皎洁的月光下，他们边走边谈，走了整整一夜，天亮了，魏巍终于走进了刘秋华的心里。

魏巍后来回忆道："那是我一生中最快乐、最美好的一夜。直到那个夜晚，我们才彼此捅破了这层纸。"

1946年3月19日，在安平抗日民主政府工作的刘秋华被安平县委派专人送到河北涞源魏巍住处，两人举行了简朴的战地婚礼。几天后，魏巍随着部队踏上了转战的征程。

婚后的很长一段时间，小两口无处为家。虽然都在一个军区，但相聚的机会少得可怜。1947年春节后，刘秋华生下了大女儿魏欣。而此时的魏巍正随着部队攻打石家庄，别说回家，就连个电话都无法打。直到三个月后，魏巍才从部队休整期间抽空赶回家看了女儿一眼。当了父亲的魏巍没有陶醉于小家庭的温暖，他的心依然在战场上。一篇篇诗作在战火中飘飞，鼓舞着战士们奋勇拼杀。这下可苦了刘秋华，她不但要行军打仗，还要带孩子，走到哪里哪里就是家。

1950年5月5日，魏巍奉命调到解放军总政治部工作。不久，中国人民志愿军入朝参战。几个月后，魏巍被派往朝鲜战场了解美军战俘的思想政治情况。到了朝鲜，调查任务完成后，魏巍来到志愿军前线部队。在这里，他耳闻目睹了动人心魄的英雄故事，决心留下来。

1951年2月，魏巍回国，调解放军文艺杂志社任副主编。走上新的工作岗位，魏巍一边忘我工作，一边抓紧时间赶写朝鲜见闻录。1951年4月11日，《谁是最可爱的人》在《人民日报》头版发表，在全国产生强烈反响。

魏巍说："我的创作一半功劳归老伴儿，如果没有她，就不会有我现在的一切。"他们结婚半个多世纪以来，魏巍一门心思扑在工作和创作上，不知道怎么买米，不知道菜市场在哪里，不知道家里的钱放在什么地方。这些生活琐事都由刘秋华一人操劳，家里家外她都安排得井井有条。

安淑静1927年10月15日出生于河北省安平县西里村。她十三岁加入中国共产党，并参加了锄奸防谍工作。安淑静除了是一位德高望重、众口皆碑的老党员、老八路，她还有一个身份：中国人民志愿军在抗美援朝战争中牺牲的最高将领、志愿军第六十七军军长李湘的妻子。

1942年5月，侵华日军对我冀中抗日根据地进行残酷的大"扫荡",推行"三光"政策。当时的党组织正化整为零,处于地下秘密工作状态。组织交给安淑静的任务是作为秘密交通员,与地下党组织单线联系。

那时十五岁的安淑静又瘦又小,敌人一般不会注意。8月初的一天,上级领导交给她一封信,要她送到安平县大良村,亲手交给一位姓杜的同志。

第二天一大早,安淑静就手提一个装满枣子的篮子出发了。刚走出村,就遇见敌人包围了村子,她也被截住了。敌人把她赶到一个打谷场,村里男女老少早已集中在那里。鬼子端着刺刀,喝问大家:"谁是共产党?谁是八路军?给我站出来!"乡亲们没一个人开口。这时,躲在草垛后面的安淑静立即摸出那封信,塞到嘴里用力咬。敌人发现她正吃东西,朝她走来。她灵机一动,随手抓几个枣,塞进嘴里继续嚼,连枣带信吞咽进了肚里。后来得知,那封信的内容非常重要,若落到敌人手里,后果不堪设想,不仅她自己的身份暴露了,而且地下党组织会遭受很大损失。她这次的处变不惊得到了组织的认可,上级领导夸她是个优秀的交通员。

在战火纷飞的年代,国恨家仇让安淑静成长为一名英勇的抗日战士。她先后任地下党锄奸防谍组组长,区武委会自卫队队长,区小队政治指导员、政治委员,中共晋察冀中央局团委干事,县武委会委员,华北军大协理员办公室干事。

1947年2月17日,定县解放后,安淑静与李湘结婚了。没有洞房花烛,更没蜜月,婚后第三天两人就分别了,李湘带领部队投入了保北战役,这一分开就是半年多。

1952 年丈夫李湘在朝鲜牺牲时，安淑静才二十五岁。她带着一双年幼的儿女，凭着忠贞不渝的理想信念，化悲痛为力量，更加努力地工作，曾先后担任过唐山市建筑工程局干部科长、唐山地委组织科科长、天津河北区委组织部部长、天津市第一毛纺织厂党委副书记、天津市民政局副局长、天津市政协委员、原地质矿产部纪检组局级检查员等职，直至 1985 年 12 月离休。

安淑静是个勇敢坚强的共产党员，也是个富有大爱情怀的伟大母亲，除了自己的一双儿女，她还把收养的六名烈士子女都培养成才。

还有一对令人称道的革命伉俪，就是安平籍的张淑文和《野火春风斗古城》的作者、著名作家李英儒。他们的女儿李小龙在回忆父母的革命经历时，这样说道：

1938 年 1 月，父亲参军后，当编辑、做记者，主编过《火星报》，他一边打仗，一边笔耕不辍。1941 年，冀中区军民开展了声势浩大的"冀中一日"写作运动，成为敌后抗日根据地文学活动的突出热潮。滹沱河沿岸，曾经是《冀中一日》编辑工作的根据地。

《冀中一日》的编选工作，在当时是一个很了不起的举动，仅冀中区就集中了四十多个宣传、文教干部，用了八九个月的时间，才初选定稿。前三辑由王林、孙犁、陈乔等编辑审定，第四辑由我父亲李英儒负责，并在此卷中写了两篇文章，一篇用的本名，一篇用的笔名。第四辑的内容是"战斗的人民"，反映群众在党领导下的英勇斗争。如今，《冀中一日》已经出版八十多年了，大家依然还在看，还喜欢看，而且还有一批学者在研究，这本身就说明了这部书的历史价值，我为我父亲曾参与其中感到骄傲和自豪。

1942 年，敌人对冀中区实行五一"大扫荡"后，我们的抗日武装力量受到重创，独立团也伤亡惨重。正是抗日最艰苦的年代，父亲被晋察冀军区党委派遣打入保定开展地下工作。他让妻子即我的母亲张淑文也参加了送情报的工作，并将家里设置成了交通站。在极其危险的环境里，父亲完成了建立地下交通线的任务，又把重点转移到对伪军的策反教育和心理瓦解上。他以教书职业为掩护，与保定城里各个层次的人交朋友，通过他们做敌人的工作。

其实父亲奉命出发时手中并没有"合法"证件，他是冒着生命危险入城的。之所以如此仓促，是因为他身负一项刻不容缓的紧急任务：开辟一条由冀中通往山区根据地的安全交通线。那时驻保定的日军对平汉线封锁得极严，已有不少同志在穿过平汉线时被捕、牺牲。父亲为了早日进城开展工作，也顾不得凶险了。

父亲潜入保定之后，辗转托人，由伪省政府的经理科长给安插了一个差事。在此环境中，他目睹了汉奸省长一伙人的卑劣行径，因此《野火春风斗古城》中才能对伪省政府上上下下的各色汉奸有翔实的刻画。

在敌人心脏落脚是非常困难的，特别是在没有合法身份和经济来源的情况下。当年地下工作的活动经费是非常少的，更不能用在个人的生活上。进城后，父亲住在淮军公所南门的房间里。来的时候党组织同他是这样说的："抗战初期你是我们八路军第三团的团长，有战争经验，有文化，你对保定特别熟悉，在这里上过学，有群众基础，又是本地人，你有胆识，又有一定的人际关系，相信你能随机应变，险中求胜。"果然，父亲进城后找到了内线关系人，接上了头，还发展了一批自己人，扩大了地下组织。当时有两个地下工作小组，在此基础上又成立了保定地下工作站，父亲担任保定地下工作站站长和党总支书记。从此，一条党的地下交通线在敌人的眼皮底下建立起来了。紧接着，上级指示他把内线工作的重点转移到对敌伪军的心理瓦解和策反工作中来，配合党的军事斗争。

父亲的地下工作开始伸展到敌军内部。直到保定解放后，参加起义的一位国民党司令还经常到我家来，说："你父亲特别能做我们的工作，策反投诚伪军官兵起义前，他敢只身到我们的营地，他经常讲得人伤心落泪。"

是龙要掰一只角，是虎要敲一颗牙！对敌斗争中，父亲从未放弃的是创造性思维。

父亲策反了一个在日本人据点里工作的伙夫，让他把日本人内部的情报送出来。这是我军第一次将情报工作做到日本人内部。委派父亲进城的敌工部负责人史立德在许多年后对我说："在全国，是你爸爸开创了将内线安置到日军内部的先例。我们火速将这个事例向党中央汇报，才有了后来的南方敌工部的效仿之举。你爸爸开辟了好几个第一呀，我们什么都想到了，就是没想到他还能在新中国成立后写出一本轰动全国的地下斗争的长篇小说来。"

当年我父亲被选派进城做地下工作时，党组织最大的顾虑就是怕他脸太熟，容易暴露，毕竟保定是个小城市。此时，我妈妈张淑文发挥了重要作用。她是组织上委派和我父亲一同进城担任地下交通员的，当时她才十八岁。妈妈是河北省安平县人，家在抗日根据地滹沱河岸边，十三岁就当上了儿童团团长，十六岁加入中国共产党。她本人当时正在争取到根据地去学习的名额，却服从组织分配进城当了地下交通员。她主要负责搞到敌军的军事情报，为此她一次次随身携带情报出入有日本人站岗的城门，历经风险。妈妈跟着大部队打过游击，也隐蔽到日伪占领的城市当过地下交通员，还背着孩子为党做过机要秘书工作。结婚十几年里，我父母一直是在斗争生活中颠沛流离，聚少离多。

新中国成立后，我们一家总算过上了安居乐业的日子。但我妈妈觉得自己还年轻，便要求组织安排她去了华北军区速成中学。当时她已有两儿两女，可还是坚持到毕业。毕业后，妈妈被分配到总后勤部管理老干部档案。

我们这个大家庭有六个人参加了抗日，冀中军区曾命名我家为"抗战家庭"。父亲最喜欢"铁马冰河入梦来"这句诗，他做梦都在想着同敌人在疆场上厮杀。1980年，他调入八一电影制片厂任顾问，负责电影剧本的文学创作。他又全力以赴投入工作中。写本子、改本子，又创作了一些小说。父亲生命的最后时光里，他忍着病痛，和我合作，完成了《女游击队长》的电影文学剧本创作。

2005年，母亲张淑文获得了中共中央、国务院、中央军委颁发的中国人民抗日战争胜利六十周年纪念章。

在抗战最艰难的阶段，有一所学校一直在隐蔽地坚持教学，为我党我军培养急需的医护人才，这就是非常有名的白求恩医科学校

（简称"白校"）。现任安平县丝网大世界第二党支部书记的程孟虎，就听大伯程树盈（又名程树英、程毅）讲过当年上白校的故事。

程树盈是这样讲的：

1944年形势大大好转，抗日民主政权相继建立。我上学的高小又集中上课了。但这次不是去北牛具村，而是在我们本村——北苏村。有一天，高小同学陈江畔对我说："咱们去当兵吧，现在七分区要人哩，我想这可是个好机会，我早就想去当八路军了。"我立刻就答应说："好吧！明天咱们去报名。"

晚上，我把事情原原本本和娘讲了一遍。她没有阻拦，但看样子是舍不得。我明白娘的心思，因为我大哥已经当了八路军，我再走了，她心里肯定特别担心。我说："我已经十六岁了，是大人了，而且是我和陈江畔一同去，我们可以相互照应，你就放心吧。再说，参军光荣，你们就成了抗日军人家属，有困难政府会帮助解决的。五一'扫荡'时，敌人那样疯狂，烧杀抢掠你都看见了，我们年轻人怎能在家缩着，而不去上战场？"那晚，我和娘说了一夜。

第二天，陈江畔去家中找我，我们带了一点简单衣服便去付各庄村一家堡垒户见到了县领导张根生。他给我们写了字条：

　　兹介绍程树盈、陈江畔两同志去白校学习，希接收是否。
　　此致
　敬礼

　　　　　　　　　　　　　　　　　　张根生
　　　　　　　　　　　　　　　　　1944年10月2日

县领导嘱咐我们如有情况，就把信吃掉，让我们到五十里外的宋各庄去找联络站。走出堡垒户才听江畔说，张根生同志就是安平县委书记。原来江畔他爸陈卿同志是地下党员，他观察我也很久了，因为我常去他家找江畔，我参加八路军这事就是他提出来的。难怪他知道的事这么多，我对江畔真有些佩服。陈江畔比我大两岁。我们两个头上包着白手巾，身上各穿一件棉袍子，脚上穿一双农村手工做的布鞋。我们走了一个村又一个村，一会儿渡过一个结了冰的小河，一会儿又跨过一条大沟——大概是敌人的封锁沟。远处还传来几声枪响，我们心里有些害怕，走得更快了。我俩商定，假若碰见敌人就说我们是串亲。本来我的脚上已经磨出了泡，疼得一拐一拐，但我并没有放慢脚步，一直走了两天。走到定县大子位村时，我们找到村东边的一户人家，恰好那里有人接。在谈话中才知道原来这里是地下交通站，他们的任务就是接送过铁路的同志。当时铁路是在敌人的控制下，铁路两旁有大沟封锁，不远就有碉堡，铁路巡逻车不断来回转，发现目标就用机枪扫射。

过路是非常困难的事。他们的消息特别灵，对敌人的情况了解得很清楚。由延安或晋察冀军区来的人或由冀中去延安的人都要经过他们护送才能安全度过，这样的交通站不知有多少个。我们在交通站得知，冀中军区的机关已不在路西，大部分都回到冀中，大概在任丘、肃宁一带活动。当时的县城都由敌人占据着，军区在什么村，交通站也不知道，只有自己到任丘县一带去找去打听。

于是，我们又按交通站指示的方向返回军区所在地。两个十几岁的孩子穿着普通布衣毫不起眼，即使碰见敌人我们也有思想准备。

虽然当地的老百姓和八路军都穿便衣，但总还是有不一样的地方，比如从年龄、头上的白毛巾以及口音这三点上，就能看出一点差别。当然，有时也猜错了。经过五天奔波，我们终于在肃宁县曲吕村找到了冀中军区卫生部。说是军区卫生部，实际就是一家农屋，住着几个穿便衣的人。办公桌也很简陋，就是在老百姓家的炕头上放上吃饭用的小桌子。我们把介绍信交上，对方一看便明白了，爽快地说：

"好！欢迎你们！现在我写个证明信给你们，拿着到学校去吧！"我们拿着信走了五里，来到距离肃宁县不远的官厅村。这就是我们的学校。在这里，接待我们的有胡雨村、李亚荣、石桥和乔翰同志。他们有的是白校的领导，有的是教师，都是奉晋察冀边区的命令组建白校的元老们。经过长途跋涉，我们终于到了目的地——冀中军区白求恩医科学校。

到了以后，学校先临时分班，我和陈江畔被分到两个班。作为一个十六岁的孩子，我从未出过远门，最远是去姥姥家，也不过十里。这次单独出来走几百里路，又不知道哪天能返回家，免不得有些孤独和寂寞。晚上思念母亲，想着她一定也在想我，为我担心。因为环境残酷，交通不便，再加上敌人的封锁，大约十天以后各个军分区的人才陆续报到。

有一天，学校进行了考试和体检。结束后，我们集合在一起，念到谁的名字谁就站出来，另站一队。陈江畔也被叫了出去，和其他四十多人站成一队。剩下的四十二名是考试合格被录取的。另四十多名同志被调到军区卫生部另行分配，陈江畔被分配到冀中军区司令部卫生所当护士。就这样我和陈江畔分开了。

我们被录取的四十二人共分成六个班，四个男生班，两个女生班。我在第二班，班长叫王巨才，是个大个子，人很诚恳，工作认真，很讲原则。我在班里个子最小、身体较弱，班长对我很照顾。

因环境的关系，我们学校对外称卫生教导队，共分军医一至五期，调剂一、二期和护士期。我是调剂一期，全校五六百人。我们的教导员丁一后来任河北省卫生厅长。校长胡雨村，后来任北京三零九医院院长。教员有李亚荣、陈炯华、孙道三、石桥、总书记乔翰。这些同志后来都成了解放军医务工作的主力。

我们调剂班共四十二人，男二十八、女十四人，学习内容主要是药物、调剂、制剂、生理、病理、药理，以适应工作中的急需。微生物、寄生虫、放射诊断、检验都没有讲。我们的教材非常简陋，都是由刻写员刻蜡版自己油印的，文印技术很差，字迹非常模糊，由于敌人的封锁，纸张奇缺。

我们的课堂就在树荫下，课桌就在膝盖上，坐的椅子就是自己的背包，还有挂在树枝上的自制小黑板，这就是我们的全部家当。

我们住在农村，生活条件虽然艰苦，但环境异常幽静，没有噪声，没有干扰，大家情绪都非常高涨。我们和部队一样，每日两餐，上午九点开饭，下午四点开饭。作息时间安排得很紧，早上五点半起床，跑步，洗漱完了，自习。上午九点到十二点两节课，下午一点半到四点两节课，晚饭以后就是集体劳动生产，种菜、积肥、放牛、放羊……我们班养了四只羊。我年龄小、身体弱，为了照顾我，领导就让我放羊。每天下午饭后，我就牵着羊到果树林，边放羊边复习功课。每天晚上七点钟点名，表彰与批评，九点熄灯。

就在这紧张的学习阶段，我们的班长王巨才早就注意了我的行动、表现。有一天，他暗暗叫我到林边说道："你说共产党好吗？"我说："当然好喽！"他又问："你愿不愿意参加共产党？"我说："当然愿意，只是不知道我够不够条件。"他说："我早就注意到了你的言行。你是个很好的同志，但你的斗争性尚有点薄弱，今后要敢于斗争，坚持原则。"后来经过一段时间考查，我秘密加入了中国共产党，于1945年5月27日在官厅村的小学校举行了入党宣誓仪式，那年我十七岁。

后来形势越来越好，冀中子弟兵开展了春季攻势，相继解放了任丘、河间、献县、饶阳、安平等县城，冀中解放区连成了一片。我们住在肃宁官厅、崔庄、马庄一带，方圆几十里都是果树，有桃树、梨树、李子树。早春二月，桃花盛开，这里真成了世外桃源。我们一面学习一面生产，尽量减轻当地群众负担。焦庆长、耿吉贵等同学身体好，他们去种菜种粮，我们的生活基本上达到自给自足。随着形势的逐步好转，学校由半隐蔽到公开，名声越来越大。原来只有一个军医班、一个调剂班，后来又招收了几个班，也就是军医第二、第三期和调二期护士期，全校已有500多人，在周围四五个村庄住着。卫生教导队也正式改名为白求恩医科大学，每天下午四点以后师生就开始开展文体活动，有打篮球的，有做游戏的，还组织了业余文工团歌咏队，搞得红红火火。再晚点，歌声四起，这里真成了一个热闹的小城镇。当地农民哪见过这样的场景！我们热情乐观、奋发向上的精神面貌，也大大激发了当地农民的抗日热情。

记得有一次，我去三十里外的冀中军区驻地长流庄参加庆祝七一大会。大会刚刚开始就下起了倾盆大雨，杨成武司令员冒雨讲话，几千人的大会场人们一动不动。杨司令员讲完话，火线剧社又演出了歌剧《王秀鸾》。这次演出给我的印象太深了，此后我们同学都能哼上几句歌词：

"王秀鸾好难过，丈夫的话呀没有讲错。妇女一辈子不参加生产，一辈子诗歌吃菜货。"

还有许多唱词我们都能背诵。看完节目，我们冒雨返回驻地，第二天照常上课。那天在会场碰见了我的好友陈江畔，他已经改名叫陈明了。他说自"白校"分别以后，他被分配到冀中军区司令部卫生所当护士，所长叫谢英。我说我也不叫程树盈了，我改名叫程毅。这是我们在参军路上约定的，因环境残酷，还是不叫家中的乳名好，改个名字谁也不知咱们是哪儿的人。

夜幕已经降临，唯有那演出的舞台被汽灯照得通明。我俩离开队伍到会场旁边的庄稼地谈了很久。离开几个月再见面，我们亲热得不知道说什么好。我们谈家庭、谈学习、谈生活工作和将来的前途……自那以后，我和陈江畔再也没见过面，直到新中国成立后，才互相有了联系。

"白校"的老师（当时称教员）都是高级知识分子，在抗战时期都是宝贵人才，极其难得。胡雨村老师是从晋察冀调来的，他和白求恩大夫在一起工作了很长时间，是有名的解剖学专家。李亚荣老师也是从晋察冀调来的，是有名的外科专家。孙道三老师是当时从北平协和医院来的病理专家，他讲病理讲临床非常有经验。陈炯华老师是在我们解放张家口时被解放过来的，韩国釜山医科大学毕业，要求进步，如饥似渴地学习党的政策。在我党我军条件极为困难的时候，陈教员亲自把自己的儿子、妻子从北平接到解放区，参加革命工作。石桥同志是我们的队长，也是我们的老师，但他在学校工作时间不长就被调到前方——第十军分区做领导工作了。其他的人是政工干部，如指导员乔翰同志、教导员丁一同志，还有许清原同志。学校的政工工作对保证完成学习任务起到了重要的组织作用和宣传教育作用，保证了学生们思想的稳定和学习的热情。

战争形势发展很快，不久我们便穿上了灰色的军装。军帽上缀两个扣子（据说是表示国共合作，没有军徽），左臂上的臂章有"第18GA"（第十八集团军）的字样，胸章上写的是"八路军"。我们自己感到威武多了，真像个八路军的样子。上级对我们要求也严格多了，讲军风军纪、讲礼节，真正按一个军人的标准去要求我们。有时，我们还上军事课，讲三大纪律八项注意。

1945 年 8 月 10 日，朱德总司令发布了反攻的命令，要求各主力军、游击队和民兵向敌占区进军。不久，军医期组成五个手术组分别去前方为各条战线服务。我们调一期、调二期和军医第二期、第三期仍然以学习为主，确保完成学习计划。

1945 年 8 月 15 日，日军投降的消息很快传遍了我们驻地的每个村庄，村民们都沸腾了，敲锣打鼓，纷纷走向街头，欢呼"打倒日本帝国主义！中国共产党万岁！毛主席万岁！"我们"白校"也组成了宣传队、秧歌队、歌咏队，纷纷走上街头。我参加了秧歌队，简单化装成一个士绅，手提鸟笼子，边扭边逗鸟。王英杰则化装成一个傻小子，穿上红裤子，头上梳一个小辫子，在队伍外边穿来穿去。我们随着鼓点扭来扭去，逗得围观群众哈哈大笑，我们全期同学也都乐得前仰后合。为表示庆祝，中午我们还举行了会餐，每人一碗炖肉。这是我有生以来最高兴的一天，我们那么幸福，那么不知疲倦。若不是身临其境，是很难想象我们那时的心情的。

冀中大平原所有县城全都解放了，我们也毕业了。我和霍国雪、张进锁、范书君、高玉兰、高西珍等十位同志被分配到第十军分区（平、津、保三角地带的一个军分区）。1945 年 12 月，我们踏着皑皑白雪，经过三天的行军来到霸县县城东高庄村。这是十分区卫生处的所在地，在这里，我开始了崭新的生活。

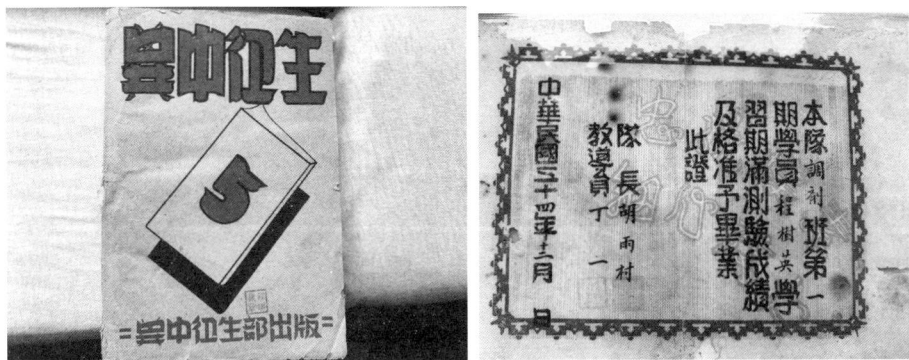

"白校"的教材和毕业证

捐躯赴国难

抗战期间，仅有十七万人口的小县安平，共有八千六百八十九人参加了八路军或成为地方抗日干部，有两千两百六十九人光荣牺牲，其中共产党员四百七十人。牺牲在本县境内四百四十七人，其中县区干部五十九人。

在这个全国第一个农村党支部和河北省第一个县委所在地，各级党组织发挥了坚强的战斗堡垒作用，党员干部带领广大群众与凶残的敌人浴血奋战，不怕牺牲，留下很多可歌可泣的英雄事迹。下面讲述几个烈士的事迹，让我们记住他们的英名。

王仁庆

王仁庆生前没有留下一张照片，只留下了两件衣服。

一件是做工考究、丝绸面料上绣着荷花和飞鸟、镶着粉色花边的裙子；一件是被刺刀刺得千疮百孔、触目惊心的血衣。

2021年冬天，一个雪花飘飞的午后，我们来到安平县城的一处老旧楼房。王仁庆的女儿，八十九岁的王秀沾老人从箱子里拿出那件绣花裙，眼眶一下子就湿了。

"当年我父亲王仁庆在东北种了五年地后，又回到老家新民村务农，并结婚生子。1937年七七事变后，他响应共产党号召，积极参加抗日工作，并于当年9月经台城村的弓凤洲介绍入了党。1940年被群众选举为区代表主席，1942年升任五区区长。那时正值鬼子'扫荡'最疯狂的时候，他可能意识到自己随时可能牺牲，有一天就跟我娘说：'你记住，无论什么情况下，都不能卖这条裙子，这是我送你的，以后能当个念想。'1942年10月31日，我父亲和区

烈士王仁庆的女儿王秀沾展示父亲留下的绣花裙

委干部正在开会时，被汉奸告密，鬼子和伪军突然包围过来，两名同志突围出去，四名同志当场牺牲，我父亲不幸被捕当时敌人可能已经知道他是区长，就是想抓活的，打枪的过程中一直在喊着'活捉王仁庆'。后来听一个给监狱送饭的人说，父亲在狱中表现得非常英勇，受尽了酷刑，却始终不肯投降，不肯说出地下党组织的名单他是腊月二十八牺牲的，临刑前一天，他将自己的血衣装在送饭的罐子里，托一个好心的狱卒带了出来。那年我九岁，当娘看到血衣时，当场就晕了过去。

"我父亲当区代表主席时，为了号召群众参军抗日，他率先将自己年仅十四岁的儿子，就是我哥，送到部队青年营。当兵还不到一年，一次在过铁道执行任务时，遭到鬼子袭击，那批青年营的十几个小战士没一个活着回来的。我父亲牺牲了，我哥也牺牲了，我唯一的弟弟在几年后也因病去世了。为了给弟弟治病，母亲几乎变卖了全部家当，唯独剩下了这条裙子。她跟我说：'这个无论如何也不能卖，你爹说过，这是他送给我的，让我留着做个念想……'"

临走前，王秀沾老人对我们动情地说："谢谢你们，大冷天的不嫌麻烦，跑过来听我说这些老故事……"

在转身下楼的瞬间，我们早已抑制不住的泪水夺眶而出。

安贵普

安贵普是安平县宅后寺村人，出生于1914年，1940年在反击日军的一次战斗中光荣牺牲，历任安平县委书记、河北游击军第三师政委、冀中四分区政治处主任。

1930年，中共安平县委书记李洪振、县委交通站负责人刘宗甫在宅后寺小学以教书为掩护，秘密开展党的工作。安贵普时常去小学与他们议论时局，借阅进步书刊。李洪振看到安贵普有强烈的抗日爱国之心，经过一段时间的培养，便介绍他加入了中国共产党。

安贵普入党后，积极在本村开展党的工作，建立党、团组织，壮大革命队伍，不到三年时间党员就发展到二十多人，并建立了"反日会"和"贫民会"等党的外围组织。

九一八事变后，他领导群众积极进行反帝反封建斗争，到处张贴标语，散发传单，宣传我党抗日救国主张。1933年1月，经党组织研究决定，任命安贵普为县城西南片党组织委员。当时全县党的组织发展较快，宅后寺村党的活动也非常活跃。由于此年遇上了天灾，收成无几，许多贫苦农民没饭吃，安贵普便秘密组织广大雇农搞"吃大户"活动，还准备砸抄子文、角邱两村的警察所。由于混进坏分子向反动当局告密，县警察局出动大批巡警逮捕了安贵普。

1937年8月，安贵普才被释放出狱。五年的牢狱生活，使他受尽酷刑，但他始终英勇不屈。

1937年9月，保南特委吴立人来安平，组织恢复了中共安平县委，安贵普任书记。安贵普呕心沥血，夜以继日地工作，领导全县积极发展党组织，开展统战工作，动员群众有人出人，有钱出钱，有枪出枪，保家卫国。他还改造了地主豪绅们组织的维持会，建立了抗日政府和县武装总队。

1938年1月，以安平游击队的两个中队为主体，成立了河北游击军第三师，安贵普任政委，转战在冀中各地。2月，三师开往肃宁、河间一带，归属冀中第四军分区领导，安贵普任分区司令部政治处主任。1940年，他奉命率部深入敌后，重创敌人，开辟了清苑、蠡县、博野一带的抗日根据地。

4月的一天，冀中第四军分区计划在清苑县的西王力村召开会议，冀中军区副司令员孟庆山也来参加。安贵普奉命率特务营做保卫工作。

此事被敌人得知。拂晓，日伪军纠集了十倍于我的队伍，由东往西向分区领导机关驻地西王力村一带包抄过来。安贵普当机立断，令田春芳带队掩护孟司令员及分区领导机关人员迅速转移，自己率特务营一、二连奔大李各庄村迎击敌人。分区机关在三连掩护下，顺利通过交通沟，横渡唐河，安全脱险。一、二连则在行至西王力村和大李各庄交界处与敌人接火。

敌人以重兵包围了一、二连。全体指战员临危不惧，英勇奋战，从早晨战斗到下午四时，打退了敌人一次又一次的进攻。

安贵普一边指挥一边战斗，负伤后仍顽强杀敌。在最后突围时，他因抢救战友，再受重伤，跌落沟内。打完最后一颗子弹后，他捣毁武器，高呼"共产党万岁"，壮烈牺牲。

抗日军民含泪将安贵普烈士遗体葬于清苑县西王力村，后移至烈士的故乡——安平县宅后寺村，并在村中央修建了烈士碑，以资纪念。

王东沧

据说当年不仅是在安平县，在整个华北平原，都流传着一位威

震四方、令鬼子闻风丧胆的游击队队长的传奇故事。他的名字就叫
王东沧。

王东沧是河北安平前子文村人，中共党员，抗日英雄，六集抗
日战争电视连续剧《滹沱河风云》的主人公就是以他为原型。他历
任冀中四区抗日游击队队长、安平县抗日大队队长、七分区独立营
副营长等职务。王东沧身经百战，出生入死，率领县游击队员巧
取日寇在角邱村的炮楼，在刘兴庄创造了一日三捷的战例，在李村
邢庄一带连续伏击敌人，共歼灭日伪军四十多名，击毙了骄横狂妄
的日寇小队长小森、武田。之后，在蔺岗、宋岗战役中，击毙了三
县剿共总司令郑国志，攻克了王六市岗楼，火烧了大同新、南寨炮
楼，继而又取得了东毛庄、邢庄、侯疃、油子等处的胜利，配合八
路军正规部队转战于冀中平原，沉重打击了日伪军。

1944 年 2 月 10 日，王东沧带领县大队的一个小分队夜宿任家
庄。因汉奸告密，日军纠集了驻安平等五处的日伪军，以二十倍的
兵力向王东沧小分队疯狂进攻。王东沧部突围未果，便迅速抢占了
小张庄高房屋据守，从上午一直激战到天黑，共击毙日伪军七八十
人。天黑后，王东沧队长和指导员辛志斌分两路突围，途中王东沧
队长壮烈牺牲，年仅三十三岁。

1946 年，安平县大子文村西岳王庙附近修建了王东沧的烈士墓
和烈士塔。他的战友张根生为他撰写了碑文，他的同学、著名作家
孙犁在碑上手书"王东沧烈士之墓"七个大字。

在一个天色阴沉的下午，我们来到烈士墓地。王东沧的墓碑上，
刻着县游击大队政委张根生撰写的碑文："王东沧同志……幼时家

贫，居外祖父家读书三年，中辍，去都市谋生，在天津学徒三年，饱受虐待，后流浪上海、河南、山西等地，历尽了旧社会的贫困艰苦。又见日寇以华制华，企图灭亡整个中国，乃愤而投军，立志杀敌报国……抗战后，他亲自指挥大小战斗二百余次……在他的影响带动下，安平县出了大批抗日杀敌的英勇志士，在他为国牺牲精神的昭示下，安平人民永远歌颂着他和中国共产党的英雄故事。东沧同志，你没有死，你永远不死！"

站在寂寞清冷、肃穆空旷的陵园里，我们仿佛看到一个生龙活虎、健硕俊朗的青年走过来。他不认得我们，但他的名字，我们想告诉全世界。

张政民

张政民是安平县杨各庄人。1945 年 8 月 15 日，日本帝国主义宣布投降，但冀中区仍有晋县县城被日伪军盘踞。根据冀中区党委和军区的部署，要拔掉敌人盘踞晋县的据点。8 月 20 日，安平县大队、区小队、县机关干部及县抗联主任张政民带领的全县千余名武装民兵，在安平县委书记张根生和县长刘庆祥的率领下，首先解放了旧城、束鹿，继而攻打晋县。在解放晋县的战斗中，张政民率领的民兵队伍冲在了最前面，占据了晋县东周家庄村的一片坟地。

由于晋县的日伪军得到了从辛集、旧城逃窜过来的日伪军的增援，张政民带领的民兵队伍腹背受敌，遭到夹击。张政民不幸负伤被捕，虽遭受酷刑但始终坚贞不屈。在刑场上，张政民大义凛然，高呼"打倒日本帝国主义！""共产党万岁！"后英勇就义，时年二十八岁。

张政民被日伪军杀害后，我军攻入晋县县城。至此，晋县县城解放，冀中解放区连成了一片。

冀中区党委、安平县委的领导将张政民烈士牺牲的消息告诉他的妻子刘胜彩时，心情沉重地说："政民同志身受极刑，牺牲时非常惨烈，为减轻对家属的刺激，不给亲人心里留下阴影，区、县领导建议不开棺验尸了。"在区、县、村领导和长辈的劝说下，刘胜彩强咽下泪水，同意领导意见，并建议将张政民牺牲的消息暂时不要告诉年迈的婆母。

刘胜彩还给儿子改名叫"铁军"。一是纪念其父张政民在敌人面前像钢铁一样坚强；二是祈愿孩子身体健康，长大以后像钢铁战士一样勇敢坚定。

新中国成立后，刘胜彩响应党和政府"多种棉花，支援前线"的号召，带领群众种棉花，1951年获得了河北省人民政府授予的"爱国植棉奖章"。她克服年龄大、家务重、工作多等困难，千方百计地学习文化知识，从一个"文盲妇女"成为一个能写发言稿、能上台讲话的"文化女性"。20世纪50年代，安平县曾两次向她颁发了"速成识字模范纪念章"。

刘胜彩密切联系群众，关心群众疾苦，乐于助人，深得群众爱戴。在20世纪80年代，她谢绝了老县长为她出证申请抗战期间小区委员特殊待遇的建议，说："有烈属定补，有孩子接济，花项不多，生活过得去，不给领导找麻烦了。"

临终前，刘胜彩写下遗嘱："我去世后不铺张，不浪费，节约下钱交党费。"

王汉杰

"大伯王汉杰当兵时才十四岁，一走好几年。他参军后最后一次回家是1942年，那年刚满十七岁，我伯祖父和伯祖母嘱咐他要注意安全，王汉杰大伯还举着枪说，'不怕，我们有枪！'他是骑马走的，之后就杳无音信了。新中国成立后家中收到刘世昌将军的一封信，信中说王汉杰已于1942年在阜城县的一次战斗中牺牲。家中伯祖父和伯祖母挂念了他一辈子，经常和我父亲提起。一直到七十七年后的2019年，才知道他牺牲后埋在阜城县本斋纪念园里。"2021年3月初，在安平县北黄城村村委会，王汉杰烈士的侄子王二超对我们说。

王二超的爷爷王玉清是一名参加过抗日战争、解放战争，获得"独立自由奖章"和"解放奖章"的老党员。他在世时经常跟儿孙们提起王汉杰最后一次离家的情景。

为掩护刘世昌将军（马本斋入党介绍人），王汉杰于1942年6月2日牺牲于阜城县高纪庄突围战中。至于他是怎么牺牲的，埋在哪儿，谁也说不清。

前几年，家人从一本名为《回族将领刘世昌将军传记》的书中，知道了王汉杰壮烈牺牲的过程。在回民支队的突围战中，王汉杰将刘世昌推到沟里，刘世昌没有被子弹射中，他自己却中弹倒下了。刘世昌赶紧爬过去，王汉杰已经不行了，鲜血从伤口喷涌而出，他吃力地说："科长，我过不去了，你们走吧！"说完，他从兜里掏出一块儿玉米饼子，玉米饼还是热的，是炊事班给准备的早饭。见此情景，刘世昌的眼泪夺眶而出。王汉杰的手又动了下，往远处指了指，意思是让他快点儿走，不要再停留了。刘世昌舍不得他，想拼着命把他背过去，当他跪在地上把王汉杰往背上挪时，王汉杰已停止了呼吸。刘世昌悲痛万分，大声喊着王汉杰的名字……

2019年3月26日，河北阜城县本斋纪念园通过《衡水晚报》发布了一则《为五位安平籍烈士寻亲》的消息。文中说，长眠于阜城县本斋纪念园的抗日英烈中有三十余位是衡水人，如今尚有五位安平籍烈士没找到亲人。纪念园负责人王志杰向报社求助，希望通过《衡水晚报》找到烈士家人，让他们魂归故土。

据王志杰介绍，1942年6月2日，在阜城县古城镇纪庄村西，马本斋回民支队进行了一场突出重围、打击日军的战斗。在这场战斗中，全体指战员浴血奋战，重创敌军，歼灭日伪军三百余人，胜利突破了日军防线，但八十八名英雄在这场战斗中为国捐躯，将热血洒在了这片土地上。

突围战结束后，王志杰的父亲——当时二十九岁的王梦北同乡亲们含泪将烈士的遗体就地掩埋。三天后，马本斋将军又来到了纪庄。王梦北和村民们同马本斋将军率领的回民支队为烈士们举行了葬礼，将烈士的遗体集中掩埋在了纪庄村西的空地上。

王志杰还说，在王家人为烈士守墓的七十多年里，从未间断为烈士寻找亲人，现在只剩下这五名安平县的烈士还没有找到亲人，他们分别为：

王汉杰，安平县原东黄城乡北黄城村人，生于 1920 年，1938 年参军，时任回民支队政治部锄奸科干事。

李三昌，安平县原河槽乡东满正村人，生于 1893 年，1938 年参军。

张国良，安平县大子文乡邢郭庄人，生于 1907 年，1939 年参军，时任回民支队政治部锄奸科干事。

魏振义，安平县大子文乡崔安铺村人，生于 1921 年，1940 年参军。

张山堆，安平县马店镇赵院村人，生于 1910 年，1940 年参军。

看到报道后，衡水市退役军人事务局贾立平等人积极行动，及时与安平县退役军人事务局取得联系，根据烈士籍贯信息进行寻找。通过不断努力，五位烈士的亲属成功找到了。清明节期间，烈士家人纷纷赶到阜城本斋纪念园，为亲人扫墓，寄托哀思。

2019 年 4 月 3 日，张山堆烈士的侄子张建永最先赶到陵园。他们全家现居石家庄，张建永说，家里人一直在寻找张山堆，祖父母临终前念念不忘的也是这个儿子。张山堆烈士兄弟三人，张山堆排行老二，大哥张大天 1977 年去世，张建永就是张大天的儿子。张山堆烈士的弟弟还健在，已是九十五岁高龄。张建永听家人讲，张山堆当兵时只有十六岁，临走前，给父母磕了一个头，之后便再也没回家。他们全家一直在寻找张山堆的音信，祖父母、父母直到去世还在念叨这件事。得到消息后，全家人激动得热泪盈眶，第一时间赶到陵园。张建永还连夜写了祭文《清明祭叔张山堆》：

　　"祖父祖母泣血愿，盼儿回家来团圆，奈何天地两茫茫，音信杳杳难又难……兄嫂念您七十年，年年想弟盼相见，您找爹娘苦又苦，魂归故里终得安。"

　　同年 4 月 7 日，李三昌、魏振义、王汉杰、张国良的亲属也纷纷赶来。李三昌烈士的孙子说，他听说张根生是当时民政部门的主要干部，组织人们参军出去后就再也没有回家。魏振义烈士的女儿已经七十七岁，因为父亲参军时她太小，对父亲都没有什么印象。

　　战火纷飞的年代，多少年轻的老区儿女告别家乡，奔向血雨腥风的战场，从此杳无音信，与家人天各一方。有的牺牲后，烈士英名留在了墓碑上；有的甚至连名字都没有留下，成为家人一生的思念和等候。

宋永安

　　宋永安，1883 年出生于安平县徐家町村，幼时家境贫寒，为生活所迫先后学过木匠、炉匠，当过雇工，最后迫于家庭负担，当了兵。曾在旧军队中担任过排长、连长、营长、团长、师长等职。

　　七七事变后，宋永安和李锡九一道做争取国民党孙殿英部抗日的工作。因国民党主张"攘外必先安内"，孙部不顾民族利益，不思抗日，专与我党和抗日群众作对，阻挠我党的抗日活动。宋永安遂对国民党部队失去了信心。

　　在日军侵占冀中时，宋永安看到国民党政府高官个个如丧家之犬仓皇南逃，非常气愤。当国民党县长王凤祥企图要挟军政人员和当地武装南逃时，宋永安受我党委派立即奔赴各区，阻止区警察所保安队跟王凤祥逃跑。吕正操领导的抗日政府，让宋永安接任抗日政府县长。宋永安为共产党的抗日主张和群众的抗日热情所感动，欣然同意，表示愿为抗日救国尽心尽力。由于宋永安在社会上影响力大，号召力强，安定了民心，使混乱的社会秩序逐渐趋于稳定，促进了抗日工作的顺利开展。他任县长期间，积极靠近党组织，密切配合我党工作，在全县范围内迅速开展了轰轰烈烈的抗日救国运动。

1938年4月，宋永安由阎子元、李慕泉介绍加入了中国共产党。同年，宋永安调离县长职务，受党组织委派到武强做争取义勇军段海洲部抗日的工作，在段部任支队长兼段的参谋。这时，一二九师李聚奎任段部政委，与宋永安共同做段部工作，段部于5月改编为一二九师青年纵队。麦子将熟时，部队开赴冀南抗日根据地，驻南宫县。不久，宋永安回到安平，任县军用代办所所长。

1939年秋后，县委为了更好地打击敌人、保护人民，发动了第二次改造地形运动。宋永安同广大人民一起日夜奋战。在一次破路运动中，宋永安不幸于深县程官屯被捕。日寇为利用其威望破坏我党的抗日工作，妄图引诱其投降，并千方百计迫其当伪县长。宋永安正气凛然，毫不为敌人的利诱所惑，誓不为敌做事。无计可施的敌人将宋永安软禁在安平城内，妄图以此来消磨其斗志，但敌人的阴谋不但没有得逞，反而使宋永安有机会和我被捕党员逯开山同志密谋组织伪军暴动。在暴动准备工作即将就绪时，因奸细告密，未能成功，只有逯开山带几人逃出。

1940 年 7 月，敌人贼心不死，竟采取极其卑劣的手段，以宋永安的名义颁发布告，宣称宋永安当了日寇的公安局局长，借以欺骗群众。伪布告发出后在全县引起一阵混乱，不明真相的群众以为宋永安真当了汉奸，一时间人心惶惶。

宋永安得知这一情况后，极为愤慨，为了向全县人民揭穿敌人的阴谋，表白自己抗日救国之忠心，他首先向周围的人讲明，他绝不当汉奸，誓不为日本人做事情，并痛斥日寇、汉奸的丑恶行径。尔后，他亲自购置棺木，在城内大仙堂庙自缢殉节。

宋永安以自己的生命为代价，彻底粉碎了敌人精心制造的骗局，坚定了全县人民抗日的决心。

吴兆林

1945 年的春天，广袤的冀中平原乍暖还寒，虽然冰雪已经融化，但四野萧条，冷风依然刺骨。在通往安平县付各庄村的土路上，六名八路军战士抬着一架木棺缓缓走来，他们每个人的脸上都是一副凝重悲怆的表情，没人说话，只有一阵阵压抑不住的啜泣声。

领队的是冀中四十四区队政治委员康万聚，像这样送别牺牲的战友，他经历了不知多少次了。八路军打鬼子，哪个不是把脑袋别在裤腰上？但是这次，他的脚步格外沉重，心情格外悲伤，还隐隐地有些忐忑不安。

棺木中躺着的，是烈士吴兆林。

抬棺的战士们进村后，直奔吴家的老墓地。付各庄的村长崔顺通和吴兆林的亲友几十人已在此等候，其中吴兆林的妻子刘兰女一手牵着四岁的女儿，一手抱着仅两个月大的儿子。

看到棺椁，刘兰女以及吴兆林的堂哥吴老创、堂弟吴黑旦等人号啕大哭，扑到棺材上就要打开看烈士最后一眼。

这时，政委康万聚奋力推开人群挡在棺材前，大声喊道："部队有令，不让打开棺材，马上葬埋！"

这句话令极度悲伤的众人骚动起来，他们想不通，兆林已经为国家牺牲了性命，怎么临走前都不能让亲人们看一眼？这是当地的习俗，也是亲友们的心愿，不让开棺太不近人情了吧？！

在一片痛哭声和质疑声中，情绪激动的吴黑旦突然举起木杠，双目圆睁，大声喝道："谁不让打开，我就和他拼命！"

吴兆林四岁的小女儿吴满娟吓得号啕大哭，她扑到棺材上一声声叫着"爹"，一遍遍喊着："你别走啊，你看看我呀！"

听到女儿撕心裂肺的哭喊，刘兰女情绪失控。她抹了把眼泪竟抱着儿子扑到棺材上，一边拍打棺木一边哭喊："我也不活了！不让我看她爹最后一眼，就把我也一起埋了吧！"

令康万聚担心的一幕终于出现了。尽管他反复解释这是部队的命令，但现场一片混乱，家属坚持不打开棺材不让下葬。

村长崔顺通把康万聚拽到一边，悄声说道："首长，我看要不然还是打开棺材吧，就让她们孤儿寡母再看一眼。还有呀，可能你不知道，这个吴兆林家的情况比较特殊，他没有兄弟姐妹，家里就他这一根独苗，现在才二十多岁，人就没了，你说他家里人能受得了吗？"

"不能开棺，部队有令，尽快埋了吧！"康万聚脸色铁青地说。

霎时间，人群中的哭嚎声更大了，有多个壮汉开始推搡护卫棺材的战士，甚至有一个人拿着木杠过来要打康万聚，被村长一把拦腰抱住了。

村长一边规劝冲动的乡亲，一边焦急地冲康万聚喊道："算我求求你们了，就打开棺材，让我们再看他一眼吧！兆林他为了打鬼子把命都搭上了，他是我们付各庄村的英雄啊，就让我们再看他一眼，再送他一程吧！"

听到崔村长语气强烈的恳求，看着眼前剑拔弩张的场面，政委康万聚心如刀绞。万般无奈之下，他咬了咬牙，给战士们下达了命令："开棺！"

说完，他扭过脸去，早已抑制不住的泪水夺眶而出。

当棺木打开的一瞬，周围的人群死一样寂静，挤在最前面的刘兰女只看了一眼，就晕倒在地！

棺材内哪有吴兆林的尸体，只有一身军装，里面裹的竟是几块土坯！

原来吴兆林是身上捆着手榴弹与敌人同归于尽的，当场血肉炸飞，尸骨无存。为了让烈士魂归故里，入土为安，战士们含悲忍痛在他牺牲的地方找了几块土坯，以衣冠代替了烈士放入棺木……

2020年腊月二十八的上午，寒风凛冽，天气阴沉，我们驾车行驶在通往付各庄村的公路上，两边是一望无际的空旷原野，偶尔可见残破的炮楼一闪而过。随着烈士墓越来越近，我们的耳边仿佛传来枪炮的轰鸣声，当年那悲壮惨烈的一幕，越来越清晰地浮现在眼前……

1945 年 3 月 17 日，在安国西伏落村的八路军炸药厂遭到四百多名日伪军的夜袭，当时冀中七支队的一个班为炸药厂警卫，还有十几个爆炸组的技术工人。发现敌情后，吴兆林让班长带领战士和工人马上转移，他自己留下阻击敌人，但班长和战友都不走，要和他一起战斗。吴兆林焦急地说："我熟悉炸药的情况，能发挥更大的作用，情况危急，你们快走！"

正当班长带着战友们开始撤离时，敌人扑了过来。为了阻击敌人，吴兆林在路口和两个门前设了连环雷，又在自己的腰上捆了二十颗手榴弹，待敌人冲进院时，他毫不犹豫地拉响了手榴弹，与几十个鬼子同归于尽！

在村委会，我们见到了吴兆林烈士的儿子吴拴桩。他给我们讲述了一段发生在这里的铁血往事。

吴家有祖传的做鞭炮和火药的手艺，家中还有二十多亩地，生活一直不错。吴兆林的父母婚后多年无子，母亲三十多岁时才生下吴兆林，这根独苗是全家人的掌上明珠，从小要星星不给月亮。吴兆林七岁时，家里就送他上了安平县最有名的学校——北牛具小学。完小毕业后，吴兆林开始跟着父亲学做鞭炮。跟他搭伙儿一块做鞭炮的还有堂哥吴新春。他们在一起干了六年，后来，吴新春的父亲当了游击大队的区小队长，吴新春也经常和吴兆林讲起八路军打鬼子的故事。1938 年，冀中军区在安平县成立，付各庄经常有冀中军区领导往来居住。吴兆林向往军营生活，多次恳求父母去当兵，特别是 1939 年，贺龙的一二〇师进驻安平后，王震旅长就住在与吴家相邻的人家，吴兆林亲眼见到八路军官兵平等、对百姓亲如一家时，他当八路的心更加坚定了。父母自然不同意，后来吴兆林让堂兄吴老创（党员）说服父母。吴老创对他们说："天下兴亡，匹夫有责，就让孩子去当兵吧，家里的事，我帮你们！"但父母还是不同意，理由是，家里就这么一个孩子，鞭炮厂还指望他掌管呢。

为了拴住吴兆林，在他十七岁那年，父母做主，给他定了亲，找的临村高左村的一个大家闺秀刘兰女。

没想到的是，这个刘兰女全家都是地下党员。吴兆林和刘兰女结婚后还没有度完蜜月，刘兰女和母亲就说服吴兆林的父母，送吴兆林参军了。

吴拴桩说："为什么爷爷给我起名叫拴桩？因为我父亲外号叫'拴不住'，爷爷是想让他有了儿子能收收心，待在家里，别往外跑了。"

吴兆林1939年参军后，冀中军区领导知道他有做炸药的技术，并有一帮做炮的师兄弟，就让他动员四名有做炮药技术的村民一起参了军，成立了冀中军区爆炸组，吴兆林任组长兼负责碾药技术。爆炸小组，有十四个人，这些人当中，有挑担串村补锅的小炉匠，有做擀面杖的手旋工，有做鞭炮的碾药工。吴兆林将他们分编为翻砂（铸手榴弹）、制柄（制手榴弹把）、碾药、总装四个小组，并任命了小组长。生产车间就在县城的冀中修械厂（冀中兵工厂的前身）。开始的几个月，他们只生产手榴弹，技术力量薄弱、物资材料没有，但大伙齐心协力克服了一个又一个难题。吴兆林经常组织技术训练，并跟大家一起探讨实验方法。吴兆林以木炭、硫黄、硝做原料碾成的黑色炸药，爆炸效果不小，就是生产工艺烦琐，而且危险。手榴弹总装工具、操作都是土办法，比较落后。生产顺序是先把炸药装满弹壳，再把弹柄装有引信的一端插入弹壳，然后再用木榔头砸牢，拧上螺丝钉、盖上防水帽、蘸上防潮白蜡，这就完成了整个生产过程。有一次，当总装的人正在用木榔头砸手榴弹柄的时候，只听轰的一声，手榴弹爆炸了，是引信受到震动而引发的。虽事先有一些简易防范措施，但总装同志的左手还是被炸伤了。为解决这个问题，他们找了一口水井，在井沿上埋设一块儿高一米、宽五十米、厚十厘米的石板做防护墙。操作的同志面向井口坐在石板的外侧，两臂横抱石板，左手拿一颗尚未加固的手榴弹，右手持木榔头砸弹柄，遇有引信因震动而爆炸时，顺手往井里一丢，叫它在井里爆炸。自从采取这措施以后，生产就安全了，手榴弹一批一批地出厂供给部队，每次都圆满完成生产任务。

吴兆林担任冀中军区爆炸组组长，不仅生产爆炸武器，亲自验证手榴弹、地雷、炸药包等爆炸威力，还多次参战。有一次他带爆破队炸日本鬼子的军车，一下就炸死了十几个鬼子。吴兆林不满足于用祖传配药和爆炸技术，他擅于学习，不断探索新技术。为了做雷管、烈性炸药等，他多次向专家请教，还利用日本鬼子的化肥硫铵和根据地人民自制的火硝来制硝铵炸药。他使用的制造硫酸的"设备"就是当地老百姓的陶瓷大缸和他自制的玻璃管。用玻璃管把大缸一个个连接起来，代替了耐腐蚀的金属材料设备，生产出的硫酸比用合金钢设备生产出来的产品纯度还高。

吴兆林的大女儿，长到四岁就见过父亲两次。而小儿子吴拴桩在出生后不久，吴兆林就牺牲了。

吴拴桩小学没毕业，十二岁那年，爷爷就让他在油子乡的梆子剧团学戏。因为学习刻苦，进步很快，吴拴桩在剧团加入了共青团，两年后又加入共产党。后来村里组织了村俱乐部，他应邀回村排演样板戏。每部戏他都是主角，《红灯记》中他就是李玉和，《智取威虎山》中他就是杨子荣，《沙家浜》中他就是郭建光……回村后他先后担任过村团支部书记，民兵连副连长、连长，村党支部副书记。因为工作认真，不怕吃苦，得到了群众的广泛赞誉。

今年七十五岁的吴拴桩依然是村里的文艺骨干，仍然活跃在舞台上，敲大鼓、舞狮子，唱歌演戏，无所不能。

想起这些，吴拴桩说，我真想为父亲和这些牺牲的先烈们写一部书，排一出戏，让付各庄的子孙后代永远记住他们的英名。

程子英

安平县北苏村程家以卖卷子为主要营生，靠扁担挑卖到了沧州、肃宁、定州等地，攒下了七十多亩地，成为村里有名的富户。程子英1922年3月出生，1938年10月参加革命，同年入党。

程子英是程家接触进步思想、加入抗日救亡大军较早的一个。1938年，他在读北牛具完小时接受了进步思想教育，表现积极，加入了中国共产党。毕业后在北牛具区公所（安平县第二区）的区小队开展地下工作，积极发动群众抗战，后被冀中军区调任博野县大队政委兼博野第五区区长。

程子英在农村广泛宣传全民抗日的思想，团结越来越多的人参与到抗战中来。在他的带动下，抗战期间程家程长府、程树亭、程兰英等八人先后参军或参加地下对敌斗争，程家成了八路军抗日的堡垒户。程家具有得天独厚的优势，它位于北苏村村西，房后有一条小河是滹沱河的分支，成为北面阻敌的天然屏障；西边是一望无际的青纱帐，随时可以打游击战；南面是村主干道，出入方便。为了便于斗争，程家每排房子都开设了后门或者直达房顶的天窗，家族经营的手工卷子房和八亩自家菜园子为八路军战士提供了有力补给。

1942 年五一"大扫荡"期间，冀中军区警卫连在北苏村辗转战斗，住在程家。被汉奸告发后，程家老小掩护八路军迅速撤离，由于家里的主要劳动力都参了军或者成为地下党，撤退后家里就只剩程长府和他的一个兄弟留守。日本人来搜查，放火烧了房子，把两人吊在树上用火烤，逼问八路军的下落，但他们咬紧牙关硬是不说。结果，程长府身受重伤，他兄弟不幸牺牲。

1943 年 4 月，四百多个日本兵从三面围攻博野县五区区公所所在地程委村，几十名党的地下工作者面临险境。程子英作为区长带领战士们艰难突围后，发现王林、张旭等四名同志还没有出来。程子英转身往回跑，以身犯险把敌人引开，四名同志才得以脱身，程子英却腿部中枪昏了过去，被敌人抓住，逼问他八路军行踪。虽遭到严刑拷打，受尽折磨，但他宁死不屈，不说一个字。日本人无计可施，一怒之下把他的头砍下来，挂在保定的城楼上示众。

新中国成立后，程家子弟又有三人参军。自抗日战争以来，程家共有十一个人参战或参军，可以说是名副其实的满门忠勇。

李中里

"再长久的一生，不也就只是，只是回首时，那短短的一瞬！"

她是个没有文化的农村妇女，不会吟诵诗句，但她用自己坎坷悲壮的一生，在故乡的土地上书写了比诗词更深沉、更浪漫、更催人泪下的篇章，感天动地，荡气回肠。

百年漫漫人生路，八十年执着守望，多少风霜雨雪，多少冷月孤独。当忠贞凝成血泪，思念化作碑文，她知道，那盼望一生的相聚时刻，终将到来……

2019年，安平县中佐村一百零四岁的张建芳老人在弥留之际，还在念着丈夫的名字："中里，中里……"

当年，她刚诞下儿子时，也是这样望眼欲穿，心心念念。她好悔！

"要是当时让他多看一眼儿子就好了。"最初的时候，她像祥林嫂一样不断埋怨着自己，往昔的一帧帧画面，如扎在她心头上的刺，令她疼痛难忍；后来，她放任这根刺在心里扎根、发芽，天长日久，竟绽放出鲜红的花朵，比血更红，比花更艳。那是她坚守的意义，是她爱情的印章。

张建芳出生于1915年1月，十六岁时，遵父母之命和大豆口村的李中里结婚。虽是包办婚姻，但婚后夫妻俩情投意合，非常恩爱。1935年，二十岁的张建芳生下女儿，为这个虽贫困却温馨的家庭增添了很多欢乐。

1937年七七事变后，日军侵入华北大地。安平县沦陷后，共产党带领广大人民群众奋起反击，组建了地方抗日武装。热血青年李中里目睹日伪的暴行，义愤填膺，在妻子张建芳的支持下，他报名参加了区小队。当时区小队刚刚建立，条件比较艰苦，武器装备也较差。一个冬日，李中里急匆匆赶回家，让妻子给他找件干净的衣服，再找双棉鞋，天气太冷，他的脚都冻了。张建芳赶紧找出衣服和棉鞋，然后将丈夫身上脱下的脏衣服拿去洗。可是，她刚把洗净的衣服晒上，外面就传来部队集合的口令，李中里抓起衣服就往外跑。

张建芳进屋后发现丈夫只拿了衣服，忘了棉鞋，急忙拿着棉鞋去追。可是她一个小脚女人根本跑不快，等她追到村口，李中里已经跟随部队走远了。

想到丈夫的脚还得继续挨冻，她着急又心疼，眼泪扑簌簌掉下来。

她不知道，更严峻的考验还在后面。

八路军部队进驻安平后，张建芳虽然有孕在身，但还是同意李中里报名参军。从此，李中里跟随部队转战华北平原，出生入死，英勇作战，很少回家。

1939年农历十一月初四，张建芳诞下一男婴。六天后，正巧李中里他们部队刚打完仗，到大豆口村休整。一位乡亲看见队伍中有李中里，就冲他喊道："你媳妇儿生了个大胖小子，你还不回家看看去！"李中里闻听高兴地蹦起来，立刻跟领导请了假，一溜儿小跑地回到家。母亲看到儿子归来又惊又喜，可是，他只看了孩子一眼，就接到部队的通知，部队马上开拔。

看到丈夫刚回来就要走，上一秒还激动又兴奋的张建芳一下子就傻了。她急忙包裹好孩子追出去，等掀开门帘，看到一身戎装的李中里已经大步流星地走出了院子。

她万万没想到，他这一走，就再也没有回来！

每每想起丈夫那天的背影，张建芳就懊悔不已，心痛万分。

"要是早知道那是最后一面，说啥也要拽住他，让他给孩子起个名儿再走！"

从此，张建芳开始了漫长的等待。

一年过去了，杳无音信；两年过去了，音信全无。村里陆续接到一些外出当兵的书信电报，有平安无事的，有立功受奖的，有壮烈牺牲的……唯独李中里，如石沉大海，别说是人，就是一个字、一句话也没捎回来。

有人劝张建芳，别等了，兵荒马乱的，没准儿人已经不在了。她苦笑着摇摇头。

安平解放了，全国解放了，人们敲锣打鼓地上街迎接战斗英雄。看着村里一个个身着戎装的小伙子戴着大红花凯旋，她在人群中巴巴地寻找，依然没有丈夫的身影。

转眼十二年过去了！1951年，她终于等来了丈夫的消息。那天，村干部陪同一位乡干部来到张建芳家，送来一本烈士证和一百八十元的抚恤金。来人告诉他们李中里已经阵亡的消息，并安慰她说，今后家里按烈属对待，有什么困难随时可以向政府反映。

见到烈士证，张建芳浑身颤抖，泪流满面。那晚，她哭了一夜。后来她打听到了丈夫安葬的地方，想去却始终没能如愿。青山处处埋忠骨，在血雨腥风的战争年代，牺牲后难回故里，甚至尸骨无存的烈士何止万千！

村里为烈士李中里建了衣冠冢，竖起了墓碑。

张建芳在晚年得到党和政府的关怀照顾，过着儿孙满堂、衣食无忧的生活。

2019年，张建芳走过一百零四年的风雨坎坷，带着对丈夫的思念离开人世。她终于可以不用等待，永远与爱人长相厮守了。

崔庆云

"崔庆云"这个名字，小歪并不陌生，在付各庄村的烈士亭内，有座庄严肃穆的黑色大理石碑，上面刻着三十九位烈士的名字，最上面那行右数第三个，就是"崔庆云"。

上学时每逢清明节学校都组织到烈士亭扫墓，所以碑上的名字，他从小就熟悉。

三十多年前的一天，他独自来到碑前，凝神看着这三个字，若有所思。

"小歪！别在外闲逛荡了，你娘叫你吃饭呢，赶快回家吧！"有人冲他喊道。

他却仿佛没听见一样，继续歪着脖子，眯着眼睛，盯着碑上这个熟悉又陌生的名字。

冀中平原的冬天空旷寂寥，只有狂风呼啸着翻卷起枯枝残叶。滹沱河水失去了往日的浩荡，只剩下一片凛冽肃杀的冰床。

"你是谁？我又是谁？"他站在风里自言自语。

小歪是他的小名，张小歪是他的大名，因为从小脖子就歪，左眼也有毛病，所以在人们眼中，他显得有点儿怪异，脑子仿佛也不太灵光，一直到三十多岁了，还没有说上媳妇。其实他一点儿都不傻，心里啥都知道。

就在那天，小歪从村里几位老人的闲聊中，意外地得知他每天口口声声叫爹的人，不是自己的亲爹，自己也不姓张，而姓崔。

2020 年 1 月 22 日，又是一个寒风凛冽的冬日，已经七十五岁的小歪再次来到烈士亭内。他指着墓碑上"崔庆云"三个字，跟我们大声说："这就是我爹！我娘临死前才告诉我！"说完，一行老泪夺眶而出。

在暮色苍茫的天宇下，这个老实木讷的农民情绪有点儿激动。这是他心底的一个结，虽然过去很多年了，他也早就理解了母亲的良苦用心，但是提起来，依然难以释怀。

小歪的爷爷、奶奶都是安平县早期的共产党员，他们有四个儿子一个女儿（崔庆安、崔庆平、崔庆华、崔庆云、崔保竹），其中三个儿子都去当兵打鬼子了。

崔庆云是家中最小的儿子，有文化，被组织派往晋察冀边区银行工作，他的媳妇杨小弄是村妇救会主任，也是党员。女儿两岁时，杨小弄又怀上了。

1944 年中秋节那天，崔庆云在执行任务之余，顺便回了趟家。

那是个清风朗月、连空气都弥漫着醉人花香的夜晚，女儿已经进入梦乡，夫妻俩在窗前相视而坐。

"这次在家多待几天吧？"杨小弄试探着问。

"不行，明天天不亮就得走。"崔庆云语气坚定地说。

这原本是一句不出意外的回答，却让一向开朗大方、做事风风火火的杨小弄突然心事重重起来。沉默了一会儿，她的眼角泛起泪光："真不愿意让你走，爹妈身体都不好，两个兄弟都在外边打仗，我这身子又一天天重了，你可千万不能出事啊！"

"放心吧，为了爹娘，为了你和咱闺女、儿子，我也得活着回来！"

"儿子？你咋知道这次就是个儿子？"杨小弄伏在丈夫宽厚的胸前，借着窗外的月光，仰头凝视着他清澈俊朗的双眸。

"我猜的，肯定是。怎么，你不喜欢儿子？"崔庆云抚摩着妻子的头发，开玩笑地说。

杨小弄用手轻轻捶了丈夫一下，说："我也希望是个儿子呀，长得像你，人高马大的，到时候你不在家，家里的重活儿累活儿我也有个依靠。""是啊，我常年不在家，你又照顾老人，又照看孩子，还操持着妇救会的一大摊子工作，真是太辛苦你了！真盼着能早点儿打败小鬼子，我就能回来了，你就不用这么操心受累，也能好好享享清福了！"崔庆云一脸憧憬地说着，仿佛那阖家团圆、欢乐无忧的好日子就在眼前。

夜深了，这对年轻的夫妻还在促膝长谈，殷殷叮咛，万般不舍……

在后来的很多个日月里，尤其是每年的八月十五，杨小弄总会想起那个夜晚。那是她和丈夫最温馨幸福的夜晚，也是他们的最后一夜。

晋察冀边区银行是抗日战争时期共产党领导的敌后抗日根据地建立的第一家红色银行，被誉为"战斗银行"，晋察冀边区银行及其发行的钞票，是中国人民艰苦抗战的重要佐证。边区银行在成立后的十年里，历经血与火、生与死的残酷考验，胜利完成了"筹集军费、打击杂钞、保护经济"的特殊使命。这些钞票的印制和发行，不仅有力地支持了抗日战争，也为后来推翻国民党政权的统治，建立和建设新中国作出了重大的贡献。为了保卫这座"战斗银行"，很多爱国志士、共产党员献出了自己宝贵的生命，其中就包括小歪的生父崔庆云。

1938年1月，晋察冀边区政府成立。当时没有统一的货币，市面流通的是银圆、铜圆和纸币。纸币分为两类：中央银行、中国银行、交通银行发行的钞票为法币；县镇商号钱庄发行的钞票为地方杂币。当时货币混杂没有经济保障，没有货币的来源即没有经济命脉的源泉，就不能支持抗战。1938年3月20日，晋察冀边区银行在山西省五台县石嘴镇宣告成立。总行设营业科、会计科、发行科、出纳科和总务股、文印室。另设警卫队和驮骡队。

钞票的印刷由设在安国的印刷厂（后改为印刷局）承担，银行负责检验和发行。银行分支机构的钞票由总行配送，运输工具系骡子，行员负责交接，警卫负责护送。为了避开敌人封锁，一般绕山间小路而行。往冀中则是由军队护驾，人背着钞票穿越铁路送。

银行总行对外称号是晋察冀边区第二大队。通行证的签发、驻地的称呼均用此名。由于局势紧张，日寇侵袭频繁，边区银行不断搬迁，居无定所，随边区政府在阜平、灵寿、平山三县回旋。日寇一直幻想摧毁边区首脑机关，多次突袭，银行都是紧急撤离、火速行军，且常常是昼伏夜行、冒雨涉水、握骡尾而行，吃不饱更睡不好。在1945年1月的一次突围中，护送晋察冀边币的崔庆云被敌人的流弹击中头部，壮烈牺牲。

消息传来时，杨小弄正挺着大肚子统计妇女们做的军鞋。这个晴天霹雳一下子将她打蒙，她不敢相信这是真的，手扶着墙壁，浑身颤抖着，突然感到腹内一阵绞痛，就在那天夜里，杨小弄早产生下了一个男婴。

捧着这个先天不足、羸弱瘦小的婴儿，想到这个可怜的孩子一出生就没有了父亲，杨小弄心如刀绞，泪如雨下。

尽管刚刚经历了丧夫之痛，产后身体又虚弱，但身为共产党员、村妇救会主任的杨小弄一刻也有忘记自己的职责和使命。刚坐完月子，她就很快投入筹备军粮、掩护伤员等紧张而秘密的工作中，经常从早忙到晚。

有一天，杨小弄突然发现孩子有点儿异样，脑袋总是往一边歪。因为婴儿的脖子本身就很柔软，所以她没怎么在意。等快一岁时发现孩子的头歪得越来越厉害，她才担心起来，找村里懂点儿医术的人过来诊治，人家说可能是婴儿躺得时间太长，脑袋总是往一个方向偏造成的。本来这孩子就先天不足，后天又没得到周到细致的照顾，耽误了。闻听此言，杨小弄痛悔不已。

"小歪"的名字就是这么得来的，从小叫到大。

杨小弄在自责、懊悔中艰难度日。与此同时，整个崔家也是一片愁云惨雾。就在这一年，崔家一下子死了五口人，除了崔庆云，还有小歪的爷爷奶奶。他们身体本来就不好，加之三个儿子（崔庆平、崔庆华、崔庆云）参加八路的消息被鬼子知道了，在威逼恐吓下，二老双双丧命。小歪二伯父的两个儿子也因病相继夭折，一个十岁，一个八岁。

1945 年 8 月，中国人民迎来了抗日战争的伟大胜利。包括崔庆云在内的数千名安平子弟却长眠地下，他们为中华民族的自由和解放流尽了最后一滴鲜血，成为人民心中的不朽丰碑。

后来，杨小弄带着一儿一女改嫁同村的张姓农民，继续风里来雨里去地为党做事。

按照当地的习俗，两个孩子都随了继父的姓，改姓张。后来杨小弄又生了两个儿子、一个女儿。为了不让一家人心生嫌隙，尤其为了让小歪不受委屈，杨小弄对孩子们隐瞒了同母异父的真相，所以小歪从小到大一直以为自己就是张家人。

直到有一天，他偶然听到村里有人说起"崔庆云"这个名字，还说到了自己和娘。

他跑回家问娘："崔庆云是谁？"

娘愣了一下，却啥也没说。后来，几乎所有人都知道了小歪的身世，甚至当营长的三伯专门到村里找他，并坚持要把张小歪的名字改成崔小歪。娘或者沉默不语，或者低头垂泪，不肯多说一句。也许是她一直内疚于自己的疏忽造成小歪的残疾，也许是为当年生活所迫改嫁他人，对不起死去的先烈？小歪难以揣测娘的心情，也就不再追问。加之继父也是个老实厚道的人，对他一直视如己出，他也就不再提这个话题惹娘伤心了。

娘临走前，眼角淌下一滴泪。

"你爹是崔庆云……"娘说完，就闭上了眼睛。

在搜集崔庆云烈士的生平事迹以及牺牲经过时，我们没有找到任何文字资料。除了《安平县志》上的烈士名录和烈士碑上的名字，再有就是小歪和乡亲们的讲述，在网上更是完全查不到这个名字。倒是媒体上的一则旧闻引发了我们的联想：

"2014年，河北省的收藏爱好者孙某收购数十捆、面值达百万元的晋察冀边区纸币。纸币面额以五百元为主，虽然大部分边缘已经炭化，但正面'晋察冀边区银行'等字样仍十分清晰完整。据介绍，这些纸币是在一个滑雪场项目施工过程中，发现于山间一地下崖缝，装纸币的箱子已经腐坏。这些纸币是当时谁存放的、什么原因藏在这里等问题，还有待进一步研究。"

这是否就是当年崔庆云他们护送的那批晋察冀边币，谁也不知道。岁月久远，已经没人能说得清了。只是，这些在收藏家眼中不断升值的稀缺旧币，在小歪等老区人民的心中，却是另一番滋味、另一种心情。因为那上面浸染着烈士的热血，见证了一段用青春和生命谱就的铁血悲歌！

李中仓

李中仓是安平县北关村人，出生于1913年。家中有地二十多亩，祖上有张马尾罗的技术，县城里有卖罗底、罗圈和马尾的永兴号商铺，家境比较殷实。1925年李中仓在北关上高小时，经老师介绍入党。在北关高小毕业后，长辈们都希望他去保定上中学，可他执意不去。后来家人才知道，1929年他就参与了村党支部的工作，协助北关村第一任党支部书记李中秋发展党员，开展活动。

七七事变后，他动员青壮年参加游击队，还动员北关村李树东、李锡恩、刘万根等九名青年参加了八路军。

1939 年 2 月，日本侵入安平县城，把北关圣姑庙作为指挥部。这期间，李中仓秘密组织开展抗日宣传活动。他家在圣姑庙日军指挥部南临街的四合院，冲西的大门旁有两块上马石。妻子经常坐在上马石上干针线活儿，帮着李中仓观察敌情，在临街的商铺上也能看到街上的动静。每当安平的"一六"大集，李中仓家就成了组织抗日的秘密场所，有时他和几名老师在集上演讲，有时发放传单，张贴标语，宣传动员人们抗日。因地理位置优势，李中仓家中还是共产党游击队观察日军的一个哨所，日军一出动，他们就能及时看到，及时告诉给县游击队。在圣姑庙内日军的炊事员李进、王广发和勤务员刘万根都是李中仓安排的"内线"。几次日军抓共产党和游击队员都扑了空。

一天，叛徒付永顺（早期党员，新中国成立后被判无期徒刑，死在监狱）对敌人告密说："圣姑庙南一百米的李中仓家就是共产党的一个窝点，现在他们正在那儿开会！"炊事员李进听说叛徒领着日军奔李中仓家，心急如焚，赶紧跑着去给报信，但还是晚了一步。日军把李中仓抓到逯家坟，其他共产党员混在了群众当中，被赶到了北关逯家坟的一片空地。鬼子把李中仓捆在一个长板凳上，威逼他说出谁是共产党。李中仓一口咬定："不知道，没见过。"日军开始用烧红的烙铁烙，用木杠子压，但李中仓宁死不屈，拒不透露机密。后来日军放开了他，又开始好话劝说，在软硬兼施都没用后，把一把大刀架在李中仓脖子上。李中仓面无惧色，昂首高呼：

"共产党万岁！"

气急败坏的日军猛挥战刀，朝李中仓的脖子砍去！围观的群众纷纷落泪。日本撤离刑场后，乡亲们为李中仓买来棺材，把遗体和头颅放入棺材，抬回北关村的李家坟埋葬。

日本投降后的1946年，北关村给李中仓立了一个碑，碑文为："英烈李中仓，中国共产党党员。"新中国成立后，安平县烈士陵园立的烈士碑中第一个名字就是李中仓。

闫满造

闫满造牺牲前任安平县七区区委组织委员、代理书记。当时上一任区委书记在一次战斗中牺牲了，所以上级命闫满造任代理书记。1943年农历十月初六夜里，闫满造在南庙头村发展完党员，又到敌人岗楼附近的大同新村继续联系工作，被汉奸发现并告密。当时，日本宪兵、汉奸六十多人包围了闫满造隐藏的村子。危急时刻，为了保护战友和乡亲们，他把有发展党员名字的小字条吞到肚子里，一个人拿着盒子枪冲了出去。敌人的子弹打伤了他的右手食指，无法使枪，他就拿起铁锹，与敌人肉搏，终因寡不敌众，被敌人的刺刀刺穿胸膛，壮烈牺牲。

李素英

王林在1960年2月10日的日记中，说到自己在写作《抗日小英雄》一文时，回忆起张文法父子向他讲述当时日本兵在杨各庄犯下的滔天罪行。日记中这样写道：

日伪军到杨各庄先包围了恩寿家，只有老奶奶一人在家。放火烧了房子，敌又回兵到东头包围了素英家。当时也将恩寿提住了。有一伪军（可能是做敌工的人员）见恩寿的良民证，"还带这个干甚！"立刻扯碎打发走。恩寿也蹿房逃。

敌绑走素英后，直奔崔岭敌据点。敌开大会屠杀李素英烈士。李当时还抱着她的次女（长女叫贵如）。敌人首先割掉李的奶头，问她："你叫出小翻译（张恩淼）干什么去啦？跟八路怎么规定的？"李坚决不承认。敌人将她大切八块。敌又要杀她怀中的幼女（顶多一周生日），群众要求说："孩子没有罪！"这才留下一命（此女回家后不久即夭亡）。

此次敌人包围杨各庄，尚杀死李庆祥（游击大队队员，回家遇敌，夺枪被挑死）、邢小乐（往外跑，被打死）、张小红（摆渡船上的，带挟枪被发现，挑死），被扔进井里用烟烧死张贤兄弟二人，马老门、马小多兄弟二人，填进井的更多。

王林日记中这位宁死不屈的革命烈士李素英（李国英），当年曾在弓仲韬办的台城女子小学上过学，与后来的冀中第一个女县委书记严镜波是同学。因为从小深受弓仲韬革命思想的影响，她积极投身革命工作，很早就加入了中国共产党。而王林日记中提到的小英雄张恩淼，在《滹沱河畔的战火——冀中七分区人民抗日斗争史资料选编》中，及张根生的《滹沱河风云》及《王林文集》等很多书刊资料中都有记载。张恩淼因为聪明伶俐，又会点日语，被安排进鬼子的炮楼做内应，与游击队里应外合，一举端了角邱炮楼。遗憾的是，后来张恩淼也壮烈牺牲了。

刘秋本

1942 年，日军五一"大扫荡"后，日军在台城村的邻村黄城东西头，修建了两个据点岗楼，岗楼里住着日军一个小队和两个伪军中队。日伪军将台城村看作眼中钉、肉中刺，经常对台城村进行"扫荡"，搜捕共产党员和八路军。在县游击大队担任班长的刘秋本，几次找县游击大队领导，说他是台城村人，对这个岗楼比较了解，可以出面拿掉黄城岗楼。

1944 年秋，冀中抗日军民频频出击，沉重打击了日伪军的嚣张气焰。敌人在安平县修筑的二十七个岗楼，已有五个被攻克，二十一个岗楼的敌人吓得逃进安平城里龟缩起来，城外只剩下孤零零的黄城岗楼。

黄城岗楼临近台城，离安平县城五公里，岗楼紧靠通往县城的公路，驻有伪军一个小队，队长姓丁。因其平日为非作歹，血债累累，民愤极大，群众都管他叫"丁棍"。因抗日时局的变化，他预感到末日即将来临，但他仍不思悔改，选择继续与人民为敌。为表示对日寇的效忠，他口出狂言道："我姓丁，就像钉子一样钉在这里，八路军也不能把我怎么样，不信就来试试。"

然而终究是做贼心虚，他平日里躲在岗楼里，深居简出，行动非常谨慎小心。

为了打击敌人的嚣张气焰，拔掉黄城岗楼，彻底孤立县城之敌，县大队制订了一个巧妙拔掉炮楼的计划。

这天正是黄城大集，县大队的刘秋本和几个侦察员吃过早饭，都扮作农民，扛着锄头在封锁沟边锄地，监视着岗楼里的动静。八点多钟，有两个队员锄到岗楼前的路边时，停下锄头，相视一笑，假装为地界的争议大声地吵了起来。因各不相让，两人就扭打在一起，而且边打边吵。附近的几个队员见机开始行动，都扔下锄头跑过来拉架。路上赶集的行人也被二人的打斗吸引过来，时间不长就围了很多人。

楼里的敌人听到吵闹声，大都跑到吊桥边看热闹。为了把敌人引出来，又有几个队员加入了战团，展开了混战，拉架的大声喊叫，围观的跟着起哄，一时呼声喊声响成一片。这时，我内线王新永乘机鼓动岗楼看热闹的伪军："打得真热闹，过去看看。"边说边放下吊桥，伪军们呼地拥了出来。这时，我另一内线蔡福更背着大枪上了楼顶，和哨兵边说边向下观看。走出岗楼赶来看打架的伪军们冲开人群，挤到当中，把拉架的推开，让几个人继续混战，他们站在前面观看。在他们的后面立刻又围上一批看热闹的人，把伪军圈在当中。

这时，围观的人群中有一大汉挥舞起衣服，岗楼顶的蔡福更见到行动的信号，将手中的香烟突然向楼下扔去，接着又向前一探身似乎是看掉下去的香烟，身体挡住了哨兵的视线，猛地把枪口对准了回头的哨兵。"叭！"一枪正中哨兵的额头，死尸栽倒在地上。幸灾乐祸的伪军们听到枪声回头向楼顶望去，没等他们看明白，身后便传来一声大喝："都举起手来，谁动就打死谁！"闻声转身的伪军被眼前的情景搞蒙了。只见打架的几个人手里握着短枪，这其中有台城村游击队班长，人群中也伸出了不少大枪，枪口一齐对准了他们。伪军们吓得个个目瞪口呆。王新永走前几步回头对伪军说："弟兄们，八路军已占领了岗楼，赶快投降吧！"伪军们这才明白过来，一个个把双手高高地举起。

站在二楼窗口看热闹的丁棍，听到枪声先是一愣，接着见十几个人提枪向岗楼冲来，才明白是游击队来了，急忙奔到床头取手枪，向游击队开火。被阻在吊桥边的十几个战士，就地卧倒，组织火力，射向二楼的窗口。在我方强大的火力压迫下，丁棍不敢接近窗口，只是胡乱向外打枪。过了一会儿，枪声稀落下来，他才趋近窗口向外观看，吊桥边已没了人影。他急忙从屋中冲出，跑到楼梯口，枪口对准了楼下。

楼顶的蔡福更见看热闹的伪军全部投降，便从楼顶机警地下到二楼。他探头向楼道内观看，见丁棍身体靠在墙边，不时向楼下打枪。蔡福更取出一颗手榴弹，拉下弹弦，等快要爆炸时才向丁棍身后丢去。"轰"的一声，手榴弹正好在丁棍脚下响了，丁棍手枪脱了手，满身是血，蔡福更飞快地冲上去，拾起地上的手枪。这时，楼下的队员也相继冲了上来。有一个队员对丁棍说："丁棍，你不是说我们拿不了你的岗楼吗？今天你这颗'钉子'不也被我们拔掉了吗？"气急败坏的丁棍猛地伸出双手去夺大枪，这个队员就势把枪向前一送，枪口顶在丁棍的心口上，扣动了扳机，丁棍抽搐了两下，当即就玩儿完了。

在群众的夹道欢送中，刘秋本等游击队员押着俘虏和战利品穿过沸腾的集市向前走去，身后的黄城岗楼，浓烟滚滚，烈焰腾空……

刘秋本拿掉岗楼后，编入了冀中军区正规部队，担任晋察冀野战军三纵八旅排长，1948年牺牲在北京密云区古北口村。

弓深造

弓深造是安平县台城村人，出生于1919年。1927年，在弓仲韬的动员下，弓深造上了台城小学。1938年冬，他在临村黄城参加了吕正操领导的八路军第三纵队，因机智勇敢，深得部队领导赏识，开始给吕正操司令员喂马，后来担任冀中军区司令部的排长。1942年日军五一大"扫荡"期间，他在掩护冀中军区机关撤退时，壮烈牺牲。他的弟弟弓二锅在1939年跑到大子文乡，报名加入了贺龙领导的一二○师三五八旅，之后跟着部队东拼西杀，很快当上了副连长。新中国成立前夕，在青海剿匪的一次战斗中，弓二锅腿负重伤，转业时是二等伤残。

附：台城村烈士名单

弓臣来、弓文周、刘秋本、弓明标、弓保林、赵占均、弓国柱、毕忠岑、孟堪柱、弓景林、弓春来、弓造领、弓深造、弓根启、弓元德、乔横川、弓威水、弓元志、弓贺廷、白忠义、弓增柱、弓志勋、弓运成、弓深启、刘子恒、弓子登、翟洛安、弓辰来、弓耀恒、弓占琛、弓润成、翟化南、弓大显、弓二刁、弓国柱、毕三、弓宝林、弓乃标、毕奎元、弓振晴、毕立山、弓乃纯、陈书堂、弓辰卿、崔文造、弓汉南、毕秋来、李星耀、弓佬武。

人民靠山坚如铁

徐光耀：人民群众是我创作《小兵张嘎》的源泉

你相信吗？在抗战最艰难的时候，在敌人的眼皮底下，安平县报子营村的堡垒户李大娘利用自家的地道，先后救助了七十三名八路军伤员。

在徐光耀的文章中，经常提到抗战中的堡垒户，他说："没有老百姓的掩护，我活不到今天。"

徐光耀当年参军时，才十三四岁，是受一个安平籍的小八路王发启的影响。因为目睹了共产党八路军真心对老百姓好，徐光耀才意志坚定地非要参军。结果刚到部队不久，他就病了。

谈到那段往事，徐光耀至今记忆犹新。

当时，敌人对冀中进行了五路围攻，部队不停地转移。在转移途中，徐光耀患了重感冒，开始发高烧。那天早上，战友们都出操去了，只有他一人躺在土炕上。这时，房东大娘走了进来，用手摸他的额头，发现滚烫，大娘就急了，非让徐光耀上她那屋去，说那屋炕热，窗户也糊得严实。见徐光耀不去，大娘竟哽咽了，说：

"你这么小的孩子就出来打仗，又生了病，没人照顾怎么行！"说着，大娘拿来两床棉被盖在他身上，抱来柴火给他烧炕，打来热水让他泡脚，还煮了山药粥端到他面前，她们全家人得知后也都过来嘘寒问暖……此情此景，令徐光耀感动得落下泪来。

大娘看他哭了，以为他是病中想家，更加心疼，一边安慰他，一边陪着他落泪。

"那个画面，我一辈子也忘不了。"徐光耀动情地说。

抗战中的军民鱼水情给徐光耀留下了极为深刻的印象，而他的一生，都在用清白做人的实践和质朴真诚的文字去书写这份大爱深情，他的代表作《小兵张嘎》成为几代人的珍贵记忆。徐光耀曾动情地说：

"我是幸存者，是先烈们用生命搭桥铺路，让我活了下来；是人民群众对子弟兵的鱼水深情，保护我一次次脱险。他们是我创作《小兵张嘎》的灵感源泉，我今天所有的荣光都是分享的他们的荣光。我经常会想起他们，想起那些刚刚还生龙活虎、转瞬间就血肉横飞的战友；想起陪着我流泪、像母亲般关怀照顾我的房东大娘；想起在鬼子的刺刀前喊我'老二'的机智勇敢的乡亲……"

时任八路军第三纵队兼冀中军区司令员吕正操在回忆录中提到，1942 年冀中地区，冀中敌后人民开展五一反"扫荡"时，为了保护干部，青年妇女往往把干部、八路军战士、游击队员认作自己的丈夫、兄弟、姐妹，老大娘宁愿牺牲自己的儿子来保护干部和八路军战士。

抗战时期，中日双方力量的对比不仅仅是军力和经济实力的对比，更是人力和人心的对比。

在抗日战争最为艰难的时刻，毛泽东在《论持久战》中写下了著名论断："战争的伟力之最深厚的根源，存在于民众之中。"

蛤蟆蹲——冀中地道战的起源

游击战争是中国共产党及其领导的人民军队的一个看家的本领，并在抗日战争时期发展到顶峰。

抗日游击战争由于是在敌人占领区进行的，可以说是孤悬敌后，又长期处在日军残酷的"扫荡"和封锁之中，游击武装的生存环境十分艰险，作战条件十分险恶。游击战争为什么能够得到发展壮大？除了中国共产党领导的游击战争，实行了一套主动、积极、灵活的战略战术以外，一个根本的原因在于，这种抗日游击战争能够紧紧地依靠广大人民群众，与人民群众实行紧密结合。毛泽东主席有一句名言："游击战争一刻也不能离开人民群众。"正是在动员和组织人民群众参加抗战的基础上，才有了地雷战、地道战、麻雀战、铁道游击战，还有水上游击战等一系列丰富多样、行之有效的游击战争的形式，使日军陷入了人民战争的汪洋大海。

安平县地处冀中平原，无山可依，无险可据，在这里进行反"扫荡"，开展游击战争是非常困难的，但这里有比崇山峻岭更坚实的靠山，那便是与共产党八路军亲如一家的人民群众。

广大群众真心实意地拥护抗战，在五一"大扫荡"的极端残酷环境中始终同党一起坚持反"扫荡"，甚至用生命和鲜血保护抗日干部和战士，党群、军民亲如一家，生死与共，男女老少都以为抗日出力为荣。

据《安平县志》记载：1938年底，两百三十个村的安平县就有两百零五个村建立了党组织，十七万人的小县有一千九百七十二名党员。因为党的基础好，群众觉悟高，每个村都有两个以上堡垒户。1945年，全县党员人数达到五千五百三十七名。

堡垒户一般都是党员或进步群众的家，八路军住进堡垒户家后，为了掩人耳目，防止被敌人发现，一般要用化名，堡垒户的家长会把全家人聚拢来介绍互相认识，根据年龄排个辈分，是兄弟、姐妹、儿子或侄子，然后教怎样互相称呼。这样，万一敌人突然闯进来搜查，来不及转移，可以紧急应付，由此可见人民群众为了掩护子弟兵的用心之良苦。

在冀中抗战中，地道发挥了重要作用。据台城村的老党员白秀君回忆，当年村里家家都有地道，几乎每家都住过八路军。

关于冀中地道战的起源，《冀中人民抗日斗争》第二十九期有这样的记载，时任冀中十分区司令员的开国中将旷伏兆指出：地道和地道战很难确切地指出是什么时候，从哪个村庄，哪一家开始的。在十分区根据地创建初期，为了便于作战，便于群众转移，在区县、村与村之间，在原有自然道路的基础上挖成一米五六深、两米宽的交通道沟。这种交通沟，不仅可以行人，而且可以行马车，还有掩体，使敌人的汽车、坦克不能行驶，给我军创造了打击敌人的有利地形，为在冀中平原上同日寇进行的大规模交通战创造了条件。地区变质后，交通沟被填平，我们分散、隐蔽活动的党、政、军、民工作人员，为躲避敌人的搜捕，就往青纱帐里跑。秋后，青纱帐倒了，就在野外地里挖土窝窝，上面盖些柴草。到了春天，把土窝窝再挖深一点，盖上木板，堆上一层厚土，既可种庄稼又可藏人。一联县的张馨同志进一步将土窝窝挖到坟墓边，以坟墓做掩护更保险，所以后来增加了一些"新坟"。敌人就在地里拉网把人们在野外地里挖的藏身洞给"剔抉"了。我们的工作人员在村外待不住了，于是又回到村里在可靠的群众家里，挖一些秘密的狭小的藏身洞。这种封闭式的藏身洞，只能容纳一两个人，因它与青蛙避寒的小洞窠形式上相似，无辗转余地，所以群众称它为"蛤蟆蹲"。为了便于保密，藏身洞大多数挖在闲房、空院、套间、牛棚、鸡窝、磨道和厕所里，只有堡垒户和个别村干部知道，连家中的小孩也不知道。往往是在小孩睡了之后再挖，挖出的新土也被妥善处理。这种藏身洞于 1942 年下半年到 1943 年上半年曾大量出现。此外，旧社会群众为防匪"绑票"、抢东西，在屋内建筑的夹壁墙，也成了比较好的藏身之处。为保存蔬菜、红薯而挖的菜窖、薯窖等都在紧急情况下藏过人。这就是地道的雏形吧！

《程子华回忆录》中《地道战是人民创造的》一文中这样介

绍：1939 年 12 月，地道斗争最初是在距离敌人据点较近、受敌人骚扰最厉害的村庄产生的，是一个群众叫作"蛤蟆蹲"的简单的防身洞。蠡县靠近保定，饱受敌人的残害，敌伪经常来骚扰，群众不敢待在家里，就在野地道沟中挖个洞，作为防身的地方。但没有出口，易被敌搜出。1940 年，九分区独立营有两个战士，无意中把两个掩体挖通，群众也体验到单个洞易受损失，发展到多挖洞口，这就是挖地道的开始。

蠡县的地道战经验

1939 年 9 月，吴立人担任冀中四地委（后改为九地委）书记兼游击总队政委后，在残酷的环境中，发挥人民群众的聪明才智，出色地领导和推动了地道斗争，实践了由地洞向地道、地道战转变的全过程，亲身经历了地道斗争由被动防御到主动打击敌人、消灭敌人的严峻考验，是推广地道战与地雷战结合战法的地委、军分区主要领导人之一。据冀中抗战史料记载，吴立人自 1939 年 9 月任冀中四分区地委书记兼军分区政委后，曾经多次召开会议部署开展地道斗争。他是最早提出"要搞隐蔽的地道斗争"和"由武委会统一领导地道斗争"的地级领导人之一，也是最早提出"地雷爆破和地道斗争相结合"战法的领导人之一。

当时吴立人还积极总结开展地道斗争的经验教训，认为九分区军民最初构筑的地道相对简陋、抵御日军破坏的能力有限，如较早开展地道斗争的蠡县就连续有三任县长牺牲在与地道相关的战斗中，其中县长林青藏在覆盖木板和土的简易地道里被敌人发现而牺牲。

为了解决地道能"藏得住、打得好、走得了"的问题，在武委会统一领导管理下，把村庄内公开挖地道，改为隐蔽地秘密挖地道，其内有横墙，并让村与村相通，洞口多为隐蔽之地，内有储粮储水及防毒设备，敌来则利用此地道进行战斗，小股敌则消灭之，大股敌则我从地道中进行转移，伺机以打击之。并专门研究解决在蠡县水位较高的复杂地况下出现的各种问题，支持并推广了蠡县地道斗争的经验。

据《冀中九分区大事记》第四十八页记录："1941 年夏，九地委向各县再次推广蠡县开展地道战的经验。地道与地雷相结合，成为保存自己打击敌人的有效形式。"由此可见，在 1941 年前后，吴立人领导的九分区和九地委不止一次推广过蠡县开展地道斗争的经验。1941 年 5 月，由冀中九分区地委书记兼游击总政委吴立人请红军地道战和爆破专家王耀南在冀中九分区一起创办了地道和地雷爆破的学习培训班。开国少将、工程兵副司令员王耀南曾对冀中各县及部队就地道战、地雷战亲自讲课，进行辅导。

1941 年春，聂荣臻司令员请红军时期地道战和爆破专家、开国少将王耀南同志到冀中指导地道战、地雷战工作。据吴立人回忆，王耀南深入九分区调查研究后，提出利用村落改造地形，把村民已经在地下连通的菜窖、蛤蟆蹲（小地道）进行改造，使其成为可以防毒、防水、防挖，可以藏、可以打，村内村外连成一片的战斗地道。王耀南提出的地道战法可以解决平原地区部队、军民利用地道打、藏、走的问题，这与吴立人当时的想法一拍即合。吴立人当即邀请王耀南来九分区创办地道和地雷爆破的学习培训班。这是中国人民解放军军史中最早有记载的地雷爆破和地道战的学习班，并为学员油印了地道和地雷爆破的两个指导手册。

1943 年 6 月，冀中区党委召开扩大会议。会上，推广了九分区等地开展地道斗争的好经验。

1943 年初，孙犁在《冀中导报》发表了对蠡县地道的实地探访文章《蠡县第一洞》。该文反映了 1942 年前后地道还被称其为"地洞"的真实情况。

1943 年 5 月，孙犁又写了短篇小说《第一个洞》，发表在 1943 年 5 月 19 日《晋察冀日报》上。

抗战时期的台城党支部

抗战期间，曾在安平战斗过的作家魏巍在《安平县志》序中写道：战争年代里，安平县人民一手拿镐，一手拿枪，同日寇侵略者及反动势力进行了英勇卓绝的斗争，两千八百名烈士的鲜血抛洒在祖国大地上，这就是安平精神。

抗日烽火中的人民军队在人民群众的支持下不断发展壮大。安平县曾出现多次参军高潮。

贺龙、关向应率一二〇师进驻安平后，千余名有志青年纷纷报名参军参战。1940 年 5 月，全县就有七百多人参加到抗日主力部队。1941 年，有六百多人参军。1944 年 1 月，为充实抗日武装，全县又有六百多人参军。

1938 年 6 月 9 日，日军动用飞机轰炸安平县城。这时的冀中军区司令部已经转移到离台城村仅有两公里的东黄城村。

当时的台城村支部书记弓玉奇带领党员干部两次找到了时任司令员的吕正操，请示并聆听他的教诲，台城不少村民拿着鸡蛋、大枣等食品慰问部队战士。

因为台城村党的基础好，村民们在党员干部的动员下积极参军抗日。穷苦农民弓文元有三个儿子，全家都投入了抗日工作。其中两个儿子弓增柱、弓增设参加了八路军，都牺牲在战场；最小的儿子弓增建抗战期间担任儿童团长，1968 年担任台城村支部书记。台城村最穷的弓春台也是先后让两个儿子参军。

在抗日战争期间，台城村人民在党组织的带领下，前仆后继、英勇战斗，作出了巨大牺牲和重要贡献。1937 年，吕正操的人民自卫军一团刚到安平，台城村就有十七人报名参加了人民自卫队。

1938 年的夏天，台城村第五任党支部书记弓玉奇挑着一筐菜瓜，在村西头的老槐树下召开扩军动员会议，并做了"不当亡国奴，参军打日寇"的抗日总动员，二十二名热血青年当场报名参军，毅然投入了抗日队伍。

1939 年初，日寇侵占安平县城后，台城村党支部书记弓玉奇认真贯彻执行党的抗日民族统一战线的方针，向全村发出"有钱出钱、有人出人、有枪出枪"的号召，开展抗日总动员，大张旗鼓地宣传我党的"抗日救国十大纲领"，在村里实行减租减息，改善人民生活，有力地调动了农民抗日积极性，大批贫苦青壮年农民参军入伍。

抗日战争期间，台城村党支部组织了三次大的参军热潮，出现了"母送子、妻送郎、姐妹送兄弟上战场"的感人场面。全村共参军一百一十七人，平均二十人中就有一个革命军人。

1939 年正月的一天，台城村农会主任杨老壮为掩护县、区干部，一家三口全被杀害。

冀中和冀西，中间隔着平汉路。在平汉路的两边，日寇挖有两丈深、一丈宽的护路沟，每隔两里路设有岗楼，还有装甲车不断地来回巡逻，此外，还强迫老百姓轮班打更。日寇想用所谓"铜墙铁壁"的封锁线，切断我冀中和冀西根据地的联系。

1940 年 8 月，为支援百团大战，村党支部组织了上百人的运粮队，每人背五十斤粮食，穿过敌人封锁，行程千余里，为前线的部队送去急需的给养。同时，村里还组织了妇女支前突击队，织布纺线，发展手工业生产，支援前线。

1942 年是冀中敌后抗战最残酷、最艰难的岁月，日军调集兵力加紧了"扫荡""蚕食""围剿"，各处碉堡林立，汉奸势力猖獗，有的人当了叛徒，形势极端恶化。县大队和区小队都化整为零，分散活动。

台城村党支部为了做好反五一大"扫荡"准备，在党员和群众中深入进行民族气节教育，具体指出：不给敌人带路、不泄露抗日机密、不给敌人送情报、不给敌人纳粮、誓死不当汉奸等。

为了支持前线作战，村妇救会成立了被服厂，为冀中军区做军服、军鞋等。

据老党员白秀君回忆：抗日战争期间，台城村广大妇女在村支部的带领下成为抗日武装和党政机关的有力助手和支前力量，当时的口号是"男子上前线，妇女后方来支援"。她们除站岗放哨、递送情报、护理伤病员、掩护地下工作者、为战士洗衣服外，还在村里建起了被服厂，为八路军做军鞋、做服装。上级把布匹送到村里，村妇救会分到每个妇女手中，定好交付时间，为晋察冀边区八路军穿衣提供了有力保障。

1942年，二十六岁的弓雕琢在区小队当战士，区委书记找他谈话，派他回台城村任支部书记开展工作。弓雕琢临危受命，毅然担起了组织领导全村抗战的重任。他和三名支部委员带领十多名党员，秘密宣传动员，使台城村全村抗日斗争高潮迭起。

为了扩军征兵，弓雕琢先后动员自己的二弟和两个侄子参军，后来二弟和一个侄子都英勇牺牲了。

鬼子伪军多次到台城村抓捕抗日干部，烧杀抢掠。在敌人指名逮捕村干部时，广大群众冒着生命危险进行掩护。一次，日本鬼子来村里抓支部书记弓玉奇，没抓到，抓住了公安员弓秋来。弓秋来宁死不屈，坚决不肯说出弓玉奇的下落，被鬼子用刺刀挑死。

村妇联主任弓大闺被捕后，敌人用刺刀对着她的胸口逼问村干部的下落。她坚贞不屈，守口如瓶，一家三口惨遭杀害。

为掩护抗日军民开展斗争，台城村村民们与周边村民一起，利用夜晚时间，在村西挖成一条宽一丈、深一丈的交通沟，与邻村连接，形成了四通八达的地下掩体，县大队和区小队的抗日武装经常穿梭其间开展对日作战。

台城村的弓运城担任冀中军区的电台班长，翟化南是冀中军区司令部交通员，弓子章在新中国成立后担任解放军总参三部政委。

台城村内的烈士碑上镌刻着弓子章、弓运城、弓深造、翟化南等五十二名台城儿女的名字，其中有十六名是冀中军区战士。这些烈士或在战火纷飞的战场上英勇战斗，壮烈牺牲，或在敌人的刑场上宁死不屈，英勇就义。

党领导下的教师队伍

1923 年后，由于李锡九的家乡任庄村和弓仲韬所在的台城村建立了女子小学，在这两个村的影响和带动下，其他大点儿的村子也相继建立了女子小学。

1924 年中共安平县委建立后，考虑到在全县教师中需要配备女教师，1924 年冬，在安平县北关高小校长李少楼的倡导下，设立了女子师范讲习所，招收女学生二十人。

1930 年，女子师范讲习所改名为女子乡村师范班（简称女子师范），招收女学生四十人。女子师范仍设在北关高小，由校长李少楼领导，很快建立了中共女子师范党支部，支部书记由弓仲韬的女儿弓乃如担任，先后发展崔孟弼、孙武、弓东占、张林川等为中共党员。党组织成立后，女子师范的中共党员在反动政府的仇视和抓捕下，冒着生命危险，毅然开展党的活动。多次组织学生，宣传动员广大群众，开展反封建势力、反压迫等革命斗争，取得了一个又一个的胜利，同时为安平县锤炼和培养了一大批妇女干部。

1933年6月，安平县公立女子师范第二期学生即将毕业，但教育局以各村女子小学还没建立起来为由，对学生不进行分配，三十八名毕业生极为气愤。在这种情况下，县委宣传委员马金生代表县委到弓仲韬家中，向女子师范党支部书记弓乃如布置了在女子师范学生中发动学生开展要求就业斗争的任务。经女子师范党支部研究决定，由学生会出面领导这场斗争。他们还为此充实了学生会领导，由弓乃如任主席，靳玉藏等三人任副主席。为了加强同学之间的团结，共同奋斗，大家互赠纪念品，印制了同学录。7月下旬，女子师范开始罢课。教育局为瓦解这次斗争提前放了假。在放假时，学生会号召同学们回家，各自做家长的工作，争取家长支持这次斗争，同时印发传单进行宣传，争取社会舆论的声援。放假期间，学生会组织三十多名女子师范的学生，到城里南街张春沾家开会，讨论研究开展就业斗争的问题，会上推选出了弓乃如、安菊、张凤举、谢沛波、李淑和、何清溪等在放秋假时，找教育局长交涉，最终实现了一人一校分配工作，取得了斗争的彻底胜利。这一胜利对安平县女子小学教育的发展起到了很大的推动作用，全县新建女子小学三十多所。

安平女子师范由于建党支部较早，党组织坚强有力，大批毕业学员在土地革命战争、抗日战争、解放战争以及社会主义革命和建设等时期，担任领导职务。她们不忘初心、牢记使命，为中国的解放和建设事业作出了重要贡献。安平女子师范从1924年创办到1937年停办，共招收三个班，正式毕业生一百人。

日本鬼子在进行军事侵略、经济掠夺的同时，还在文化教育方面大力推行奴化教育，妄图毒害青少年，让学生们不思反抗，甘当亡国奴。为了坚决反对日本人的奴化教育，抵制日伪政权印发的奴化教育课本，很多教员在暗中采用共产党抗日政府印制的教材。

杨各庄小学是十里八村有名的学校，建筑风格独特，环境优美，师资力量最强，儿童团组织最活跃。村党支部、抗日政府非常重视学校教育，关心学生们的成长，委托声望高、有权威的张贺林担任校董，委派德高望重、认真负责的共产党员张鸿飞负责学校的全面工作。张鸿飞老师身材高大，身体健壮，头戴一顶帽盔，身穿长衫大褂，他知识渊博，语文、数学、文艺、体育样样精通，深受学生们敬重。

在教学中，张鸿飞坚持爱国主义、中华民族传统文化教育，坚决抵制日伪政权印发的奴化教育课本，采用共产党抗日政府印制的教材，还经常教导学生们："不读日本书，不学日本话，不给日本人做事。"同时还嘱咐学生们："要学会在表面上应付鬼子，他们到学校检查时，大家都要把他们发的课本拿出来，摆在桌面上朗读，鬼子汉奸走后，我们再继续学习共产党八路军的课本。"

张老师除做好教学工作外，还组织"儿童团""青抗先"站岗放哨，募捐支援前线。学校的教育在党支部的领导下，粉碎了日本鬼子推行奴化教育的阴谋。

冀中区党委、冀中军区特别重视抗日后备干部的培养教育，专门成立了抗日中学（简称抗中），主要从抗日干部、军烈属子女和青少年中选拔思想进步、身体好的优秀青少年到抗中读书，主要是学文化、学政治、学军事。安平县西李庄的李树昌（乳名梨巴，原吉林五七〇四厂厂长）、安国县南楼地村宋志学、南马村的马喜威等同志，在抗中时曾在杨各庄村北头（街）堡垒户家驻防。安平县报子营村苦大仇深的少年刘振海，被送往太行山、延安学习的途中，第一站由报子营地下党护送到杨各庄，村长李中正，派地下党员护送到第二站深泽县枣营村，再由枣营村一站一站地送到定州过铁路，进入太行山区，之后送延安学习，培养成才后，在中央机要局工作。

这些同志，经过党的培养，经历了抗日战争、解放战争的锻炼，都成了文武双全的优秀人才，新中国成立后都是机关、企事业单位德才兼备的领导干部。

冀中子弟兵的母亲李杏阁

在冀中平原上，曾经流传着这样一首歌谣：

冀中抗日战鼓响，
报子营出了个李大娘。
李大娘，热心肠，
爱护八路声名扬。
她对伤员胜亲人，
伤员把她当亲娘。
养好伤，返战场，
冲锋杀敌添力量。

歌中唱的这个李大娘，就是安平县报子营村的李杏阁。

抗战时期，李杏阁救护了七十三名八路军伤病员，轻者在她家住三四十天，重者住四百多个昼夜。不管伤势轻重，李杏阁都细心照顾到他们痊愈才让离开。李杏阁为抗日战争作出了卓越贡献，被授予"冀中子弟兵的母亲"光荣称号。

抗战时，冀中军区司令部和冀中行署机关多次住在报子营村，军区首长和行署领导经常到李杏阁家问寒问暖，帮助她家解决生活上的困难。1938年，李杏阁参加了妇救会，并被推选为妇救会抗日

李杏阁在照顾伤员

组长。1942年冬的一个深夜，一阵急促而轻微的敲门声把李杏阁从睡梦中惊醒。她细听外面的叫门声，原来是村长来了。李杏阁想，村长是抗日干部，半夜叫门一定是有重要情况。她急忙开门，只见一个满身是血的伤员被人用担架抬了进来。李杏阁和其他人一起把伤员抬到炕上，她赶紧用被单遮住窗户上的亮光，以防被敌人发现。然后端起油灯，凑到伤员身旁，从头到脚看到了五处伤口，人已经奄奄一息了。李杏阁双膝跪在伤员身边，小心帮他脱去血衣，又把盖在儿子身上的棉被撤下给伤员盖上，然后用棉花蘸着温水轻轻地擦拭血迹。村长说："这伤员叫刘建国，是五区小队战士，在西侯疃村与敌人战斗中负了重伤……"李杏阁听着，眼泪夺眶而出，她说："交给我吧，有我就有他！"

村长走后，李杏阁怕伤员冷，赶忙生起一盆炭火。她坐在伤员身旁，一会儿听听呼吸，一会儿摸摸胸口，一夜无眠。不知不觉天都大亮了，刘建国终于睁开眼睛。李杏阁高兴地说："你可醒过来了，孩子，想吃饭吗？"刘建国张张嘴，说不出话来。李杏阁赶紧端过碗粥，用小勺喂。刘建国刚吃了一口，就艰难地摇头，原来刘建国脑后有镰刀般大的伤口，不但说不了话，还吃不了东西，只要一张嘴就疼得浑身打战。这可咋办呢？李杏阁发愁了，她想着想着，说了一句"俺有办法了"，就走到外面，找来一根苇子，让刘建国当吸管喝着喝粥。

刘建国大小便不能自理，李杏阁就用自己的白铁簸箕，扎成一个圆盘，边上用棉花和布包起来，伤员大便时她就去接。在李杏阁的精心照顾下，刘建国的伤慢慢好了起来。

反"扫荡"斗争在继续，伤员越来越多。村党支部帮着李杏阁挖了两个地洞，供我抗日干部和伤员养伤隐蔽。

几天后，冀中六分区的魏正甫、李德山、李德相负伤后也相继被送来，住进李杏阁家的地洞。她家的伤员连续不断，今天来两个，明天来三个。据史料记载，李杏阁亲自掩护和护理的伤员就有七十三个。这期间，七分区卫生所的军医张树凯、于春辉，卫生院刘秦花、杨秀娟等也常到这里，给重伤员诊治，并带来了部分医疗器械和药品。就这样，李杏阁家变成了八路军的一所地下医院。

随着伤员的增多，原来的地洞不够用了，李杏阁在乡亲们的帮助下，在屋里、猪圈里、菜窖里又挖了几个地洞。为减轻伤员长期卧床的痛苦，李杏阁让儿子到邻居家就宿，娘儿仨合盖一个被，把被子腾出来给伤员盖。这样还不够，她把多年积攒下来的棉絮也拿来垫到伤员身子下边。

李杏阁为了给伤员增加营养，用自己节省下来的粮食换来鸡蛋，给伤员做汤喝。后来粮食也不够了，她索性把自己仅有的两只老母鸡杀掉，炖了给伤员吃。

遇到敌情缓和时，李杏阁就把伤员背出来透透气。伤员们有的住上几个星期，有的几个月，有的甚至一年多。李杏阁日夜操劳，悉心照料，从不嫌脏，从不怕累。

李杏阁的女儿刘敬彩回忆，她小的时候经常有八路军伤员在她家养伤。母亲把家中仅有的白面都做成面条，让伤员吃的是白面条、小米粥，给孩子吃的是高粱面粥、榆树皮面加野菜或者高粱面的疙瘩汤。当年家里挖了两个洞，一个在院内，一个在院外，每天弟弟在房顶放哨，她偷着到院外给伤员送饭。家里菜窖里有个洞口，送饭时弟弟在上边往下送，她在下面接。下菜窖的梯子是用一个大粗木桩子绑了几根小木棍做成的，她每天上下爬三次。伤员们大小便以后，她用小桶接了让弟弟用绳拉上来，有一次装得太满，弟弟不注意，洒了她一头。

李杏阁曾说："八路军战士就是我的亲人，我就是豁出这条命也要保护他们。"有一次，两个鬼子闯进院子，叽里呱啦乱叫，进屋乱翻。鬼子可能闻到有药味，便拽着李杏阁逼问："八路的有？"李杏阁摇摇头说："没有。"两个鬼子开始疯狂地用枪托打李杏阁，边打边问，但李杏阁坚持说没有。鬼子拔出刺刀朝李杏阁的胸口直刺过来！李杏阁身子一歪，刺刀刺到了肩上。李杏阁忍着剧痛，依然坚决说"没有"。正在这时，鬼子发出了集合信号，他们匆忙离去，李杏阁才幸免于难。

李杏阁曾救过七十三个八路军伤员，还把自己十八岁和十六岁的两个儿子送到部队，后参加了安平县农民保家独立团。哥儿俩跟随部队南征北战，作战英勇，都立过战功。

1944年11月，冀中区党委和冀中军区在报子营村为李杏阁召开了表彰大会，授予她"冀中子弟兵的母亲"光荣称号。冀中区党委书记兼冀中军区政委林铁和冀中军区副政委李志民亲手为她戴上光荣花，扶她骑上枣红马。

1945年1月，李杏阁在阜平参加了晋察冀边区群英会，认识了晋察冀边区"子弟兵的母亲"戎冠秀。五年后，她们又在北京相逢，一起参加了全国群英会，一起游览了北京城。李杏阁还是全国劳动模范，曾两次受到毛泽东主席和周恩来总理的接见。

1964 年 11 月，"冀中子弟兵的母亲"李杏阁因癌症去世。

大豆口的"抗战老酒"

今天的人们可能难以想象，在特殊年代里，白酒不仅可以用于食用，还曾代替酒精用于医疗。在广袤的冀中平原上，至今还流传着大豆口村"抗战老酒"的故事。

这种老酒叫"豆口醇"，产自河北省安平县大豆口村，过去也叫护驾口村。安平县是革命老区，安平县人民为中国的解放和建设作出了巨大贡献，大豆口村是其中的一个典范。该村位于冀中滹沱河下游，在安平、蠡县、肃宁三个县的交界处，位置显越，历史上是兵家必争之地。因滹沱河水屡屡涨发，该村及周边地区以种植红高粱来对付洪灾。每到中秋，几米高的红高粱一望无际，十分壮观。

"豆口醇"以红高粱为主要原料，采用传统的陶制地缸发酵，经过装甑蒸馏、分段掐酒、分级储存等一系列酿造步骤，最终酿出醇香清雅、口感独特的好酒。

据该村原支部书记李西纯介绍，大豆口村酿酒历史悠久。曾有这样一个传说：刘秀被王莽的士兵追至酒厂，刘秀爬缸品酒，酒掌柜端三碗原浆，迎挡追兵。酒香四溢，兵醉酣睡，刘秀得以脱险。后来，汉光武帝刘秀敕名"救驾口"。清朝康熙年间，"扬正义、护良善"起义领袖窦尔敦，以酒为媒，在护驾口村拉队伍上万人。窦死后，因其酒量大，在酒厂南四十米埋下的葬品竟是六十大缸酒。

　　"抗战老酒"是当年冀中军区领导的创意。1938年5月，冀中区党委、冀中行署、冀中军区在河北省安平县诞生，军区领导曾一度住在大豆口村的酒厂，研究和指挥全区的抗日斗争。这期间，军区政委程子华发现这个村的红高粱酒不仅好喝，而且消毒效果好，决定在军区警备旅组建酿酒班，为冀中部队提供食、药两用白酒。他找到了时任县武委会主任的李存仁，让他从酒厂选出十名觉悟高、有酿酒技术的工人参加八路军。由于该村1925年就建立了党支部，党员团员较多，群众思想觉悟也普遍较高，当时酒厂的二十四名青壮年都报了名。政委程子华从中挑选了十七人，加入冀中军区警卫旅，专设了酿酒班，酿造出的酒被大家称为"抗战老酒"。天气特别寒冷时，或部队打了胜仗，官兵们就喝几杯，抗寒和助兴，更重要的是解决了医用酒精缺乏问题。

　　当年军区酿酒班班长刘兰生回忆说："那时我们这个班不仅仅是酿酒，还有保卫冀中区领导的任务，参加过多次战斗，赵同表、李中彦、刘占山、赵子玉四名战友先后在抗战中牺牲。"

　　据介绍，因为酒厂地处沧州、保定和衡水三地交界处，又临近青纱帐，不仅是冀中区领导常住的地方，更是县区领导和县大队经常吃住的地方。

　　曾任县委副书记的李存仁在回忆录中写道："1942年5月的一天，军区领导和县委书记张亮、政委张根生正在酒厂研究反'扫荡'斗争，突然从高粱地里蹿出了四十多名日伪军，迅速包围了酒厂！我第一个冲出大门，把敌人引开。当时有两名持长枪的日本兵追到我跟前，我把他俩引至一墙角，身靠墙，两手一手攥一支敌人的长枪，大吼一声，脚一发力，一个蛇形九转连环鸳鸯脚，将两个日本兵撂倒在地。此时日军蜂拥而上包围了我，多亏县游击大队及时赶到，消灭了敌人，我才脱险。"

大豆口村酒厂在党的领导下，即使是白色恐怖时期也一直发展壮大党的组织，坚持开展斗争。党员们以酒厂职工和买酒客户为掩护开展党的活动。

1933年秋，负责巡视安平县的保属特委范克明叛变，安平县党组织负责人及广大党员随时都有被捕的危险。时任安平县委书记刘国生避去了石家庄，保属特委没顾上任命新的安平县委负责人，县委工作曾一度处于停滞状态。但大豆口村的党组织并没因此而弱化。保属特委委员吴立人和侯玉田两人到安平恢复党组织时，首先来到大豆口的酒厂，利用酒厂为掩护，组建了安平县新一任的县委班子，恢复壮大了党的组织。

在白色恐怖期间，保属特委委员吴立人和在南两河村教书的李子寿（县抗日救国会主任），曾几次到酒厂找到李存仁，让他联系一些酒厂和周边村的习武人员，参加安平县的"反帝大同盟"，并安排李存仁和酒厂的刘来生、赵同表、刘占山等四人，跟随县委书记安贵普去高阳参加老红军孟庆山举办的抗日干部培训班，学习游击战术和抗日民族统一战线理论。培训班结束后，赵同表和刘占山加入了孟庆山为司令员的河北游击军。

北满正村许英杰在回忆录中写道："1943年7月间，我带领战士在交河富庄驿一带活动时，与敌人遭遇，我右腿被炸伤，部队将我送至赞寺村一堡垒户家中养伤，卫生员给我换药时，每次都用大豆口的老酒止疼消毒。这酒我以前尝过，在当兵前，八路军的重伤员曾在我家养伤，为了给伤员换药，父亲让我到大豆口买过这老酒。当时我到酒厂买酒时，掌柜的还让我喝了一杯，酒挺好喝。"

参加过解放战争的北苏村九十四岁老党员苏金双回忆："我十八岁就参加了共产党，在抗日战争和解放战争中，一直是村里的基干民兵，多次在战场上担任民兵担架队队长，负责战场中的伤病员护送和物资供应。先后随部队参加过保定护秋护麦、解放大清河、解放石家庄等多次战斗。最艰苦的一次任务是解放太原战役。当时我们的任务是背送炮弹和修建工事，还负责部队粮草的给养，我曾多次给部队运送过大豆口的老酒。在整个战役中，大都是白天休息晚上干活儿。在总攻时战斗十分激烈，有一颗炮弹落在我们七个人的小分队中，三个战友壮烈牺牲，我和战友马树相被炸伤。在给我们治疗时，用来消毒的就是大豆口老酒。"

1988年，大豆口村成立了酒业有限公司，扩大了酿酒规模，采用了更先进的技术，销售区域由冀中扩展到全国，昔日的"抗战老酒"正焕发出新的光彩。

追认为革命烈士的陈复兴

程子华女儿出生后，就寄养在安平县堡垒户陈复兴家中。程子华为纪念堡垒户陈复兴，给女儿取名冀民。

安平县民政局保存的烈士资料记载：烈士陈复兴，1944年，在送程冀民的路上，由于叛徒告密，敌人跟踪追捕。他为保护程冀民，引开了敌人，英勇牺牲。

1952年，程子华专程到安平县，祭奠烈士陈复兴，并慰问看望了陈复兴的家人，临走留下了一百元钱，让他们修补老房子。在20世纪60年代的困难时期，程子华又给陈复兴家两百元钱以渡过难关。

陈复兴外孙梁国印给我们讲述了这段鱼水深情的感人故事。

陈复兴是安平县南苏村的一个普通农民，与妻子陈李氏育有四子三女，以种地打鱼为生。七七事变后，堡垒户陈复兴、陈李氏夫妇先后送两个儿子参加八路军。大儿子陈大平参加共产党领导的县大队，二儿子陈忠和1939年参军时年仅十二岁，跟着贺龙的一二〇师去了晋西北抗日前线，新中国成立后才和家中通信，参军十五年后的1954年才第一次回家探亲。

当年，陈复兴的家在村边上，院前有个大水塘，芦苇丛生，非常便于隐蔽，这里也是我地下党的交通站。1940年的一天，地下党组织派人找到陈复兴夫妻，商量着把一个两三个月大的女婴寄养在陈家，这个孩子陈家称她为"小妮儿"。组织上主要考虑陈家是地下党的抗日堡垒户，出入交通方便。正巧当时陈家大女儿陈淑贞因第一个孩子夭折，正住娘家休养。陈复兴夫妻也不问孩子来历，毅然收留下来。

两三个月的孩子留下来了，用什么喂养孩子成了第一大难题，陈淑贞虽然是在哺乳期，但孩子夭折对她心理打击很大，又处在战乱时期，哪有足够的奶水喂养孩子？陈家想尽办法，先是到养羊乡亲家挤人家的羊奶补充，还不能说出实情，后来干脆花高价买来奶羊和羊羔，还找老中医为陈淑贞抓药催奶。为照顾这孩子，陈淑贞长时间不回婆家，但时间长了也瞒不住啊。都知道孩子夭折了，怎么又带了个孩子，真实的情况又不能说出，为此受到婆家的误解。好在丈夫深明大义，了解和信任自己的媳妇。后来，她丈夫也成了共产党员。

日子久了，陈家收养孩子的事被汉奸知道，汉奸到付各庄炮楼报告给了鬼子。那两年，鬼子伪军多次到陈家搜查，都被陈家机警躲过。有一次，鬼子伪军又来搜查，都能看到鬼子刺刀的亮光了，陈复兴赶紧让老婆陈李氏和大女儿陈淑贞抱起两个孩子（当时陈淑贞大儿子已出生），冲出家门躲起来，自己留下应付鬼子伪军。母女二人抱着两个孩子一口气跑到十五里外的博野县凤凰堡村，在陈复兴二女儿陈俊家躲了好几天。陈俊是个坚强而命运多舛的八路军军属，结婚三个月丈夫就参加了八路军，又过三个月传来丈夫阵亡的消息，留下一个遗腹子；第二任丈夫也参加了八路军，战时受伤，新中国成立后成了荣退军人。

话说1944年，一天，中共地下党组织派人来找到陈复兴，说："首长想孩子了，想看看孩子，我们要把孩子带走。"陈复兴不放心，就多问了问情况，才知道这个孩子是当时冀中军区政委程子华的孩子（后来取名程冀民）。陈复兴迟疑了一下提出，为了孩子的安全，能不能我们一家人像走亲戚一样去护送孩子。经请示，党组织同意陈复兴的方案，由党组织开出信函，陈复兴将信函藏于帽中，陈家将孩子护送到离南苏村一百多里外的肃宁县某村，当时冀中军区司令部就在那儿。陈复兴套上大车，由陈复兴、陈李氏、陈淑贞、陈复兴小儿子（当时九岁）、陈淑贞大儿子（当时一周岁）带着约四岁的程冀民赶着大车前往肃宁。到达目的地就遇到鬼子"扫荡"，冀中军区已经转移，敌人的枪声已在耳边响起。陈复兴立即让妻子抱起孩子在当地民兵带领下钻进地道，他却套上那头骡子，向相反的方向奔去。敌人的子弹飞射过来，击中他的后心，鲜血喷涌而出。为了保护八路军的孩子，年仅四十一岁的陈复兴英勇牺牲。

安葬了丈夫陈复兴，陈李氏、陈淑贞继续带着程冀民生活，直至 1945 年日本鬼子投降，程冀民才离开南苏村。

令人感动的是，关于陈复兴牺牲的细节，陈李氏和陈淑贞并没有告诉程子华。她们觉得亲人牺牲多年，人死已不能复生，现在生活稳定了，有党和政府关心，已经很好了。陈复兴的儿女本着不给政府添麻烦的心思，也未向安平县人民政府提出追认陈复兴为革命烈士。

改革开放以后，安平县南苏村也和全国广大农村一样，发生了翻天覆地的变化，同时也进行着农村干部的新老交替。之前，陈复兴的孙辈参军、入党政审时，都在祖父栏内注明"为护送革命干部子女被日本鬼子枪杀"。村干部交替后，了解事情经过的老人越来越少，后任村干部也没有亲身经历，只是听说，因为没有档案记载，也就不再注明那句话。

1981 年，身为革命军人的陈复兴二儿子陈忠和为还原历史，向"文革"后复出、时任民政部部长的程子华写信，说明父亲牺牲的经过。经各级民政部门的历时两年的走访、调查，安平县人民政府于 1983 年 4 月 10 日追认陈复兴为革命烈士，补发烈士证书。

王林在安平有个"娘"

抗战作家王林曾在多篇文章中提到过"在老区安平有个干娘"，他说的干娘，指的就是安平县台城村的堡垒户弓寿德。

据弓寿德的孙女张珍回忆，自她记事起奶奶就是家里说一不二的老主事，深得全家人敬重，这与她不平凡的经历有关。奶奶曾多次跟她讲过在抗战时期掩护八路军干部王林的故事。

1937 年七七事变后，中华大地燃起熊熊战火。当时担任村长的张文法（张珍父亲）突然带一个陌生人到家里，此人就是八路军干部王林。

王林个子不高，方脸，长得白净又精神。张珍母亲杨淑慧见来了客人就忙着倒水、做饭，招待客人。温柔、善良的母亲从来不多事，也不问父亲带回的是谁，到这儿来做什么，她只是客气地笑笑打了招呼，就不再说什么。不一会儿，晚饭做好了，母亲端上饭菜招呼客人吃饭。王林是个很直爽的人，坐下吃完饭，也没有要走的意思。这时，父亲开始向王林介绍家里的每一个成员。接下来，王林就在张家住了下来。

王林是个开朗幽默的人，每次回来总是谈笑风生，逗奶奶开心，哄姐姐们玩儿。那时张珍的大姐张纯也才七八岁，他就教她唱歌。有一次，部队来了好多人，晚上在村里表演节目。趁着这个机会，王林还让张纯上台当了一回小演员，唱的就是王林教给的那首《松花江上》。当唱到高潮时的那句"爹娘啊，什么时候，才能欢聚一堂——"，下面哭成一片。从此，王林和张珍一家人的关系更近了。

过了段时间，台城姥姥家的表姐弓彤轩突然来张珍家串门。按照常理来说，她过来串亲戚看她老姑很正常，但在表姐的举动中，弓寿德心里明白，她和王林是同路人，可当时弓彤轩还是个十几岁的小姑娘，弓寿德替她担心起来，说：

"三儿，你这么小的姑娘，怎么胆子这么大，现在世道这么乱就别过来了啊，我不放心。"

弓彤轩只是笑了笑说：

"没事儿。"

过些日子，弓彤轩又过来了，当时她是负责给王林送信的。后来，弓彤轩与王林和张珍父亲谈完事情，连夜走了。

弓寿德心里虽然担心着自家人的安全，但也明事理，就将张珍父亲叫到身边说：

"文法，人家（王林）离家这么远，到了咱这儿咱可得想尽一切办法把人家保护好啊！"张文法听母亲这样一说，就放开思想谈了自己的想法：一定要做好后盾，坚决保护好党员和八路军！

接下来，张文法招呼全家人开会，给大家都分了工。其他人挖地洞，张文法的妻子杨淑慧和母亲弓寿德在家。因为弓寿德有文化，负责帮助王林编写材料；杨淑慧则负责王林的衣、食和安全。

为了让王林出入方便，杨淑慧专门给他做了粗布衣裳和布鞋，让他看起来像一个当地农民。

对于挖洞，大家先制订好方案，确定时间、地点和实施人员。

经商议研究，洞的地点就选在了前头院的厕所。在厕所内挖一个长方形的坑，用砖垫好，中间垒一个口子，上面盖一个能活动的木板，再往木板上撒上好多灰以作掩盖。接下来全家总动员，晚上开挖，一边挖一边往外背土。洞终于挖好后，王林提出了一个要求，就是如果有特殊情况，洞口必须由张珍母亲杨淑慧负责盖，不能让过多的人知道。因为她细心能干又不多说话，所以王林很放心，大家也一致通过。

一天，听说日本鬼子要进村，杨淑慧急忙把王林叫出来，让他向洞口跑去，将王林隐藏在洞里。她把木板盖好，上面撒上些脏东西和灰，确定看不出破绽后，才迅速离去，在院里装得像没事儿人似的。不一会儿，日本鬼子真进院儿了，大家的心都提到了嗓子眼儿，生怕鬼子四处搜，结果这次鬼子只是在院里转了转就出去。杨淑慧出来看看外边真的没动静了，才把洞口打开把王林叫出来。为了更安全，全家人又有了挖第二个洞的打算。这次选定的地点是在后院瓦房后的棚子里。棚子里农具、柴火等乱七八糟的东西很多，洞口选在了柴火垛下边。这回这个洞比上次那个要大，是专供八路军同志来碰头开会时用的。挖好第二个洞以后，为了遇有紧急情况能快速隐藏，所有来人都在后院的瓦房那儿吃饭、开会，而为他们准备饮食和放哨的任务全由杨淑慧打理。

有一天，外边又来人开会了。杨淑慧把刚学会爬的小儿子放在前院东房下的阴凉里，就去后院为大家忙活、放哨了。由于当时院子又大又深，而且前、后院都有门，谁也不知道一旦发生危险，鬼子会先进到哪个院儿，杨淑慧就一直没离开后院，一直到给大家做好午饭，把饭菜端上桌，才想起了前院的孩子。当她跑去看的时候，孩子一动不动趴着，脸贴着地。她赶紧抱起小儿，发现孩子已经没了呼吸！杨淑慧哆嗦着把孩子放回屋里，流着泪跟弓寿德说：

"娘，出事儿了！孩子……孩子死了……"

弓寿德闻听噩耗，眼泪也下来了。她接过孩子看了看，含悲忍痛地说：

"别啼哭了，快给孩子拾掇好，把他'送走'吧！今天家里有人，什么也别说，快去吧！"

泪流满面的母亲回到前院，把孩子包好，悄悄"送走"了。回到家，她把痛苦埋在心里，继续为八路军工作。

当时，王林是火线剧社的社长，经常写文章，有时也会和弓寿德商量，征求她的意见。在杨各庄村南曾发生过一场战斗，八路军被鬼子包围，死了上百人，场面非常惨烈。战斗到最后，一个叫崔国昌的机枪手被鬼子层层包围，他边退边向鬼子扫射，一直退到滹沱河里，抱着机枪投河，壮烈牺牲。王林听说后，不顾危险去附近调查走访，将英雄事迹记录下来，并写成文章，激励和感动了很多人。来弓寿德家的八路军干部除了谈工作，有时也印材料。那时候，弓寿德、张文法、张文法大哥张文祥等负责在北屋印材料。杨淑慧就在院子里的大门洞那儿来回转，给他们站岗放哨，大家经常一整宿都不睡觉。

后来，张珍曾问奶奶弓寿德："上咱家来过多少八路军啊？"奶奶说："来的人可不少，起码不下五六十人吧，我印象最深的就是吕正操、黄敬，一点儿官架子没有，跟咱老百姓特亲！"

王林曾在日记中这样写道：

"在崔章，太阳已经出了老高，我到邻家吃早饭，忽然街上有人大呼跑呢！我便往西跑（住处封锁了），敌伪八九人也从西北迂回过来。放了一枪，我见村人还跳水入河而过，我便也跳水过去了。

"到了杨各庄，村西见到小宿，他即喜欢得不得了。他说文法（张文法，时任杨各庄抗日村长，弓寿德的二儿子）那天（十四日）在分区吃亏，他们以为有我，还去尸首里认去了。其实我以为他们不入穴，又听说老百姓死得不少，我还为他们担心不小呢。他们还给我留着过年的肉。老太太（弓寿德老人）从那天起即伏在床上不起，见我来，真是全家喜欢。老太太竟然起来了，说是我来了，给我包饺子，她亲手包。"

在这篇日记里，我们不难看出：杨各庄的乡亲们，是如何牵挂着身在险境中的王林安危的。尤其是弓寿德老人，更像是母亲牵挂着自己的亲生儿子，这是多么感人的鱼水深情！

解放战争时期的六次参军高潮

抗日战争胜利后，中国人民热切希望和平、民主，建设一个新中国。但是1946年6月26日，国民党重兵围攻以鄂豫边宣化店为中心的中原解放区，挑起全面内战。其后，国民党军向其他解放区展开大规模进攻，全面内战由此爆发。

对于人民革命力量来说，战争初期的形势相当严峻。面对日益紧张的局势，安平县委带领全县干部群众，积极响应党的号召，努力做好扩军支前、参军参战的各项工作。

根据中央局和上级指示，先后成立了安平县支前委员会和武装动员委员会，县区还分别建立了战士收容所，负责动员、训练、转送新兵。

从 1945 年 8 月到 1949 年 3 月，先后六次召开较大规模的全县扩兵工作会议。各区、村也召开区扩干会、区村干部联席会、党团员会、民兵会、妇女会、群众会、青壮年家属会、挑战竞赛会等一系列扩兵会议。不少区、村还结合抗日斗争史和"土改"运动，组织贫苦农民召开忆苦思甜会，以提高广大干部群众参军的自觉性、主动性，鼓舞人民群众报名参军。为了把参军参战运动推向高潮，胜利完成上级布置的扩军任务，县委、县政府和武装动员委员会还组织县级干部分头到各区，会同区村干部深入群众，深入家庭，做思想工作；发动党员干部分包应征对象，耐心做说服教育工作；号召干部和党团员及先进青壮年发挥模范带头作用，积极报名参军；组织开展自愿参军竞赛活动。各级干部和部门团体努力做好拥军优抗工作，同时利用大字标语、黑板报、广播、集市宣传、文艺演出、学生上街游行呼口号等形式，深入发动青年参军。广大翻身农民，从心底里感谢共产党，反对美蒋发动内战，愿意跟随共产党彻底打败国民党反动派。在参军活动中，模范村、模范户比比皆是，争先恐后要求参军者层出不穷。1946 年夏秋扩军补军工作中，大同新村的五名村干部率先报名，带动十四名青壮年一起入伍；郎仁村的全体党支部委员带头报名，带动十名党员联名参军；五区区干会上三十多名青壮年干部纷纷报名参军，有的女干部替儿子、丈夫报名；西满正村一次就有二十多名青年参军；南两合程村一名党员，有两个小孩，其妻又将生第三个小孩，但他毅然舍下妻儿，联合本村八名党员一同参军；香管村有一位老贫农，第一次扩兵给大儿子报名参了军，第二次扩兵又送十七岁的二儿子上了战场。在动员新兵入伍的同时，县委、县政府还根据中央和冀中军区的指示几次召开会议动员退役、复员军人归队，并组织干部深入到村，宣传到人。老战士们经过集中训练后，及时回归了部队。

解放战争时期，安平县的参军高潮有六次。

第一次是1945年8月15日中央发布迅速扩大正规军、向各大城市进军的命令后，安平县大队三百五十人在彪塚村被编入八旅三十三团，奔赴了新的战场。随后县大队又重新进行了组建，由闫志学任大队长，孙博敏任副政委，各区小队战士编入县大队。

第二次是1945年11月24日至1946年1月中旬，全县三百八十名青年踊跃报名参军开赴前线。

第三次是1946年7月至8月，分两批入伍一千两百六十四名，其中7月入伍三百一十六名，8月入伍九百四十八名。这批新兵大部分被分到了分区部队，小部分留在了县大队。

第四次是1946年12月至1947年1月，全县一千八百零四人集体参军，组成安平县农民保家独立团。

第五次是1947年6月，解放军将由战略防御转入全面反攻，晋察冀军区炮兵团扩建为炮兵旅，急需青年知识分子到部队工作。王志贤等七十多名教师响应党的号召，投笔从戎，在义里村集体入伍参加了炮兵旅。

第六次是 1948 年 4 月，县委根据冀中军区和行署的指示，动员组织参军。广大青年踊跃报名入伍，八十多名复员军人又重新归队。安平县一批批参军入伍的新战士，怀着对国民党反动派的无比仇恨，带着安平人民的厚望，为保家保田、保卫胜利果实，参加了解放战争，并在张家口、新保安、清风店、石家庄、太原等战场上留下了冲锋陷阵的足迹，为解放全中国作出了重大贡献。

在解放战争中，安平县在顺利完成扩军任务的同时，还组织全县各阶层民众广泛开展了"献款献物，大力支援前线，慰劳前方将士"的运动，并多次派出民兵、民工开赴前线，支援全国解放战争。

1946 年 12 月初，为粉碎蒋介石反动派向解放区大举进攻的阴谋，冀中区党委要求安平县在年底前扩军五百人，成立一个独立营。为完成党交给的这一光荣任务，安平县委召开全县区、村干部大会，县委书记张根生做了动员报告，分析了当时所面临的严峻形势，并号召党员、干部要带头拿起武器，保卫胜利果实。

县里召开动员会后，台城村党支部立即召开会议，带头送去新兵十三人，在全县是输送新兵最多的一个村。在台城等村的带头下，全县不到二十天的工夫，就征得一千八百零四人，组建了安平县农民保家独立团，闻名全国。台城村老支部书记弓雕琢回忆："谁都知道，当兵就意味着上战场，就意味着随时会牺牲，所以当时村党支部研究决定，村干部和党员们要带头动员亲属参军，我先后动员了自己的二弟和两个侄子参军，二弟和一个侄子都在战场上牺牲了。"

弓雕琢说，当时全县掀起轰轰烈烈的参军热潮。大会现场，县武委会主任田农就第一个报名参军，紧接着三百九十三名区、村干部也争先报名参军；县长刘庆祥给十四岁的儿子报了名，四十名村干部也替儿子报了名；四区区长张文宗带领全区一百六十名青年参了军；县一区四十三个村青联主任全部报了名；南牛具村四名村干部集体入伍，该村李大娘五个儿子，已有三个在部队，这次又送来一个儿子参军；外出的一区委书记赵政民闻讯后，连夜回家参军；张舍村农会主任赶了八十里路，把在辛集工作的儿子叫回家参军；新政村青联主任李拴柱是家里的独子，他的孩子还没出满月，在妻子、母亲和奶奶的支持下他也毅然参了军；向官屯村回家养伤的一二〇师某连连长马双贵身负七处伤，肺部还留有弹片，在身体尚未痊愈的情况下，他同爱人一起回了部队，在他的带动下，全县有八十多名复员军人归队……

最后，全县实际报名入伍者高达一千八百零四人，其中女子十四人。因为入伍人数的剧增，县委将独立营改为"安平县农民保家独立团"。1946年12月26日，县委在县城大操场举行了安平县农民保家独立团成立大会，县委书记张根生号召全团指战员发扬革命老区的优良传统，英勇杀敌，为全县人民争光。

安平县这次参军工作受到冀中区党委、冀中军区的表彰，《冀中导报》也在头版报道了安平县相关事迹，并描述道：保家独立团入伍的战士们胸戴大红花，身披红彩带，全县两千多人的欢迎队伍长达数公里。导报还发表了短评文章，号召冀中各县向安平县看齐。安平县农民踊跃参军的事迹，传遍了晋察冀边区。

安平县农民保家独立团成立后，全县掀起了拥军高潮。南庙头村的李建青系复员军人，因伤了胳膊，不能参军，就把自己的复员费和积蓄全部捐出，作为独立团的慰问金；全县的小学生拾柴、拾废铁变卖成钱慰问新战士；妇女们也积极行动起来为战士赶做军鞋、军衣；县城的居民将最好的房子腾出来给战士住，一位老党员把准备给儿子结婚的、糊了花顶棚的婚房让出来做了连部；各地群众纷纷将鸡蛋、红枣、花生，甚至猪肉等送到城里，慰问战士们……赶车的、推车的、挑担的、背包袱的，源源不断的慰问品从四面八方输送到县城，慰问品堆得像小山一样，足够全团吃二十天。

安平县农民保家独立团在县城经过二十天的整编训练，正式加入主力部队，编入三纵八旅，后改名为六十三军——一八师。自此，安平热血儿女便奔赴各个战场，为了国家、为了人民，抛洒热血，奉献青春和生命。

独立团指战员们先后参加了解放战争和抗美援朝。他们南征北战，驰骋疆场，英勇杀敌，有的牺牲在家乡的土地上，有的长眠于外地甚至是异国他乡，许多人荣立战功。

1947年，中国人民解放军攻克华北重镇石家庄后，全歼敌三十二师。华北之敌为避免遭我各个歼灭，将其主力集结于平、津、保地区。此时，察南及漫长的平绥铁路线已呈现空虚。为此，华北野战军司令部决定发起察南战役，三纵八旅是主要参战部队之一。

支前模范——安平远征担架团第六连

为确保部队顺利迂回作战，解除后顾之忧，中共安平县委根据上级指示精神，继1946年组织的大规模扩军运动后，又深入发动广大翻身农民积极行动起来，参加支前工作，跟随八旅远征。在党员和各级干部的带动下，全县很快有近千人报名。经过一番准备，县里成立了以崔树欣（地区代表）、王新征（担架团团长）、李志起（担架团政委）、孙大冲等同志负责的担架团；县以下各区设连，根据实际能力有的区设一个连，有的区设两个连不等。农历正月下旬，县委在马店村隆重召开欢送担架团随主力出征大会，刘庆祥县长代表县委讲话。随后，安平县远征担架团开始了长达数千里的征程。在将近十个月的时间里，他们发扬不怕疲劳，连续作战的作风，克服艰苦生活条件，战胜恶劣自然环境，跟着主力部队三纵八旅挺进察南，转战冀东，参加过大小几十次战斗，始终保持旺盛的斗志。他们非凡的表现、出色的工作，多次受到各级组织的表彰，成为全冀中军区支前工作的典型。

野战军徐州部在察南前线举行隆重典礼，把"支前模范"的锦旗赠给了安平远征担架团第六连。该连共一百二十八人，这次支前涌现出了大小功臣五十一名，七十天来没有一个掉队和逃亡的。第六连执行任务坚决勇敢，在化稍营战斗中，十二副担架在弹烟迷蒙里冲上前线。通过大渡桥时，三架飞机轰炸封锁，机枪炮弹在桥的左右纷纷降落，但每个担架队员都是先将伤员放在沟里隐蔽好后，自己才去躲藏，并瞅飞机的空子，一气儿冲过桥的对岸。就这样将我们五十三个伤员，从火线上安全地转移下来。滹沱店战役时，天阴得暗黑，伸手不见掌，刮着大风，下着大雨，沙子雨点儿一起砸得眼睛睁不开，担架员们背着炸药，抬着云梯，和战士们一块儿爬着，虽然天气冷，路不好走，但没耽误抬伤员。从滹沱店到邓家台连抬两站，往返一百三十里地，路上情况紧急，他们便用缴获的武器组成大枪班，掩护前进。

第六连也是执行群众纪律和战场纪律的模范，在战斗和行军间隙，他们积极帮助群众生产。仅据北成寺、三台两村的统计，就帮助群众锄草一千斤，背粪一百五十担，捣粪一百六十担，劈木柴九百多斤，编盖天三十个，起猪圈三个，打土坯两千六百五十个，抹房三间。由于积极帮助群众生产，所以军民关系很好。在群众纪律上，做到了"借物返还，损物赔偿"。在迷托安村，担架员和振冰等四人赔群众针四个，刘双印给房东丢了一个锤子，照价给予了赔偿。每逢出发时，纪律检查小组都要挨户向群众问一遍有无违纪事件。

当年的《冀中导报》报道了安平县远征担架团的事迹，文中说：他们纪律严明，攻进化稍营、桃花堡时，街上堆满了国民党兵遗留下的衣服、鞋子、被褥，虽然大家的衣服、鞋子都很破了，但没有一个人去拿。

第六连把在战场上缴获的大枪五支、战马五匹、子弹一千五百发全部交了出来，无论战时平时该连都给友邻担架队做出了榜样。第六连由区干部贾端良领导。该连之所以能做到这样，主要是因为干部作风深入，以身作则，带动群众。如连干部行军给队员们背东西；部队发给的白面连干部都舍不得吃，给病号留着；及时了解民兵思想情况，有事召开功臣英模会议进行讨论。

七十余名教师投笔从戎

翻开《华北炮兵战史资料汇编》第一辑第十八页，有这样一段文字："1947 年 6 月，河北省安平县王志贤等七十余名教师投笔从戎，为提高炮兵的文化素质作出了贡献。"

那是 1947 年 6 月，全国规模的内战已进行了将近一年，国民党军队对解放区的全面进攻已被我军粉碎，其重点进攻也即将失败，我军就要转入战略进攻阶段。在此情况下，加强我军的炮兵建设成了当务之急。就在这个时候，驻在安平县义里村的晋察冀军区炮兵团扩建为炮兵旅，急需青年知识分子来队工作。因为战士多是翻身农民，识字不多，他们多年来使用简陋的农具在田间劳动，对枪械都感到陌生，对榴弹炮、山炮、战防炮都是见所未见，对操作大炮所需的几何、三角知识就更是闻所未闻了。因此，提高炮兵的文化素质就成了提高部队战斗力的关键。于是，炮兵旅旅长高存信对安平县委书记张根生说："现在大炮有了，人也有了，都是从各部队挑选的优秀战士、干部，政治素质很好，但是文化水平太低，没有数学知识无法测算距离，很难掌握大炮技术。请县委允许帮助我们动员一部分青年教师入伍，当文化教员。"

安平县委深深懂得科学文化知识在战斗中的作用，认真研究了炮兵旅的要求，一致认为：为提高炮兵战斗力，早日粉碎国民党反动派的军事进攻，号召部分教师参军是义不容辞的责任，即使本县教育暂时受些影响，也是值得的。于是决定：号召青年教师发扬安平县农民保家独立团的精神，为粉碎国民党反动派的军事进攻，为保家保田，投笔从戎。定于6月6日庆祝教师节时由各区分头发出这一号召。

当时全县共有教师三百人左右，他们的父母大都是翻身农民，在"土改"中分了房子和土地，他们由衷地感谢共产党、毛主席，有粉碎国民党军事进攻的强烈愿望，有跟着共产党走的政治觉悟。第七完小校长王志贤，思想进步，工作积极，处处以身作则，教学质量好，是县里的模范教师。在会上，他首先报名。他说："天下兴亡，匹夫有责，我们当教师的应该为青年、为学生做榜样。大敌当前，作为共产党员，我必须带头！作为校长，我更应走在前头！"在他的带动下，全校男教师除一名年龄大的外全部参了军。庄窝头小学教师赵振川是北赵町村人，经过"土改"，家里分得了土地，翻了身，他打心眼里热爱共产党，热爱人民解放军。他注重对学生进行思想教育，多次带领学生，带着鸡蛋去义里村慰问炮兵伤病员，参观缴获的国民党大炮。在四区的动员大会上，他说："我们常教育学生翻身不忘共产党，幸福不忘毛主席，我们为人师表，更应说到做到。现在炮兵旅需要文化教员，我坚决响应县委号召，教会战士数学知识，多打胜仗。从敌人手里夺来的大炮，决不能让敌人再夺回去！"他说服父母，毅然参军。共产党员、县教育科科员刘恩（现名刘金）"土改"时曾动员自家献出一百一十亩土地，分给贫下中农，在全县传为佳话。这次又坚决要求参军，他说:"我虽然不是贫下中农出身,但经过党多年培养教育,经过抗日战争的洗礼,从新旧社会的对比中,看到了自己应该走的道路。作为一名共产党员,为了革命,我不但可以舍弃财产,必要时,也可以献出生命。"大家报以热烈的掌声。

当时正值麦假,一部分教师没有得到开会通知,未能报名参军,得到消息后纷纷赶到县里要求参军。北赵町小学教师刘占鳌6日晚上听到消息,他思绪万千,怎么也睡不着觉:1937年日本发动七七事变后,国民党五十三军在北赵町村南、庄窝头村北,驱使当地老百姓挖了深一丈多、宽三丈多、长数华里的战壕,说是要"与国土共存亡""拼死抗战",可是还没听到日本人的枪声就逃之夭夭了。是共产党领导人民开展敌后游击战争,经过浴血奋战,同全国各族人民一起,取得了抗日战争的最后胜利。共产党又领导人民实行土地改革,使广大贫苦农民翻了身。可是蒋介石却发动了全国规模的内战,企图摧毁解放区,夺走人民分得的土地。在此情况下,我绝不能犹豫,我要响应县委号召,保卫胜利果实。鸡刚叫头遍他就向二十五里外的县城奔去,天不亮就赶到县教育科。科长同他开玩笑说:"你来晚了,名额已满了。"他央求说:"看在乡亲的分上,无论如何补上我一个,谁让你事先不通知我开会呢!"就这样,他欢天喜地地同首批三十三名教师参加了炮兵旅。

6月17日,县委和县政府联合召开欢送大会,县委书记张根生讲话,他勉励大家入伍后英勇杀敌,为提高部队的文化素质尽心尽力,为全县十七万父老乡亲增光,并授予参军教师"投笔从戎"锦旗一面,赠送每人草帽一顶。县委领导同大家合影留念。参军的教师和留下的教师相互勉励，气氛十分热烈。有位教师送给王志贤一张照片，背面写了"爱民如玉，杀敌如虎"八个字，集中体现了大家对参军教师的期望。这批优秀教师在刘继恩的带领下，高举着"投笔从戎"的大旗，来到炮兵旅旅部驻地义里村，炮兵旅召开了隆重的欢迎大会。义里村及附近群众自发地手执小旗，像赶庙会似的从四面八方拥来，各村的秧歌队、高跷队也赶来助兴。旅长高存信、政委王英高、政治部主任陈靖出席欢迎仪式，陈靖同志代表炮兵旅首长讲了话，他对安平县委选派这样多的优秀教师参军表示衷心感谢，对教师们加入炮兵旅表示热烈欢迎，并勉励大家安心工作，不断进步。刘继恩代表全体参军教师表了决心，他说："为了保卫胜利果实，我们决不辜负县委、县政府和全县十七万人民的重托，决不辜负炮兵旅首长对我们的信任，入伍后一定英勇杀敌，多打胜仗，请首长和战友们看我们的实际行动吧！"他的话赢得了大家的阵阵掌声，这掌声表达了家乡父老对人民子弟兵、对教师们的一片深情。

这批教师参军后县委发了通报，表扬了他们的模范行动，号召青年教师以他们为榜样，继续参加炮兵旅。接着又有四十多名优秀教师参加了炮兵旅。这样，先后两批教师共七十多人参军，占全县教师总数的四分之一。

他们参军后，受到首长和战士们的热烈欢迎，被称为"文化兵"。为了充分发挥他们的特长，他们多数被安排当了文化教员、文书等，对提高部队的文化素质和战斗力起了积极作用。

他们当中有的人当了政工干部，充实了部队的政工队伍，推动了部队的政治思想建设。张军参军前是深受学生爱戴的好教师，参军后怀着"打倒蒋介石，建立新中国"的强烈愿望，想方设法积极做好部队的思想政治工作，多次出色地完成了任务，受到领导和战士们的赞扬。经过多年的战争锻炼，他们大都成了炮兵部队思想政治工作的骨干力量，在离开部队前，多数人是团级干部，甚至还有师级及军级干部。安平县教师集体参军是继安平县农民保家独立团之后，在安平县引起巨大反响的又一重要参军事件，推动了安平县的各项工作，尤其是参军支前工作的开展。教师参军也在学生心里树立了光辉榜样，学生们自动给军属拾柴、扫院子，节约零用钱买鸡蛋慰问伤病员。参军参战、拥军优属蔚然成风。

这些投笔从戎的同志，在解放战争中南征北战，走遍了华北的山山水水，在清风店、石家庄、新保安、张家口、平津、太原等战场上都留下了他们冲锋陷阵的足迹，几乎每个人都立过功、受过奖。新中国成立后，炮兵旅改编为华北军区特种兵部队，在这个新组建的部队中，亦有这些教师的身影。朝鲜战争爆发后，他们又渡过鸭绿江与朝鲜人民军并肩作战。

安平县小学教师投笔从戎，是安平县革命斗争史上光辉的一页，这是七十多名入伍者的光荣，是全县教师队伍的光荣，更是全县人民的光荣。一直到今天，都是激励和鼓舞老区人民的精神力量。

北上南下

1945 年安平全县解放后，县委根据中共中央关于从老解放区抽调大批干部到东北开辟新解放区的决定，于 8 月至 9 月间，先后抽调三批县区干部共六十九人，由张锡銮、赵奇等带队，去东北工作。

1947 年夏季，解放战争已由战略防御转入战略进攻。解放区不断扩大，需要大批优秀干部到新解放区开展工作。中共中央决定从各解放区抽调大批优秀干部，跟随刘邓大军南下。

冀中区党委、九地委根据中共中央的指示，对抽调干部南下进行了具体部署。要求选派干部要领导干部和一般干部相结合，调出与充实同时考虑。为此，安平县委进行了周密安排：

一、县区党政机关均增设副职，扩大各级党委会人数；二、大胆提拔一些村干部、党员参加区级领导工作；三、加强轮训，提高干部素质，积极输送县区干部到上一级党校学习培训，县举办训练班，对区、村党员干部进行轮训；四、有计划地慎重地选拔一些在乡知识分子和中学、师范的师生进行重点培养，以扩大干部来源。在抽调干部的方法上，采取了在全县党员干部范围内，个人自愿报名、组织审查批准的办法。为确保抽调干部质量，要求年龄限制在四十岁以下，有一定文化基础，身体好，能坚持长途行军。不准带家属、小孩，夫妇都是干部的可以一同被抽调，但也不准带小孩。

由于思想工作到位，工作扎实，广大党员干部顾全大局，服从革命需要，积极响应党的号召，纷纷自愿报名随军南下。

解放战争时期，全县共抽调北上南下干部一百七十多人，调外地工作的党员不计其数，仅 1948 年就有七百七十八人。一批又一批的北上南下干部临行前，县委、县政府都要召开欢送大会，给他

星火——中共第一个农村支部台城特支的百年历程

们披红戴花，并合影留念。县委、县政府主要领导代表全县人民对抽调干部进行鼓励和嘱托，被抽调干部代表也在会上表态发言。欢送大会上，大家情绪高涨，气氛十分热烈。

　　这些在抗日战争和解放战争中锻炼出来的北上南下干部，到新解放区后，不畏艰险，不怕牺牲，为那里的革命和建设作出了卓越贡献，阎群昌、刘玉楷、王奔等人壮烈牺牲。

王奔牺牲前拍的最后一张照片。南上北下干部王奔（右一）
在去东北开发新解放区时，和妹妹王剑青、弟弟王振彪合影

红色基因代代传

继承弓仲韬精神，台城继往开来谱新曲

在社会主义革命和建设时期，革命老区安平县的广大党员干部和人民群众在党的坚强领导下，发扬"敢为人先，勇于奉献"的精神，不断开拓创新、积极进取，创造了一个又一个新的奇迹。

弓仲韬走了，台城的后人跟了上来。

新中国成立后的 1951 年，毕铁榜担任台城村支部书记。他积极响应党的号召，率先把自己家的地、车、牲口贡献出来，动员十户农民成立了全县第一批、全乡最早的互助组。1952 年，他又成立了全县第一批积极生产合作社，将农民们组织起来走共同富裕道路。1955 年，安平县南王庄村的王玉坤、王小其、王小庞三户贫农在"散社风"和缺牲口、少农具的情况下坚持办社，得到毛泽东主席的充分肯定，誉之为"五亿农民的方向"。20 世纪 60 年代后，南

王庄村又成为全县发展生产、为国家多作贡献的一面旗帜。

1962 年，台城村开始大面积平整土地。村支部书记毕铁榜把自己的自行车卖掉，动员全村干部群众集资，打了全乡第一眼机井，这在全县也是最早的。此后，台城村耕地由旱田全部变成了水浇地。台城村一改原来贫穷面貌，粮食、棉花连年喜获丰收。

历史上，安平县滹沱河屡屡泛滥成灾，台城村临近滹沱河，又叫"河沟北"。1963 年根治海河之前，河水每年都从村中过，是安平县洪涝重灾区。1956 年 7 月底至 8 月初，暴雨连降，洪峰从上游窜村而过，全村倒塌房屋一千二百七十六间，农田全部被淹没。村党支部率领广大党员群众不畏危险、英勇搏斗，谱写了一曲又一曲英雄乐章。年过七旬的村支书见大水冲淹了全村，四名村民已被洪水冲走，近百人被水淹没。村支书立即带领村干部下水救人，第一个跳进水中。有人说："这么大水要注意！"他说："死得先死咱干部。"四名村民被救脱险。全县七个重灾村在这次洪灾中共有二十二人遇难，二十九人重伤。台城村在村党支部的领导下，没有出现一人伤亡。

台城村党支部积极带领群众发展生产，一直是建设新家园的坚强堡垒。在当地生产、生活条件非常艰苦的情况下，每年向国家交纳粮食数额在全县名列前茅。

1952 年，台城村发生严重旱灾、虫灾、雹灾，受灾面积达百分之七十。村党支部带领大家开展了加施肥料、拍打灭虫等多种形式的"抗灾增收"活动，硬是在灾年里拼出了好收成。1963 年，在遭受特大洪水灾害的情况下，村党支部带领大家抢修道路、恢复生产，村民生活没受太大损失。

1975 年，为了便于发展生产，台城村的八个小队分成了十五个小生产队，村支部挑选优秀党员担任生产队队长（当年生产队的指导员一般是党员）。二十三岁的青年党员弓会民担任生产队长后，本来在农业种植方面是外行，但他好学、肯钻研，通过从报纸、刊物、书本上学，自己摸索，总结了一套粮棉种植技术，硬是成了农业生产的行家里手，使台城村在全县成了"旗帜队"。他说，别的生产队拿公粮一万斤，咱们拿两万斤。因此，多次受到县和公社的表彰。

农村家庭联产承包责任制实行以后，台城村同全国其他农村一样，迅速解放了生产力，一部分人很快发家致富。然而，这捷足先登的毕竟是少数，多数农户因无技术或无资金，致富无门。很快，村支部率领村干部为乡亲在共同富裕之间做起了"红媒"，要让台城村在 20 世纪 80 年代的中国农村重振雄风。

村里建起了农业服务公司，为群众提供耕、种、灌等全方位服务，解决了群众农业生产中的一切困难。到 1985 年，台城村农业生产跨上了一个新台阶，粮食获得了大丰收。

引导村民个人搞织网、上拔丝机。村干部带领村民到县拔丝厂、织网厂参观学习，并帮助购买设备搞安装。新上了变压器，解决用电不足的问题。鼓励村民外出经商，村党支部为村民搜集提供外出经商的信息，党员带头外出找市场。到 1990 年，全村外出经营户达到八十七户，全村外出村民经商收入共计一千万元。

改革开放特别是实行家庭联产承包责任制以来，台城村村党支部充分发挥党员的先锋模范作用，带领全村群众把土地承包到户，实行分户独立经营，并提出"交足国家的，留够集体的，剩下全是自己的"口号，进而大力搞了农村产业结构调整、农村社会化服务、发展规模化经营等项工作，使家庭联产承包责任制不断得到巩固、完善和发展。该村农业开始由粮食单一经营向多种经营转变，由传统农业向现代农业转变，由农业经济向工副业经济转变，先后创出"台城丝网"品牌、"台城生猪基地"等多元式经济发展模式，促进了全村经济社会的发展。

村党支部针对村里党员生产和生活状况，着力理顺党建工作机制，抓好村党小组的建设，协调各党小组依照每名党员的实际情况，取长补短，整合资源，共同发展。各党小组每月向党支部汇报一次日常工作进展，以及党员干部群众思想动向，党支部根据汇报，了解整体情况，制定解决方案。每逢重大事项，村党支部首先召开党小组长会议，先了解情况，再召开党员会、村民代表会。比如：为解决村内丝网经营户恶性竞争问题，村党支部组织五名懂丝网经营的党小组长研究制定了《台城牌丝网章程》，统一技术指标和价格，规范丝网的生产、加工和销售，保证了全村加工户的效益。

在党员管理方面，不断提高新党员的致富、带富能力，推动全村经济发展。

一是实行双重管理。党支部坚持加强全体党员的宗旨教育和传统革命作风教育，提高党性修养。下属各党小组从实际出发，突出各自特点搞好党员管理。

二是开展双向培养（就是把党员培养成致富带头人、把致富带头人中的先进分子培养成党员）。近年来，村党支部组织开展青年农民党建理论培训三期一百五十多人次；举办专业技术培训五期五百多人次。党员弓会民参加学习培训后很快成为苹果种植能手，并带领两户群众承包了两百亩果园，年人均增收三百多元。

三是强化双带互动（就是党员带领群众共同发展、党组织带领致富带头人不断进步）。村党支部抽调四名致富党员，多方跑办，引进了新型生物燃料项目，2012 年投产后，年消耗秸秆五千吨，人均可增收两百多元。

四是推行设岗定责。采取自我认岗、支部定岗、公示明岗、引导履岗、考核评岗的办法，使党员干部在各自岗位上体现先进性。党员赵广晕的便民服务全县闻名。1997 年，他在村里建起了第一个农资便民店，出售化肥、农药、柴油、汽油等农机部件。他是安平县第一个到农户地头送农资的人。2006 年开始他又到田间地头送农资，开了全县之先河。每逢农忙季节，他开着车跑遍全县二百三十个村的田间地头，曾三次被评为"优秀共产党员"。

在发展党员方面，注重围绕全村的经济发展、社会稳定，好中选优，多方面培养。近年来，通过发展党员，加强党员管理，促进了村内各项工作的开展。一是扩大了党的工作覆盖面和影响力，有效破解了积极分子来源单一、党组织后继乏人等问题。二是促进了农村经济发展和农民增收。村党支部通过结对帮扶、党员带头等方法，发挥牵引作用，促进了全村经济和社会各项事业发展，成为首批新农村建设的示范村。三是维护了和谐稳定的发展环境。村党支部要求广大党员成为群众最亲近的服务队、最热心的管事人、最信赖的主心骨、最可靠的调解员，从而使党群关系进一步密切，社会风气更加和谐。

党的十八大以来，台城村党支部坚持强化党建引领，团结全体党员群众传承红色基因、赓续红色根脉，解放思想、改革创新，全面推进乡村振兴，台城村经济社会发展驶入了快车道。

产业振兴：台城村坚持走"党建引领＋红色文旅＋现代农业"发展道路，促进一、二、三产融合发展。今天的台城村，丝网产业方兴未艾，红色旅游如火如荼，特色种植成方连片，人均年收入超过两万元。

人才振兴：努力加强后备干部培养，积极组织党员群众参加政治理论和专业技能培训，不断提升整体素质。健全完善工作机制，激励各类人才充分发挥作用，大力营造吸引优秀青年回乡创业的良好氛围。

文化振兴：加强精神文明建设，建立了村秧歌队、锣鼓队、剧社和广场舞队。在2019年衡水市第三届旅游产业发展大会上，台城村志愿者服务队成为一道亮丽的风景。

生态振兴：全面做好人居环境整治工作，更新供排水管道1.67万米，改厕480户，种植景观树木8000多棵，修建大型活动广场2个。

组织振兴：按照"一核三治五提升"星级党支部创建要求，健全完善工作机制，深入开展"党员星级化"管理、"开门一件事"活动，推行"1+10"党员联系户制度，街巷全部安排党员担任街长，搭起了党群"连心桥"。

据现任村党支部书记杨新杰介绍，台城村现有村民二千三百六十人，其中党员八十四人。革命前辈留下的光荣传统成为激励台城村民不断开拓进取的精神力量。

2017年，全国第一个农村党支部纪念馆组建宣讲队伍，开设了爱国主义专题党课。台城村以此为契机，组织村内"五老"加入宣讲队伍中来，开展"在纪念馆讲、在支部大讲堂讲、在学生课堂讲、在文化广场讲、在田间地头讲"活动。他们为游客讲、为学生讲、为村民讲，极大地提升了台城村的知名度和美誉度。

杨新杰介绍说，台城村弘扬"敢为人先、勇于奉献"的精神，实施"党员星级化"管理，积极发挥党员先锋模范作用，大力开展"基层党建质量提升年""脱贫攻坚党旗红""1+10"党员联系户、创先争优树标兵等活动，履职践诺树形象、打擂发言评先进，为群众办实事，树立了党员的光辉形象。每名党员在家门口统一悬挂"我家有党员，乡亲向我看"的标识牌，以此亮身份、做表率，将创新、创优、创业绩逐步转化为党员的自觉行动。他们还利用纪念馆组织开展招募"小小讲解员"志愿者的契机，组织动员村内中小学生加入进来，发挥"我是台城人"的优势，讲述红色故事，传承红色基因。

2019年1月，他们以村集体名义成立了河北仲韬农业旅游发展有限公司，大力发展红色旅游，积极引导村民参与景区住宿餐饮、休闲娱乐、生态采摘等项目，建设新时代红色文旅主题村落，打造"农旅融合"创新示范点。目前，星火台城红色景区一期工程已经完工。该工程以全国第一个农村党支部纪念馆为核心，涵盖台城村委、台城祠堂、弓家大院等二十一个项目，包括餐饮点两处、体验点十一处、讲解点四处、购物点四处。重点打造了冀中印象风情"一街两巷"，包括台城祠堂、第一个农村党支部成立旧址、平民夜校、红色书店、旅游商店、特色小吃等，改造了沿街村庄建筑物，在村东口建设了第一个农村党支部标志物、停车场、旅游公交站，形成了集展示、服务、管理于一体的旅游服务中心。台城村文旅产业业态齐全，已经成为以全国第一个农村党支部纪念馆为核心，以"红色文化＋乡村旅游"为主题，集党性教育、红色教育、爱国主义教育、红色旅游、研学体验等多功能为一体的红色旅游胜地。

2012 年以来，台城村引导群众调整种植结构，大力发展园林苗木产业，既改善了人居环境，又厚实了村集体"家底"，还鼓起来群众的钱包。目前，该村有林地约一千亩，人均年收入一万一千余元。该村实现生态效益、经济效益和社会效益的"多赢"，先后获得"国家森林乡村""省级森林乡村"等荣誉称号，被列为安平县基层党建示范点。

全国第一个农村党支部纪念馆

熊熊燃烧的火炬，鲜红壮美的党旗，引领着我们走进"全国第一个农村党支部纪念馆"。纪念馆首次兴建是在 2002 年，2004 年和 2008 年先后对馆内展览进行了改陈，2009 年、2017 年又分别对纪念馆进行了扩建和改造提升。

全国第一个农村党支部纪念馆位于安平县城西南的台城村，距安平县城约三点五公里。大门外，是"天下网都"的盛世繁华，春风桃李的烟火人家；大门内，却是风雨如磐的幽深岁月、敢为人先的铁血壮歌。那些抛家舍业、九死一生而信仰坚定的革命先驱，那些淹没在岁月长河中的英雄壮举，在这里一一展现。

1923年和1924年，在李大钊的指导下，台城村的弓仲韬成立了中国共产党第一个农村支部——台城特别支部和河北省第一个中共县委——安平县委，台城特别支部和安平县委的诞生，给衡水大地带来了革命火种，使得沉闷的华北平原出现了前所未有的生机和活力，从此，反帝反封建的革命斗争如火如荼地发展起来。

纪念馆占地面积六千一百六十平方米，主展馆面积八百九十平方米，展览面积六百零七平方米，同时布设革命主题广场、绿化景

纪念馆内的弓仲韬铜像

区和必要的附属设施。主展馆外观设计由党徽图案引申而来，展览区域划分为五个展区，分别为"火种·觉醒"（第一次国内革命战争时期）、"成长·斗争"（第二次国内革命战争时期）、"砥柱·抗战"（抗日战争时期）、"燎原·解放"（解放战争时期）、"执政·发展"（建设改革发展时期），展线长度二百一十米，是旧展馆的四倍，展出图片资料六百多幅、实物二百多件，详细介绍了安平县台城特别支部和安平县委的诞生过程、安平县委领导安平人民在各个历史时期的战斗里程以及安平县人民在"两个第一"的鼓舞下，近年来取得的巨大成就。室内展陈增设了电子播放系统、电子沙盘系统、电子查询系统、电子留言系统，大量使用声、光、电、多媒体、场景复原等现代展陈手段，既提高了教育效果，又增强了互动功能。

革命主题广场，以安平地图为轮廓，把安平县城（冀中根据地的中心）、台城（第一个党支部诞生地）、任庄（李锡九家乡）、敬思村（安平县第一次党代会召开地）、报子营（冀中子弟兵的母亲李杏阁的家乡）等发生过重大事件或产生过重要人物的地点进行标识和简要说明，让参观者能够直观地感受到安平县为民族的解放作出的贡献之大和付出的牺牲之多。

雕塑园的东南角为绿化景观，以起伏的绿地象征安平大地的无限生机。在绿地中央，设置以党旗和火焰为基础图案的红砂岩雕塑——《燎原》，与革命主题广场的"星星之火"相呼应。同时，这些地点也象征安平县大地上的星星之火。

全国第一个农村党支部纪念馆开馆至今，大力传承和弘扬"敢为人先、勇于奉献"的精神，组织开展丰富多彩的宣传教育活

全国早期农村党支部列表

动，累计接待党员干部、青少年学生和社会各界学习参观者
一百一十万人次，先后获得中国华侨国际文化交流基地、全国基层理
论宣讲先进集体、省级爱国主义教育基地、党史教育基地等荣誉称号。

老区新颜美如画

　　安平县是革命老区，有着光荣的革命传统和丰富的红色文化，
全国第一个农村党支部、河北省第一个县委在这里诞生；冀中区党
委、冀中行署、冀中军区在这里创建，贺龙、吕正操、程子华等开
国元勋先后在这里战斗生活；20 世纪 50 年代，南王庄三户农民办
合作社被毛主席誉为"五亿农民的方向"。如今的老区安平县，是

特色鲜明的产业之城、充满活力的改革之城、深化乡村振兴的典范之城、宜居宜业的魅力之城。

特色鲜明的产业之城。丝网是安平县的特色产业、支柱产业，产品广泛用于交通水利、畜牧养殖、建筑装饰等工农业生产生活和航空航天、石油化工等高精尖领域，产销量、出口量均占全国百分之八十以上，年产值超过八百亿元，是全球最大的丝网产销集散地，被评为中国丝网之都、中国丝网织造名城。以打造千亿级产业集群为目标，大力实施特色产业振兴战略，成立河北省丝网产业技术研究院、雄安·衡水安平经济协作中心，发布中国丝网指数，申报国家级丝网质量检测中心，连续成功举办二十一届中国·安平国际丝网博览会，持续推动传统丝网产业焕发勃勃生机，被评为全省县域特色产业振兴工作优秀县、全省民营经济发展先进县，在河北省 107 个特色产业集群中名列前茅。

中国安平国际丝网展览馆占地两千八百三十五平方米，展览馆分为序厅、追溯百年、丝路安平三大部分，现存有展品三百三十一件。

展览馆以安平丝网发展历史为时间轴，集合声、光、电子屏等多种科技手段，充分利用图片、文字、实物、模型等形式，全方位地展现了安平丝网历史。

丝网展览馆收藏了杨尚昆同志所书"丝网之乡"题词、清代末年马尾木织机、老式丝网木织机等珍贵历史展品及拉拔类、编织类、焊接类、冲拉类、非织造类和制品类六大系列的现代丝网展品。这些展品不但展现了安平丝网五百年的前世和今生，也代表了安平丝网的发展成就，更孕育着安平人敢为人先、勇于创新的精神力量，引领安平人在丝网创新与发展道路上，站得更稳、走得更远，为大家展示了一个有规划、有底气、有行动、有成果的网都安平。

充满活力的改革之城。抢抓京津冀协同发展和雄安新区规划建设重大机遇，大力推进高新区提能升级，高标准建设雄安——衡水协作区——安平启动区，深化"亩均论英雄""信用＋承诺制"改革，出台《促进经济高质量发展若干意见》《招商引资优惠政策二十条》等多项政策措施，实施重点项目建设"五个一"包联机制，为企业提供全方位"妈妈式"服务，打造"三最"营商环境高地。始终坚持改革创新，挂牌成立了网都科技、乡村振兴、水务集团等国有企业集团，要素资源配置全面优化，为产业转型升级提供了平台支撑，在全面深化改革上闯出了一条新路。

深化乡村振兴的典范之城。紧扣乡村振兴战略，深化农业产业结构调整，成功创建衡水唯一的国家现代农业产业园，大力发展生猪、白山药、油菜等特色农产品，精心打造了杨屯省级乡村振兴示范区、北纬三十八度生态农业隆起带，组建了乡村振兴开发集团有限公司。安平白山药获得国家地理标志证明商标，生猪绿色循环产业模式在全国推广，被评为全国畜牧业绿色发展示范县、全国农村创业创新典型县。着力"党建＋乡村振兴"，正在践行从"新中国五亿农民的方向"到"新时代五亿农民的典范"的嬗变。

宜居宜业的魅力之城。安平县古称博陵，自汉高祖时置县，因"众官民安居乐业且地势平坦"而得名，迄今已有两千两百多年的历史。汉王墓、车马出行图、安平古八景见证着时代更迭、岁月沧

杨屯的油菜花美景

桑，圣姑郝女君崇尚孝德的故事传承不息，唐朝诗人崔护的"人面桃花"诗句传诵至今，文学大师孙犁及其创立的"荷花淀派"在中外文坛享有盛誉。县城环境优美，国家级园林城、卫生城和省级文明城、森林城创建成效显著，率先实现城乡公交一体化全覆盖，被评为河北省优先发展公共交通示范城市。文旅引人入胜，连续举办六届油菜花文化旅游节，成功承办了衡水市第三届旅游开发大会、第九届中国马术节，台城红色景区、马术小镇、杨屯万亩花海景区被评定为国家 3A 级旅游景区。

孙犁故居

孙犁故居位于安平县大子文镇孙遥城村，占地面积 1290 平方米，建筑面积 272 平方米，2013 年 10 月开始规划建设，2014 年 5

孙犁故居

月 4 日建成开放。孙犁故居建筑风格为 20 世纪 30 年代的北方民居特色，建筑布局为大院套小院的四合院形式，建有正房三间两跨、东西厢房、长工房、牲口房、磨坊、门房、大车棚和大门、二门等设施，在外院建有纪念广场和孙犁著作碑林。

为纪念中国现当代文学大师孙犁先生，继承和发扬"荷花淀派"的文学理念与精髓，着力打造"孙犁故里"的文化名片，安平县从 2012 年以来，先后举办了"孙犁文学奖"第一届散文大赛、孙犁百年诞辰纪念大会、"孙犁故里·书香安平"华夏阅读论坛，在安平中学建成了孙犁广场、孙犁图书馆，雕刻了国内第一座孙犁汉白玉立像。孙犁故居建成开放期间，安平县又在孙犁故里举办了首届孙犁文化艺术节和弘扬社会主义核心价值观群众文艺汇演及纪念孙犁诞辰系列纪念活动，在国内文学艺术界产生了很大反响。

2017年5月，在故居内复原了孙犁先生生前的"耕堂"场景。复原工程参考孙犁位于天津多伦道和学湖里的两处书房布置，对其遗物进行了分类整理，真实再现了"耕堂"场景。2017年9月，由安平县委、县政府，省作协散文艺委会，《散文选刊》杂志社共同举办的首届"孙犁散文奖"颁奖典礼在安平县隆重举行。

台城星火照前程

今天，老区革命精神积淀的"敢为人先，勇于奉献"的红色基因已融入安平人民的血脉。一批传播红色文化的志愿者活跃在各行各业。全国第一个农村党支部纪念馆、县红色文化研究会、春晖园养老院、冀中安平县老区历史文化展览馆以及县剧团、台城村小剧团等，都利用自己的优势为传播和弘扬老区精神和红色文化长期作着贡献。

还有一些安平籍的老党员，凭着对党的热爱，对家乡的情感，始终默默关注着老区的发展，无论走到哪里，都不忘传播家乡的红色文化，宣传老一辈革命家的伟大精神，涌现出很多感人的事迹。

在安平县春晖园养老院，布展了两条红色文化楼道：有中国共产党的第一届至第十九届全国代表大会内容和冀中军区的十二个抗战故事。设立了两个红色文化公众号："忆前辈颂党恩"和"红色文化采风"。近年来，发表宣传红色文化文章一百三十六篇。

台城村小剧团根据弓仲韬等革命者的事迹自编自演的舞台剧，

深受群众欢迎。

1962 年，在李湘牺牲十周年的日子，安淑静将政府发给她的抚恤金两千元一次性捐给灾区，这在当时可不是一个小数字；1996 年，家乡安平闹洪灾，她除了将筹措的十万元和其他物资送到了灾区，自己又毅然拿出积蓄一万元，帮助家乡盖起小学新校舍；2008 年的四川汶川大地震、2020 年的青海玉树地震等，她都慷慨解囊，成百上千地缴纳"特殊党费"向灾区人民献爱心。安淑静多次被原地矿部直属机关党委评为"优秀共产党员"，2017 年还荣获全国妇联表彰的"最美家庭"。

安淑静先后在北京大学、北京师范大学二附中等大、中、小学做报告八十余场，告诉同学们新中国的来之不易，讲述中国人民解放军的勇敢坚强，告诉他们作为一名中国人要有志气，要珍惜今天的大好时光，好好学习，为国家做出应有的奉献。

2021 年 5 月 2 日，传来了安淑静去世的噩耗。安平的父老乡亲们再次回忆起她坎坷而光荣的一生。"沧桑如歌女中俊杰，丹心一片晚霞芳琼"，这是安淑静家中的一副对联，恰如她自己的人生写照。

1963 年，滹沱河发大水，安平全县人民生活困难，没有吃的，安平县政府田真（张根生当年在县大队当政委时的战友）、张焕章、段有信到广州找到张根生求援。当时张根生听到老区家乡受灾严重，就想办法给安平筹集了五千万斤的大米渣和木薯干，帮助全县度过了灾年。

1972 年，张根生任广州市革委会副主任，负责广交会的工作。

他大力支持广交会的发展，还建议安平丝网要多参加广交会，把丝网卖向全世界，多出口创汇。为此，他还让秘书找组委会，帮助家乡企业在广交会申请摊位。

1984年，安平县修党史，张根生回到安平，当时的县领导请他支持安平的经济发展。当时是计划经济时代，买东西凭票供应，张根生就协调长春第一汽车制造厂，由安平、饶阳出面粉合价每车两万七千元，换了一百辆解放牌卡车，安平、饶阳各五十辆，发展了县域经济，支援了家乡老区建设。

张根生的父亲叫张星斗，曾任保定育德中学的校长、安平县的教育科长，还是同盟会会员，在1938年加入了共产党。但是张根生并不知道父亲张星斗是共产党员，因为当时有"不传六耳"的纪律，直到1984年张根生才知道他父亲也是共产党员。他母亲弓贵珍是台城村的一位农村妇女，父亲积极的抗日救国思想和母亲简朴的抗日行动都深刻地影响着他，所以他十五岁就参加了革命，加入了中国共产党。他说，自己作为安平的南下干部，对家乡打心眼儿里亲，为家乡人民解决困难办实事，是他作为安平人应有的姿态，更是一位老党员的担当和责任。

张义军是中华人民共和国首批任命的人民检察官，是拨乱反正后的首批人民法院的人民法官（时称人民审判员）。她1934年5月出生于河北省安平县台城村，即中国共产党第一个农村党支部的诞生地。

据张义军回忆，在弓仲韬发展的早期农民党员中，就有她的父亲张瑞起。张瑞起当时担任弓仲韬的文书,兼任安平县北侯疃村党支部书记。张瑞起和弓仲韬在当时极其险恶的革命斗争中建立了深厚的友谊,经由弓仲韬牵线,张瑞起与在一起办夜校的堂妹弓方兴(即张义军的母亲)建立了革命家庭。

在张义军的印象中,父亲是个不善言谈、爱干净、非常干练的人。幼年时期的张义军在其父亲的严厉管教之下,积极接受新文化教育,通过红色小学到红色师范学校的教育,逐步成长为在中国共产党领导下的进步知识分子。

张义军师范毕业后,在当地的小学担任文化教员。抗美援朝战争爆发后,她毅然报名参军,虽然是家中的独生女,但得到父亲的大力支持。由于有较好的文化基础,张义军到部队后,被招录到由向行担任校长的中国人民解放军华北军区干部学校,进行再培养教育。学习期间,她成绩优秀,毕业后被分配到由聂荣臻元帅担任司令员的华北军区司令部,承担扫盲培训教育工作。

1954 年转业到地方后,张义军被安排在刚成立的河北省石家庄市人民检察院(时称河北省石家庄市人民检察署),成为中华人民共和国成立后的第一批人民检察官(时称人民检察员),从事刑事诉讼工作,并加入了中国共产党,在 1957 年被评为全市政法系统先进工作者。1979 年被选调到河北省高级人民法院刑事第一审判庭担任刑事法官(处级审判员),直至 1989 年光荣离休。她时刻不忘传承和发扬父辈们的红色革命精神,秉持着维护宪法和法律的尊严,为人正直,依法办事,处事公道,廉洁奉公,爱憎分明,始终保持和发扬党的优良传统和作风。

全国劳动模范李兰珍出生在一个革命家庭，可谓满门忠勇。1937年，她的伯父李满仓参加了八路军，后来在沧州的一次战役中壮烈牺牲。大姑李金蕊、大姑父刘东起（安平县彭营村人）均为地下党员，在日军的五一"大扫荡"中也壮烈牺牲。她的父亲李根仓、母亲王花台积极参加支前工作，推车送粮到前线，为部队做军鞋、军服等。在杨各庄村的一次战役中，父亲冒着枪林弹雨到前线抬担架、抢救伤员。二姑李桂芳、二姑父田子坡（深泽县大兴村人）也很早就参加了革命工作。二姑父还参加了抗美援朝战争，立过战功。后来他一直在部队工作，直至离休。她大舅家是双烈属家庭。两个表哥王小生、王铁炮（深泽县大兴村人）都参加了革命队伍，后来都在战斗中牺牲。

先烈们的一言一行、一举一动，耳濡目染、潜移默化地影响着后世子孙。正是受家族红色基因的影响，李兰珍勤劳肯干，勇于创新，把一个经营面积只有四百平方米、固定资产仅有五万元的小粮站发展成经营面积十万平方米、固定资产一亿一千万元的省级粮食储备库，累计实现利税五千多万元；也正是在先烈精神的感召下，她三十多年如一日慰问军属送温暖，把官兵当亲人，把拥军当己任。

1985年，李兰珍被调到只有几间房的河北省安平县粮食局二粮站当主任。面对工作条件简陋、没有库房和经营场地、女职工较多的现实，她根据自己多年的工作经验并结合二粮站实际，推出了"供货一步到位，进货薄利多销，外欠款抓紧催要，贷款不延期，汇票结算不过夜"等一整套经营管理措施，粮食少进勤销，快进快销，使资金周转天数缩短为五天，仅此项每年就节约利息达两万多元。为拓宽经营渠道，扩充增值范围，她打破过去"坐店待客"的被动局面，确立了"纵向延伸、横向辐射"的主动出击经营策略，组织职工下乡搞收购。

心诚引得顾客来，合同像雪片一样来。1989年，玉米的收购价不断上涨，要还按原价卖就得赔钱，当时有人劝她放弃或更改与华药签订的合同，她却坚持恪守信用，带领职工昼夜奋战，如期按合同交付了三百万斤玉米，解了华药生产的燃眉之急。

1985年夏天的一个夜晚，电闪雷鸣，暴雨倾盆，狂风把屋顶上的瓦都刮飞了，李兰珍住的屋子也漏了雨。这时，她首先想到的是处在全县最低洼处的粮站。这天碰巧丈夫出差没在家，她把五岁的女儿独自放在家中，抄起手电筒就往外跑。当赶到粮站时，库房和轧面条房都进了水，她急忙和职工们一瓢一瓢地往外淘……经过一整夜的奋战、抢险，确保粮食安然无恙后，她才拖着疲惫的身子回了家。

她们单位特别重视革命传统教育，每年都请光荣院的老党员、老军人为职工讲红色故事，并以此作为精神动力，激励职工们不断提高服务质量和服务水平。在李兰珍的倡导下，粮站多年如一日，每逢春节、端午节、八一建军节、中秋节，职工们都自觉捐款，对光荣院、军人干休所、武装部、武警中队、消防队进行慰问，赠送节日纪念品。定时给烈军属、孤寡老人送粮食，对家庭困难的实行优惠供应。每年大年三十下午两点集合，全体干部职工带上肉馅和精粉到光荣院和老人们一起包饺子、放鞭炮，整理院落，共度新春佳节。对无儿无女的老人，不只是送粮油上门，买煤、买菜、请医、拿药等一切家务活儿全包干了。大家三十年如一日，始终把官兵当亲人、把拥军当己任，累计用于拥军优属的资金达百万元。

李兰珍先后获得全国三八红旗手、全国劳动模范、全国"双拥"共建先进个人、全国巾帼建功标兵、河北省优秀党员、河北省十大爱国拥军优秀人物、全国五好文明家庭等荣誉称号。

衡水市退休干部弓建波有一个特别和睦的大家庭，他说父亲弓怀珍传下的红色基因和良好家风要代代传承下去。

弓怀珍，幼名弓乃瑞，1924年出生在安平台城村。他小时候家中有五百多亩地，生活富足。父亲弓玉波有哥儿四个，他是老三，老大弓玉柴是弓彤轩的父亲、弓仲韬的堂叔。

父亲弓怀珍七岁时就在台城村上小学，小学毕业后本应上中学，可是抗日战争爆发，他受堂姐弓彤轩的影响，放弃家庭的优厚生活条件和上中学的机会，参加了由吕正操领导的冀中纵队，后改编为六十八军，五九八团四连。1951年，他入朝作战，历任班长、排长、连政治指导员、营教导员。1953年7月13日，在官岱里阻击美军的一场战斗中，弓怀珍英勇杀敌，在连长负伤的情况下，带头组织反击战，歼敌一百九十余名，胜利完成任务，荣立二等功。回到祖国被授予一级解放奖章一枚。因为在战争中负过伤，弓怀珍身体一直不太好，年仅五十六岁就去世了。

因为爷爷弓怀珍去世得早，弓维印象最深的还是奶奶。她说，奶奶也是个特别善良的人，她操劳一生，用爱心装下了家里的每一个人，是她们三十口大家庭的主心骨，她们家从未争吵过，大家在一起时永远是和气的。奶奶在病重的最后几年，没有胃口，吃不下饭，家里的几个儿孙一天给她做好几顿饭。为了让老人家尽量多地摄入营养，孩子们还经常围在她身边讲笑话。而奶奶有时也会把老一辈人的打仗故事讲给孩子们听。

2002 年，弓维考上大学，但一放假回来，她就到厨房帮奶奶打下手。在奶奶病重的 2006 年初，她每天做饭，然后盛在保温桶里，骑车往医院里送饭。奶奶病重的时候，住的病房是一个特别大的房间，家里几乎所有人在晚饭的时候都要相聚在那里，陪伴奶奶一起吃晚饭。

弓维说，她现在也是两个孩子的母亲了。耳濡目染，后一代也感受到了孝老敬亲的感召，总是把第一口好吃的留给长辈，孩子的心里都会装下家人、朋友。而那铭刻在骨血中的红色基因，无时无刻不在激励着全家人，勤奋努力，正直良善，努力做一个对社会有用的人。弓维现在在电业部门的培训中心工作，也算是从事教育工作，而若论真正做教师工作的，还要属弓维的堂弟弓韬。他现在是承德文茂高级中学副校长，曾是衡水中学一名优秀的数学教师，也是数学中心教研室副主任，曾获得过衡水市师德标兵、模范班主任、十佳创新标兵、青年班主任班会设计一等奖等众多荣誉。

他说，"虽因爷爷过早去世，我出生后没能见到他，但从小拿着爷爷获得的各个军功章看了一遍又一遍，这些军功章伴随并激励着我的整个成长过程。弓这个姓其实特别少见，每每介绍这个姓氏时，我都特别骄傲和自豪。我们这个家族中涌现出来了许许多多的革命先烈，他们的英雄事迹，让我明白了奉献、责任、信念的真正含义。新时代，教师这个职业就是诠释奉献、责任、信念的一个很好的职业选择。为学生们传授知识的同时，将先人们感人的革命事迹传扬下去，将爱国情怀深深根植于每个学子心中，为了祖国的发展贡献力量！"

再讲一个关于"寻找"的故事。

1990年7月23日，朱树长就职的天津师范高等专科学校组织

安平县农民保家独立团

干部到锦州参观辽沈战役纪念馆。他看到展牌上有一张"安平县农民保家独立团全体战士合影"的照片，立即想起自己上小学时唱的那首歌："安平农民大翻身，成立保家独立团……"这不是我们老家的事吗？怎么这里有他们的照片？朱树长疑惑地问讲解员："东北地区也有安平县吗？"讲解员说她也不清楚。朱树长不甘心，又找了展览部主任、馆长，大家都说不太清楚。那时还没有手机，他只好留下通信地址，请他们拍一张照片寄给他，好继续调查。

不久，朱树长收到了照片，他立即寄给在县里当运输公司经理的堂弟朱树其，让他请县里的老同志辨认，结果当下就有人认出了前排从左至右的三个人：王兆民、赵政民、田农。第四人没人认得，后来他访问这张照片的摄影者袁苓时，才知这是三纵八旅二十四团副团长原星。

这令朱树长喜出望外。趁着当时的许多当事人还健在，他下决心将家乡的这一光荣历史调查清楚，还原历史的真面目，以免以讹传讹，留下一本糊涂账。

在组织编写《安平县农民保家独立团》这本书的过程中，他们得到相关单位领导和老同志们的大力支持和帮助。天津师范高等专科学校科研处将其立为科研项目之一，校领导从多方面给予帮助，独立团成立时的县委书记，曾任广东省委书记、吉林省省长等职的张根生也给予了多方指导。老县长田真、副县长杨国源、担架队负责人崔树欣等提供了许多珍贵的资料和线索。这些老领导、老同志的热情支持和帮助，使他们深受感动和鼓舞，更增加了克服困难的勇气和力量。

在调研中，朱树长他们还从中国人民解放军画报社发现了独立团、小学教师参军和远征担架队的数十张照片。这些都是研究中国革命史、人民解放军军史、土地革命史的宝贵资料，也是对青少年进行革命传统教育的好教材，更是家乡人民踊跃参军、奋勇支前的珍贵史料。

接下来，他们做了明确分工：在县里工作的堂弟朱树其侧重查阅有关档案资料；当中学教师的胞弟朱树永侧重调研小学教师参军的史料；朱树长和杨静负责在北京、天津、太原、石家庄等地博物馆、档案馆查找史料，访问老同志。同时，邀请善于摄影的朱耀侃陪同拍照。

历时两年零七个月的奔波辛苦、取证调研，到1992年12月，这本小书终于呈献在父老乡亲面前了。

这本书送给了接受过采访的独立团老战士、参军的小学教师、远征担架团成员、县里老同志及各级领导，还有六十三集团军及其一八八师（独立团编入三纵八旅以后划归该师），以及军事博物馆、辽沈战役纪念馆等单位。

在20世纪40年代，能留下一张人物照片实属不易，公开出版的县级革命史料书更少，所以这本书受到老战士、老队员及乡亲们的热烈欢迎。

王兆民来信说："我收到书后，至少每天看一遍，家里人也经常翻阅。我想如果有更多的人看到这本书，那会有多大的教育作用呀！"他还说，"我老伴让我对出这本书付出辛勤劳动的同志们致谢。"

有的烈士家属，过去只知道亲人牺牲了，现在从书上看到他们的遗像后，百感交集。

独立团团长田农因身体欠佳，未能接受采访，但要求看看照片，听听歌颂独立团的歌曲，他们都满足了这位老团长的愿望。

当时，有一些乡亲提出疑问："既然是咱安平的独立团，怎么照片上的房子不是咱这儿的模样呢？"这个问题，老摄影家袁苓给出了解答："这是独立团加入主力部队时，我在易县西邵村拍的。"

安平县农民保家独立团是我军二线兵团建设的典型，影响深远。2001年，保定电视台在拍摄大型革命文献照片集锦《瞬间》（共六集）时，来天津采访朱树长，他详细介绍了农民保家独立团的事迹。该片后来又在河北省电视台和中央电视台综合频道黄金时段播放，引起强烈反响。

曾担任安平县委党史研究室主任的郭宝生，至今依然对那次去哈尔滨寻"宝"念念不忘。

2007年10月，正当台城全国第一个农村党支部纪念馆扩建和《台城星火》党员电教片筹拍的关键节点，带着安平县委安排交办的重要使命，郭宝生和时任县委组织部常务副部长李建抓、《衡水日报》资深记者刘子海一行三人，赴黑龙江省哈尔滨市搜集与弓仲韬和全国第一个农村党支部有关的档案资料和文物。

"应该说，这是我多年前参与始创全国第一个农村党支部纪念馆、确立布展框架以来，第一次走出安平，进行专题调查研究和文物搜集活动，所以至今印象深刻，难以忘怀。"

之所以选择哈尔滨，是因为弓仲韬晚年一直与二女儿弓乃如生活在一起。弓乃如在全国第一个农村党支部建立初期，曾任台城团支部书记，最后在黑龙江省委统战部干部处处长职位退休。她虽然于 1991 年就已经去世，但她的儿子仍然生活在哈尔滨，肯定存有母亲弓乃如和外祖父弓仲韬的东西。

他们乘火车到了哈尔滨。按计划先到了弓仲韬外孙家，又去了黑龙江省委统战部，收获大得有些出乎意料。文章、照片、物品……一篇篇，一张张，一件件，"宝贝"多达几十件！比较珍贵的有：弓仲韬的字典、画像、生活照、衣物，弓乃如的档案等。想到这些劳动成果即将充实到台城纪念馆里，让纪念馆馆藏更加丰富，教育功能更加强大，他们就感到自己做了一件特别有意义的大事，心中充满按捺不住的喜悦。

结果却没有想象的那么一帆风顺。他们与弓仲韬外孙说明来意，对方对于来自老家的人还是很热情，也很欢迎，结合档案资料、实物，弓仲韬外孙讲了母亲弓乃如当年的故事，以及母亲转述的外祖父弓仲韬讲的 1923 年 8 月建立台城特支的往事。老人讲得动情，郭宝生和李建抓他们听得认真。但当他们表达了想把这些文物资料带回安平的意愿后，老人的态度瞬间变了，特别是那幅已经装裱好的弓仲韬大尺寸画像，老人明确表示不让取走。看得出来，老人在意的不是画像本身有多大经济价值，而是其中寄托的对外祖父弓仲韬深深的缅怀思念之情。不能"强取"，只好"攻心"。经过一番入情入理的沟通，老人终于答应了他们的请求，并嘱咐一定要保管好，千万不能破损或丢失。

为把"宝贝"平安送回去，也闹了点儿"笑话"。因为数量与尺寸的原因，想随身带走是不可能的，只能托运回去，但必须包装好，不能出一点儿闪失和纰漏。他们三人去街上找包装用品时，风云突变，下起雨来。他们来不及找伞，也没地方躲避，于是一人举着一块包装硬皮纸，在大街上跑了起来，狼狈之相引得路人惊讶侧目。谈到当时的情景，郭宝生感慨万千地说，大家虽然非常辛苦，但是心里充满了成就感，这期间还有一些有趣的小插曲。

"为了节省开支，我们是煞费苦心，比如尽量坐夜车，这样既节省时间，又省住宿费。我有个舅舅在东北工作，李建抓副部长的外甥也在那里做生意。为了节省资金，我们一天当外甥，吃舅家的饭；一天当舅，吃外甥准备的饭。记者子海聪明，发现了这个既当外甥又当舅的'巧妙之事'，笑称是'一段佳话'。"

经过分类梳理，这些来之不易、不可再生的"宝贝"文物全部陈列在了全国第一个农村党支部纪念馆。随着纪念馆影响力的不断扩大，这些文物发挥了重要的教育功能。

还有个搜集文物的故事，也一直为人们所称道。

王彦芹是安平县全国第一个农村党支部纪念馆原馆长，多年来，她十分重视革命文物的搜集。在市委党史研究室以及县委县政府的共同努力和帮助下，该馆共搜集到老一辈革命家的照片、信件、书籍、自传材料、原始档案、视频资料、生活用品等珍贵文物上千件，整理文字资料二十三万字。在安平县，乡亲们一旦发现或有了珍贵革命文物的消息，也都爱主动告诉王彦芹。

2010 年 10 月，坐落在河北省安平县经过改扩建的全国第一个农村党支部纪念馆开馆了。新的纪念馆占地 6160 平方米，主体建筑 890 平方米，是一座庄严气派的现代化建筑。

可是，刚开的新馆文物和资料十分匮乏。2011 年春节，时任纪念馆馆长王彦芹回家拜年的时候，向老家的大娘询问，曾参加过解放战争、抗美援朝战争的大伯生前有啥遗物，结果发现了军功章、军腰带等好几件珍贵物品。她试探着问大娘："这些军功章、军腰带能不能让我带到纪念馆展览？"大娘爽快地答应了。这是王彦芹淘到的"第一桶金"。

为了搜集到更多的文物，王彦芹在电视上做了几期宣传，希望存有革命文物资料的人士能跟纪念馆联系，但几个月过去了，无声无息。望着空荡荡的文物展柜，王彦芹内心着急而无奈。

2011 年 5 月 16 日，一个风和日丽的上午，王彦芹的办公室来了三个人。时任安平县后辛庄村党支部书记冯树耿带着同村的张士杰、敬彦博一行三人是来"看"纪念馆的。原来，前不久，张士杰找到冯树耿，想把他早期收藏的一把侵华日军指挥刀捐献给石家庄的一个纪念馆。冯树耿则动员他把物品捐给正在征集文物的家乡——全国第一个农村党支部纪念馆。

此时，王彦芹心里很清楚，眼下纪念馆的文物，除了从旧馆带过来的弓仲韬用过的石磨、手杖、小油灯、小书箱、几本书籍，弓乃如用过的一些证件以及日用品，还有一张八仙桌和两张椅子，以及她从大娘那儿淘的"第一桶金"，抗战时期的文物还一件没有呢。她在电脑里迅速检索出类如日本军刀这样的文物价值应在一万元以上，可眼前这个七十多岁、形体消瘦、面容枯槁、衣衫破旧的孤寡老人，怎么看都不像是个文物收藏者。

那天，他们聊了一个多小时，张士杰说：

"我看你这个人还行，就捐给你们吧。"

当王彦芹听说他是"捐"而不是"卖"的时候，十分感动。她诚挚地说：

"太感谢了！你捐给咱们纪念馆的文物可真是雪中送炭啊！"

她当即代表纪念馆承诺：北辛庄村和纪念馆以后就是结盟关系，纪念馆的大门永远向北辛庄村民敞开；张士杰老人可以随时来纪念馆看望他的"宝贝"。

当工作人员给老人签捐赠证书的时候，张士杰老人说：

"我不用我的真名，用我家早年做生意时候的堂号'富有堂'吧。"

王彦芹在高兴之余，心里却想：张世杰穿得寒酸，怕是生活窘迫，可他为什么不是"卖"而是"捐"呢？

那天，他们互留了电话号码，王彦芹对张士杰老人说："你个人有什么困难可随时来找我。"

没过多久，张士杰还真的来找王彦芹了，他有点不好意思地说，他现在孤身一人，体弱多病，想让王馆长帮忙入住敬老院。

为了对老人有更多的了解，王彦芹开车送他回家。只见破旧的院墙围着一方不到三十平方米的小院子，院子里有三棵拳头粗的柿子树、一棵花椒树，屋子里破旧不堪，没有一样像样的家具。东屋已经漏雨了，地上依稀能看到雨滴的痕迹；中间堂屋里摆着一只老式气炉，还有个案板；西屋是他的卧室，土炕上有两床旧被子，老式的迎门橱靠在西墙上，上面挂着一幅自己手工制作的带镜框的梳妆镜。屋里充斥着浓烈呛鼻的旱烟草味道，除了北墙上挂着镶在镜框里的前几天刚赠送给他的捐赠证书还算新鲜些外，就只有王彦芹带过去的鲜奶箱和明艳的蛋黄派箱子，似乎给这个阴暗的小屋增添了一抹亮色。老人说，他患有冠心病、哮喘病，去年冬天犯病了，卧床一个多月，是邻居每天过来照顾他，才捡了一条命。自己年岁大了，今后无以报答，不好意思总拖累大家，希望入住敬老院。

了解到他的基本情况，王彦芹当即与县第二敬老院院长王占宝取得联系，王院长亲自为他对接县乡村各级手续，让张士杰老人很快就顺利地住进了敬老院。入住敬老院那天，王彦芹给张世杰买了一套全新的衣服、鞋和袜子，帮他收拾好用具，开车把他送到敬老院。

张士杰老人非常感动和感激，路上，他问王彦芹：

"你们纪念馆还需要什么文物？我帮你找！"

王彦芹将信将疑地说："真的？"

"嗯，真的！"张士杰老人认真地说。

看他胸有成竹的样子，王彦芹说：

"土改时期也是空白的，如果能找到一张土改时期的土地证就太好了！"

半个月后，张士杰打电话让王彦芹过去。

王彦芹赶紧驱车前往，摆在她面前的是两张宣纸材质、黑字体印刷、正楷毛笔填就的河北省新河县土地买卖印契和一张草契。除了清晰度很高的大红印章外，最珍贵的要数印契上的四枚印花税了。

王彦芹惊喜地问他是怎么找到的，他说："我花了五十块钱从一个朋友那里得来的，送给你了。"

王彦芹说："这是我们纪念馆的事情，不能让你搭钱。"就这样，王彦芹花了五十块钱就拿回了一套土地买卖的契约，这是她的"第三桶金"。

后来，只要有时间王彦芹就买点老人爱吃的点心去看望他。老人看书多，很博学，对于文物知识懂得很多，每次王彦芹都听得有滋有味。就这样，他们两个建立起了密切而又默契的真挚友谊。除了点心外，平时王彦芹自己家做的包子饺子也经常送过去，老人病了就帮他买药，力所能及地照顾他的日常生活。

而张士杰老人继续帮纪念馆寻访文物。一次，他偶尔听说林庄村坟地埋着一个老八路，自己就去查看，找到墓碑上的名字，继而打听到他的亲属姓名，并亲自查看了他家老人遗留的军号、号谱、伤残证、退伍证等文物，然后给王彦芹打电话，告诉她这个消息。

可是，毕竟这是人家的珍贵物品，相当于传家宝，人家不愿意出手。经王彦芹反复做工作，终于将这些文物收购回来。2016年，从这家收购的文物有四件被评为了国家三级文物。

王彦芹的真心付出、无私奉献，也换来了张士杰老人对她百分百的信赖。张士杰还带她逐一拜访了他以前搞文物收藏的朋友，不仅有河北的，还有山西的……

众人拾柴火焰高，人多就是力量大，很快纪念馆就迎来了文物收获的黄金时节。在全国可移动文物普查中，登记上册的八十三（件套）文物中就有五十一件是张士杰老人和他的朋友们捐献或者搜集收购来的，其中四件文物被评为国家三级文物。2016年，冀中革命纪念馆开始筹建，文物资料归该单位搜集归纳管理。搜集到的文物资料达近百件，其中五十六件属于文物范畴，有五十三件是张士杰和他的朋友们帮忙搜集到的。细细算来，纪念馆百分之八十的文物都跟张士杰有关联。

长期的接触，让张士杰老人对王彦芹产生了很强的信任感。早在2012年4月份，他在捐助遗体的执行人一栏里就郑重地写下了王彦芹的名字，并到县公证处做了公证。

2017年1月15日，张士杰老人打电话给王彦芹，说自己感觉特别难受，浑身不舒服。王彦芹马上接他住进医院。原来由于天气太冷，他的心脏病、哮喘病犯了，经过医生七天的精心治疗，老人于1月24号痊愈出院。

当时医生叮嘱他一定要按时吃降压药，但由于没有头疼等高血压症状，他就没太在意，并说："医生老拿我的血压说事，其实血压高点也没事。我就是不憋就行了。"

结果出院仅仅一个多月，就在3月5号那天，张士杰老人突发脑出血去世了。

王彦芹忍着悲痛，一边给他买寿衣，一边联系遗体受助单位河北医科大学，顺利完成了他将遗体捐献给医学事业的生前遗愿。这位可敬可爱的老人，为中国的医学事业作出了最后的贡献，他的名字已经永久地镌刻在了古中山陵园"古中山器官与遗体捐献者纪念碑"上。

七十八岁的张士杰走了，但他对安平红色文化事业的奉献、对祖国医学事业的贡献，永远留在了历史的记忆中。

2016年10月26日，王彦芹的手机突然响了。一位经常提供信息的老人告诉她，后庄村发现了《冀中导报》。王彦芹说，一听是《冀中导报》，她立刻意识到了其可能的文物价值。因为《冀中导报》是战争年代出版的报纸，发行量小，保存不易，特别是抗战时期的报纸，已很难见到。

王彦芹赶紧驱车赶到后庄村。可是，《冀中导报》已被深州"老刘"拿走了。王彦芹又马不停蹄地赶到深州"老刘"家中。当时，桌子上摆着《冀中导报》，"老刘"正在和一位北京人洽谈收购价格。王彦芹悄悄地把"老刘"拉到一边："大哥，咱冀中的东西应该留在冀中啊！"一席话打动了"老刘"，《冀中导报》顺利成为全国第一个农村党支部纪念馆的馆藏文物。

原来，这批《冀中导报》是1998年深州大屯村一户村民翻新自己家老房时从墙里拆出来的。当时，该村民也没觉得多重要，还被别人要走了不少，最后就剩下这几份。这位村民回忆说，其父亲当年是冀中区的干部，经常接送报纸，为了不让敌人发现，有时会把报纸藏在墙的夹层里。新中国成立后，老人去世了，人们也把此事淡忘了，直到家里翻盖房子，这些报纸才重见天日。

这次发现的《冀中导报》共有七期，外加两期增刊。最珍贵的当属 1941 年 12 月 31 日出版的第三八二期，四开六版。因 1942 年元旦放假，所以它也是 1942 年的贺岁版，纸张也稍好一些，保存得也还好，字体采用套印的方法，大标题是红色，这在当时是非常不容易的。此期第一版是黄敬的《迎接一九四二年》，上附徐达本的新年贺词；第二版是吕正操的《迎接一九四二年》；第四版有冀中领导吕正操、程子华、沙克、卓雄联合撰写的《给全冀中抗属同胞的慰问信》，程子华的《太平洋战争与我们的任务》；第六版有周克刚的《一九四一年冀中青运的成就和缺点》等。

另外还有一张 1942 年 3 月 27 日的第四一〇期，虽然只有两版，但内容丰富，板块有报道《贺龙将军到延安》《新四军全年伟大战绩》，社论《快活的纪念"四四"儿童节》，半月军事行动《敌对华北展开全面扫荡》，延安新华社通讯《纪念三一五》，苏德战况《各路红军继续猛追》，太平洋战况《击毁敌船二十三艘》等一些国际报道。

剩下的就是 1946 年、1947 年的，例如：丁玲的《谈大众文艺——纪念瞿秋白同志被难十一周年》，秦兆阳的《戏剧讨论专号——发动群众进行文艺翻身的运动》，石坚的《记朱俊杰同志等被害经过》，有转发的《解放军日报》社论《评联合国大会》《重庆事件与东北问题》，有战斗报道《本溪我军光辉自卫战歼俘国民党军四千》《东北民主联军进入长春》，还有饶阳政委李太的检讨文章《饶阳大生产领导缺陷的检讨及今后意见》，副刊上有小说、思想漫谈、童话等，文章短小精悍，内容丰富多彩。

　　在抗日烽火中诞生的《冀中导报》是中国共产党在冀中革命根据地发行的报纸。在抗日战争期间、民族危亡的关头，《冀中导报》生动地记述了冀中区英雄儿女用鲜血和生命谱写的战斗风采。在残酷的敌后平原游击战中，它把我军建设冀中平原抗日民主根据地的一系列方针政策和胜利消息传播给广大干部军民，配合时局进行抗战动员、建军建政、减租减息的宣传工作，并配合对敌政治攻势，开展反"扫荡"、反"蚕食"、反"封锁斗争"。在实际斗争中，《冀中导报》成了我党宣传和组织群众的有力工具。

　　据史料记载，抗战爆发后，冀中地方党组织领导的抗日武装与吕正操同志率领的人民自卫军会师冀中，此后，冀中地区的抗日游击战争迅速展开，敌后抗日根据地的建设也飞速发展。为了进行抗战动员，广泛发动群众，建立地方政权，发展革命武装，开展平原抗日游击战争，各地在地方党组织领导下很快创办起许多抗日报刊。

　　1938年初，人民自卫军在蠡县创刊了《自卫报》，铅印四开。1938年夏季，人民自卫军与河北游击军统编为八路军第三纵队，《自卫报》停刊，冀中军区政治部改出《火线报》（后改为《前进报》）作为军内报纸发行。

　　1938年夏季，冀中区党委成立，和冀中军区、冀中行署迁往任丘青塔、出岸，决定出版冀中抗日民主根据地的报纸，并把在安平地区出版的《自卫报》的印刷工人和全部铅印设备转移到任丘陈王庄，调拨给冀中《导报》。经过一个多月的筹备，1938年9月10日，创刊了冀中区党报《导报》（1940 年后改成冀中《导报》）。当时，冀中《导报》为铅印四开日报发行。

1938 年 12 月底，报社在新的斗争形势下，随着部队打游击。但报社和整个印刷厂设备就需要一百二十多辆大车装运，笨重的装备极不适应敌后平原游击战争频繁转移、战斗紧张的情况。于是，1939 年初，冀中区党委决定把印刷机器"坚壁"起来，冀中《导报》改为油印报纸（四开·三日刊）。由于战争环境中转移频繁，当时还没有找到适应敌后平原游击战争条件的方法，不久，各地的通信材料报不上来，印出的报纸也不能及时发出去，油印报纸就很难坚持出版了。1939 年春，冀中区党委决定冀中《导报》暂时停刊。

1939 年 12 月底，冀中区党委决定将《导报》复刊改称《冀中导报》。报社总结了前一时期办报的经验教训，提出了"依靠群众掩护，坚持分散活动"的方针，同时从军区调来了一个电讯队，并且由党的武装交通队和交通站与报社保持直接密切联系。《冀中导报》复刊后，由油印四开小报，很快发展为石印四开小报，由发行几百份发展到发行几千份，在对敌斗争和根据地建设中发挥了越来越大的作用。

1942 年 5 月 1 日，敌人气势汹汹地集中数万兵力，对冀中进行了空前残酷的"大扫荡"，报社也遭受了很大的损失，报社石印厂埋藏起来的印刷器材和电讯队的电讯设备受到严重破坏，有些干部也壮烈牺牲了。五一"大扫荡"后，环境异常艰难，报纸已无法正常出版。冀中区党委决定《冀中导报》停刊，一部分同志转移到路西晋察冀山区，保存力量，一部分留下来坚持出版地委报纸。在全面抗战的八年中，《冀中导报》三次出刊，共出版四百七十多期。

1945年6月，《冀中导报》经过半年多的准备工作又一次复刊。复刊后《冀中导报》的报头是当时冀中党委宣传部部长周小舟请求毛主席题写的，报纸改为铅印日报四开四版，发行量由石印的两千两百份，迅速发展到两万两千多份。

1948年冬天，在解放战争接连取得伟大胜利的时刻，毛泽东又给《冀中导报》题写了新的报头：《河北日报》。1949年1月1日，由《冀中导报》更名的《河北日报》在饶阳县北官庄创刊。

在频繁而又残酷的战争环境中，《冀中导报》能保存到现在已实属不易，抗战时期的《冀中导报》更难在市面上见到。

在王建忠个人办的冀中安平县老区历史文化展览馆里，珍藏着四十多张《冀中导报》。

三十多年来，他的藏品中有抗战时期的文献、报纸、老照片、八路军的军品装备，八路军兵工厂生产的迫击炮、八路军骑兵团的用品和冀中人民支持抗战支前使用的担架、冀中被服厂使用的缝纫机、纳鞋底的架子等，以及当年八路军缴获的日本鬼子的炮弹壳引信、军装军帽，等等。还有冀中抗战时期的模范、功臣、英雄牌匾共一千八百多件。为圆自己的红色收藏梦，他走遍了燕赵大地的山山水水，还多次到外省调研，每到一处他或是深入老百姓家，或

八路军行军锅

冀中八路军使用的
马克沁机枪

八路军被服厂使用过的
棉籽轧花机

八路军被服厂使用过的
缝纫机

安平县各机关团体送给抗日英雄李寿臣的牌匾

是转旧货市场和古玩城。王建忠说，他之所以对红色文化如此痴
迷，一是因为自己的故乡安平县是革命老区和冀中抗日根据地的诞
生地，二是因为自己有当兵的经历，这让他对红色收藏有一种特殊
的感情。

2020 年 4 月，王建忠把家中全部资金都掏空又借款一百四十万元，在安平县衡保路的显要位置投巨资建起了冀中安平县老区历史文化展览馆。展览馆为三层沿街楼。三辆支前架子车、织布机和扇车占据了一楼房间的多半空间。虽然这些物品都很老旧，甚至多有破损，但每一件都记录着安平县人民群众支援抗战和拥军爱国的炽热感情。

二楼藏品比较丰富，有近三百件的史料，包括冀中抗战和解放战争时期的日记、文献、学习材料、报纸和路条等。在一张 1948 年 11 月 7 日出版的《冀中导报》中，有一篇题目为《安平县远征担架队的模范班》的文章，记录了 1948 年安平县远征担架团长达数千公里的征程。在八个月里，担架团跟着主力部队三纵八旅挺进察南，转战冀东，参加过大小十几次战斗，成为全冀中军区支前工作的典型。

二楼展厅还有反"扫荡"时期，冀中抗日军民使用过的、冀中军工厂自制的迫击炮，安平军民在滹沱河两岸袭击日寇汽艇用的大抬杆，八路军冀中骑兵团使用过的马鞭和马镫、穿过的服装，还有行军床、军号、大刀、水勺，以及十余块功德匾……一件件实物真实反映了当时冀中军民艰苦的抗战环境，以及伟大的抗战精神。

另外，还有日寇用过的山炮和炮弹皮，以及防毒面具、战刀、医药箱和日寇穿过的服装。许多物品都标注着日本年号，这些都是日寇侵华的佐证。

"随着时间的推移，许多抗日战争和解放战争时期的物品损坏或消失了。我们决不能忘记历史，我要力争多为冀中抗战挖掘和留存

电子科技大学立人班的师生参观全国第一个农村党支部纪念馆后合影

一些历史资料，希望通过这些历史的见证，让年轻人受到爱国主义教育，让红色基因代代相传。"王建忠说。

是的，讲好红色故事，让红色基因代代相传，这也是我们克服万难也要完成本书的动力所在。我们相信，在某个清风朗月的夜晚，或某个细雨霏霏的早晨，当你翻开这本水平有限、但诚意满满的书时，你会发现在岁月的河床上，在看似普通的沙砾间，那些依旧闪闪发光的、比珍珠更耀眼、更美丽的灵魂。

（参考书目《中国共产党简史》、《中国共产党河北史》、《中

国共产党安平县历史》、《我的一百年》（严镜波著）、《王林文集》
（王林著）、《白洋淀纪事》（孙犁著）等）